U0115295

文學研究叢書‧辭章修辭叢刊

章法論叢

第七輯

中華章法學會　主編

第壹章

目次

章法學「三觀」體系的建構過程 ⋯⋯⋯⋯⋯⋯⋯⋯⋯ 陳滿銘　1

當潮最夯中英文夾雜詞彙探討 ⋯⋯⋯⋯⋯⋯⋯⋯⋯ 戴維揚　25

中文寫作測驗評分疑義卷型態管窺
　　——從六級分制下的體裁表現及立意取材向度切入
　　考察 ⋯⋯⋯⋯⋯⋯⋯⋯⋯⋯⋯⋯⋯⋯⋯⋯⋯ 謝奇懿　43

瞿佑《歸田詩話》詩學觀析論 ⋯⋯⋯⋯⋯⋯⋯⋯⋯ 陳慧芬　67

篇章結構與華語文教學
　　——由閱讀課程教學及教材設計理念展開論述 ⋯⋯ 周晏菱　101

華人電影的口語藝術 ⋯⋯⋯⋯⋯⋯⋯⋯⋯⋯⋯⋯⋯ 張春榮　127

修辭手法與章法 ⋯⋯⋯⋯⋯⋯⋯⋯⋯⋯⋯⋯⋯⋯⋯ 蔡宗陽　149

論姜夔詞的懷舊意識與「文學性」
　　——一個符號學的考察 ⋯⋯⋯⋯⋯⋯⋯⋯⋯⋯⋯ 胡其德　169

論李白詩俯視空間景象 ⋯⋯⋯⋯⋯⋯⋯⋯⋯⋯⋯⋯ 黃麗容　197

《全唐五代詞》簾意象之空間分隔藝術試探 ⋯⋯⋯⋯ 黃淑貞　219

從『主題—評論』觀點分析古詩篇章結構 ⋯⋯⋯⋯⋯ 吳瑾瑋　247

謝靈運書寫山水詩層次結構 ⋯⋯⋯⋯⋯⋯⋯⋯⋯⋯ 邱燮友　273

析論詹冰〈插秧〉 ⋯⋯⋯⋯⋯⋯⋯⋯⋯⋯ 顏志豪、林文寶　287

像、好像、像極了

　　──論華語教學中近義詞教學的思考面向 ⋯⋯⋯⋯⋯ 竺靜華　303

附錄　第一屆語文教育暨第七屆辭章章法學學術研討會 ⋯⋯⋯⋯331

章法學「三觀」體系的建構過程

陳滿銘

中華民國章法學會理事長

摘要

　　由於「章法」是「客觀的存在」，以反映宇宙間萬事萬物的層次邏輯關係。這樣落於「辭章」，藉由天然之「邏輯思維」，才形成其「篇章」的「章法結構」，為作者之創作與讀者之接受築起你、我、他共通天、人的一條無形橋樑。因此，必須用科學方法來研究這條無形橋樑，才能將辭章的「小宇宙」與自然的「大宇宙」融成一體，以呈現其「層次邏輯」的永恆價值。在臺灣，如此用科學方法來研究「章法學」，經數十年，終於建構了「三觀」（微觀、中觀、宏觀）的理論，形成完整之體系。其過程相當艱辛，特以本文作一概述，以見成果得來之不易，並謹向各界一直以來給予的支持與鼓勵，致上最誠摯之謝意。

關鍵詞：章法學、邏輯思維、三觀體系、科學方法、建構過程

一 前言

　　章法學理論體系的建構，可大分為「微觀」、「中觀」與「宏觀」三層來概括[1]。早在四十年多年前，為了講授「國文教材教法」這門課程之需要，不得不從「微觀」層去接觸「章法」或「章法結構」；而由於「章法」或「章法結構」所研討的乃「篇章內容材料的邏輯關係」，必然涉及由「章」而「篇」的完整結構系統，因此對後來四大規律與族系或比較章法[2]作「中觀」層的認定，並以方法論原則及其

1　鄭頤壽：「臺灣學者的辭章章法學理論，我們認為可用『(0)一、二、多』(『多、二、一(0)』)、『四大規律』、『四個章法族系』來概括。『(0)一、二、多』的理論是以《老子》的哲學原理和《易經》『靜』與『動』的卦爻變化規律總結出來的。《老子》四二章指出：『道生一，一生二，二生三，三生萬物。』陳滿銘教授以此為依據，總結出『(0)一、二、多』和『多、二、一(0)』的螺旋結構。我們認為，這應該就是篇章辭章學的宏觀理論框架。……篇章辭章學的中觀理論，我們認為應該是章法的『四大規律』：秩序律、變化律、聯貫律、統一律。這四律上承『(0)一、二、多』的宏觀理論，並以之類聚成四個『族系』統領其下三十來種具體的辭章的『章法』。它使具體的章法有『律』來規範。篇章辭章學微觀的理論，我們認為就是具體的章法理論：今昔、遠近、大小、高低、本末、淺深、貴賤、親疏、插補、賓主、虛實（時、空、真、假）、正反、抑揚、立破、問答、平側等等。我們以為具體章法的數目是變化的，隨著人類認識的深化，總的說來，章法將由三十多種到四十幾種，或更多些，這是一方面；另一方面，由於時代的發展，人們認識的變化，某種章法也有生、旺、衰、滅的過程。」見〈陳滿銘創建篇章辭章學──代序〉，《陳滿銘與辭章章法學》（臺北市：文津出版社，2007年12月一版一刷），頁6-7。

2　王希杰：「滿銘教授已經初步建立了一個比較完整的章法學體系。他的章法學，包含了「章法哲學」和「章法美學」。其實他和弟子們已經接近了章法心理學。滿銘教授還研究了「比較章法」。的確章法比較也是一個大有可為的領域。」見〈陳滿銘教授和章法學〉，《畢節學院學報》總96期（2008年2月），頁4。又孟建安：「比較法是認知事物本質的有效方法之一，通過異類或同類事物不同側面的比較更能夠凸顯事物的本質屬性。比較法雖然是科學研究的常見方法之一，但陳滿銘先生

螺旋系統作「宏觀」層的建構，就有直接關連。以科學最基本方法而言，它們是「歸納←→演繹←→歸納」的螺旋關係，可以如下簡圖來表示：

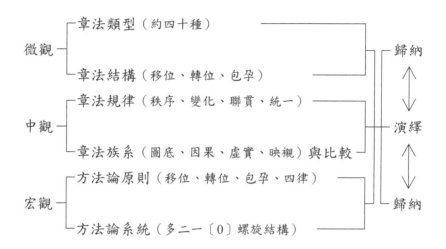

其中「章法規律」與「章法結構」、「章法族系與比較」與「章法類型」兩相照應，而「方法論原則」又與「章法結構」及「章法規律」、「方法論系統」又與「章法規律」兩相照應；彼此環環相扣，形

卻十分看重這種常規方法的恰切運用。陳先生在研究的過程和不同的論著中，都巧妙地運用了這種方法，給予這種方法以適宜的位置。尤其是在專著《章法學綜論》一書中，更是列出專門的章節『比較章法』，以 60 頁的篇幅運用比較的方法來進行章法研究，由此可見陳先生對比較法的重視程度。陳先生高瞻遠矚，從客觀物理世界的自然法則起筆，運用比較的方法來闡釋章法的異同。陳先生認為，天下的學問不外是在探究萬事萬物之『異』、『同』而已，而『異』、『同』本身又形成『二元對待』的螺旋關係。也就是說，『求異』多少，既可以徹上『求同』多少；同理，『求同』多少，既可以徹下『求異』多少。這樣循環不已，就拓展了學問的領域和成果。陳先生把這種道理運用到章法的研究上，認為『求同』與『求異』看似不同，實際上是兩相對應而成為一體的。」見〈陳滿銘與漢語辭章章法學研究〉，《陳滿銘與辭章章法學》，同注 1，頁 121-122。

成一個完整的體系。

二　章法學「三觀」體系建構的基本方法

　　章法所探討的，乃篇章內容材料之邏輯結構，是源自於人類共通之理則，亦即對應於自然規律來說的。所以一般創作者雖日用而不知、習焉而不察，但它很早就受到辭章學家的注意[3]，只不過所看到的都是其中的幾棵「樹」，而一概不見其「林」。一直到晚近，經過多年努力的探究，才逐漸「集樹成林」，並確定它的原則、範圍和主要內容（含類別與模式），尋得它的哲學、心理基礎和美感效果，建構了一個體系，而形成一個新的學科。對此，辭章學大家鄭頤壽指出：

> 臺灣建立了「辭章章法學」的新學科，成果豐碩，代表作是台灣師大博士生導師陳滿銘教授的《章法學新裁》（以下簡稱「新裁」）及其高足仇小屏、陳佳君等的一系列著作。……臺灣的辭章章法學體系完整、科學，已經具備成「學」的資格。它研究成果豐碩，已經「集樹而成林了」。[4]

而「三一語言學」創始人王希杰也說：

3　章法自來歸入修辭，孔子所謂「修辭立其誠」的「修辭」，即指「內容之形式」，應有章法的意涵在內。而正式提出篇法、章法的，是劉勰《文心雕龍‧章句》篇。此後論及章法的就不計其數。見鄭子瑜、宗廷虎主編：《中國修辭學通史》（長春市：吉林教育出版社，2001 年 2 月一版二刷），〈先秦兩漢魏晉南北朝卷〉（頁 1-482）、〈隋唐五代宋金元卷〉（頁 1-796）、〈明清卷〉（頁 1-450）、〈近現代卷〉（頁 1-584）、〈當代卷〉（頁 1-493）。

4　鄭頤壽：〈中華文化沃土，辭章學圃奇葩──讀陳滿銘《章法學新裁》及其相關著作〉，《海峽兩岸中華傳統文化與現代化研討會文集》（蘇州：「海峽兩岸中華傳統文化與現代化研討會」，2002 年 5 月），頁 131-139。

　　　　對章法的研究也是早就有了的，中國古人對章法的論述很多。
　　但是「章法學」的誕生是比較晚的事情。章法學作為一門學
　　問，不是有關部門章法的個別的知識，而是章法知識的總和，
　　是一種概念的系統。章法學是一門實用性很強的學問，也有極
　　高的學術價值。它同文章學、修辭學、語用學、文藝學、美
　　學、邏輯學等都具有密切關係。章法學已經初步形成了一門科
　　學。陳滿銘教授初步建立了科學的章法學體系。[5]

可見科學化章法學的誕生是晚近之事。所以如此，是開始採用科學方
法研究以建立科學的章法學體系的緣故。

　　而就章法學之方法論而言，是因涉及的層面之高低與角度之不同
而各有所重的，如鄭頤壽認為：以「名、實」、「辭、意」、「分、
合」、「內、外」與「順、逆」的辯證法建構了科學的篇章辭章學理論
體系[6]；又如黎運漢認為：以「樸素辯證法」、「多角度切入法」與
「圖表展示法」建構了較為完備的辭章章法學方法論體系[7]；再如孟
建安認為：以「運用了鮮明的系統論研究方法」、「以中國傳統哲學的
『二元對待』範疇為基本出發點和理論基礎」、「現象描寫和理論闡釋
的有機統一性」與「比較方法的巧妙運用」引入並堅持了科學的方法
論原則[8]。而王希杰則在論「章法學得方法論原則」時，提出最基本

5　王希杰：〈章法學門外閒談〉，《平頂山師專學報》18 卷 3 期（2003 年 6 月），頁
　　53-57。

6　鄭頤壽：〈從「章法辭章學」登上「篇章辭章學」的寶座〉，《陳滿銘與辭章章法
　　學》，同注 1，頁 292-305。

7　黎運漢：〈陳滿銘對辭章章法學的貢獻〉，《陳滿銘教授七秩榮退誌慶論文集》（臺北
　　市：萬卷樓圖書公司，2005 年 7 月），頁 443-450。

8　孟建安：〈陳滿銘與漢語辭章章法學研究〉，《陳滿銘與辭章章法學》，同注 1，頁
　　115-123。

的方法為「歸納」與「演繹」[9]。

而所謂「歸納」與「演繹」，基本上涉及「因果邏輯」，「歸納」屬「先果後因」、「演繹」屬「先因後果」。這種「因果邏輯」在哲學上，雖只看成是範疇之一，卻與「諸範疇」息息相關。張立文在《中國哲學邏輯結構論》中說：

> 就彼此相聯繫的範疇而言，中國佛教哲學中的「因」這個範疇，它自身包含著兩個事物或現象的聯繫，這種特定的聯繫，各以對方的存在為自己存在的前提或條件。其內在衝突的伸展，使「因」作為一方與「果」作為另一方構成相對相關的聯繫。範疇這種融突性格，使自身或與諸範疇都處於相互聯繫、相互轉化之中，並在這種普遍的有機聯繫中，再現客觀世界的融突及其發展的全進程。[10]

既然「因果」這一範疇能產生「普遍的有機聯繫」，其重要性就可想而知。也就難怪在邏輯學中，會那樣受到普遍的重視，而視之為「律」了。

從另一角度看，「因果律」涉及的是「求同面」之假設性「演繹」與「求異面」之科學性「歸納」，而假設性之「演繹」所形成的是「先因後果」的邏輯層次；與科學性之「歸納」所形成的是「先果後因」的邏輯關係，正好可以對應地發揮證明或檢驗的功能。陳波在其《邏輯學是什麼》一書中說：

9　王希杰：〈陳滿銘教授和章法學〉，同注 2，頁 4-5。

10　張立文：《中國哲學邏輯結構論》（北京市：中國社會科學出版社，2002 年 1 月一版一刷），頁 11。

　　因果聯繫是世界萬物之間普遍聯繫的一個方面，也許是其中最
重要的方面。一個（或一些）現象的產生會引起或影響到另一
個（或一些）現象的產生。前者是後者的原因，後者就是前者
的結果。科學的一個重要任務就是要把握事物之間的因果聯
繫，以便掌握事物發生、發展的規律。[11]

可見「因果邏輯」對「世界萬物之間普遍聯繫」的重要。而這種「因
果邏輯」，雖然一度受到羅素（B. Russell. 1872-1970）偏執之影響，使
研究沉寂了半個世紀；但到了二十世紀三十年代後卻有了新的發展。
如美國當代哲學家、計算機理論家勃克斯（A. W. Burks），就提出了「因
果陳述邏輯」，任曉明、桂起權在《邏輯與知識創新》中介紹說：

　　作為一種證明或檢驗的邏輯，因果陳述邏輯在科學理論創新中
能否起重要作用呢？答案是肯定的。第一，因果陳述邏輯對於
解釋或預見事實有重要意義。就如同假說演繹法所起的作用一
樣，因果陳述邏輯可以從理論命題推演出事實命題，或是解釋
已知的事實，或是預見未知的事實。這種推演的基本步驟是以
一個或多個普遍陳述，如定律、定理、公理、假說等作為理論
前提，再加上某些初次條件的陳述，逐步推導出一個描述事實
的命題來。這種情形就如同上一節所舉的「開普勒和火星軌
道」的例子一樣。第二，因果陳述邏輯對於探求科學陳述之間
的因果聯繫，進而對科學理論做出因果可能性的推斷有著重要
作用。勃克斯所創建的這種邏輯對科學理論創新的貢獻在於：
通過對科學推理的細緻分析，發現經典邏輯的實質蘊涵、嚴格

---

11 陳波：《邏輯學是什麼》（北京市：北京大學出版社，2002 年 1 月一版一刷），頁 167。

蘊涵都不適於用來刻劃因果模態陳述的前後關係。於是，他提
出了一種「因果蘊涵」，進而建立一個公理系統，為科學理論
中因果聯繫的探索奠定了邏輯上的基礎。[12]

勃克斯這樣以「因果蘊涵」作為「因果陳述邏輯」的核心概念，而建
立了一個「公理系統」，「從具有邏輯必然性的規律或理論陳述中推導
出具有因果必然性的因果律陳述，進而推導出事實陳述。這種推導過
程，不僅能解釋已知的事實，而且能預見未知的事實。」[13]這在科學
理論方面，是有相當大的創新功能的。

據此可見「因果邏輯」在推導「事實」的過程中的重要性，而這
種「因果邏輯」，就像陳波所說的，它是「世界萬物之間普遍聯繫的
一個方面，也許是其中最重要的方面」。關於這點，可藉「章法結
構」所呈現的層次邏輯系統，來加以驗證。因為「因果邏輯」確實帶
有統括「章法結構」之母性[14]，其基本性與普遍性，由此可知。

因此，為簡便起見，特採「歸納（果→因）←→演繹（因→果）
←→歸納（果→因）」螺旋，將三觀體系之建構過程大分為兩大階
段，概述如次：

三 由「歸納」（果→因）上徹「演繹」（因→果）

對章法學科學化的研究，在開始時，獨自摸索了相當長的一段時

---

12 黃順基、蘇越、黃展驥主編：《邏輯與知識創新》（北京市：中國人民大學出版社，
   2002 年 4 月一版一刷），頁 328-329。
13 黃順基、蘇越、黃展驥主編：《邏輯與知識創新》，同上注，頁 332。
14 陳滿銘：〈論因果章法的母性〉，《國文天地》18 卷 7 期（2002 年 12 月），頁 94-
   101。

間。先以捕捉到的有限「章法」或「章法結構」，切入各類文章，作一檢視；再就所發現的「章法」或「章法結構」現象，加以分析、統整，以求得其通則。這樣一步一步走來，才逐漸地集樹而成林，深入了「章法」或「章法結構」的領域，確認了「章法」或「章法結構」是「客觀存在」，而「語文（含章法）能力」是來自「先天」的事實，如此一再地分析、歸納，終於理清整個系統，而成為一門新學科[15]。

　　數一數近四十多年來所發表的有關「章法」或「章法結構」的論文，有兩百多篇。其中最早涉及「章法」類型及其結構的，是〈常見於稼軒詞裡的幾種辭章作法〉（原題〈稼軒詞作法舉隅〉）一文，一九七四年六月發表於臺灣師大國文系《文風》25 期，所涉及的章（篇）法有「今昔」、「遠近」、「大小」、「虛實」（情、景）、對照

---

15 鄭頤壽：「『章法學是研究章法（含篇法）理論與實際的一門學問。』它涉及文章學、修辭學、語體學、邏輯學以及美學等諸多方面。綜合研究這諸多方面的章法現象及其理論體系的學問，可稱之為辭章章法學，也可簡稱章法學，臺灣學者陳滿銘教授，在研究這一方面具有突出的成就，雖非絕後，實屬空前。……新的學科建設必須站在哲學的高度，並以之作指導，才能高瞻遠矚，不斷開拓，建構『科學的理論體系』。中國古老的哲學多門，其中最有影響的是樸素的辯證法思想。……陳滿銘教授……就用了辯證法的觀點，……具有濃厚的『中國風』、『民族味』，煥發出中華傳統文化的光輝。」見〈臺灣辭章學研究述評〉，《國文天地》17 卷 10 期（2001 年 3 月），頁 99-107。又，王希杰：「章法學作為一門學問，不是有關部門章法的個別的知識，而是章法知識的總和，是一種概念的系統。章法學是一門實用性很強的學問，也有極高的學術價值。它同文章學、修辭學、語用學、文藝學、美學、邏輯學等都具有密切關係。章法學已經初步形成了一門『科學』。陳滿銘教授初步建立了『科學的章法學體系』。……如果說唐鉞、王易、陳望道等人轉變了中國修辭學，建立了學科的中國現代修辭學，我們也可以說，陳滿銘及其弟子轉變了中國章法學的研究大方向，建立了『科學的章法學』，把漢語章法學的研究轉向『科學的道路』。」見〈章法學門外閒談〉，同注 5。又，黎運漢：「有了較為清醒、自覺的理論意識，……在學科構建中頗為重視理論建設，……有較高的理論品格，綜合呈現出一個較為『科學的理論體系』，……運用了比較『科學的研究方法』，使漢語章法學基本具備了成為一門新學科的資格。」見〈陳滿銘對辭章章法學的貢獻〉，同注 6，頁 436-450。

（「正反」）、演繹（「先凡後目」）、歸納（「先目後凡」）等類型及其結構，很湊巧地對應了《文心雕龍‧鎔裁》「情經辭緯」[16]之論，結合縱、橫向作說明，這可算是「清醒、自覺」[17]的初步嘗試。

就在這樣尋找「章法」類型及其結構的同時，也沒有忽略「章法規律」。而最早以「章法規律」來梳理的是〈章法教學〉一文（1983）[18]，它首度以「秩序」、「聯貫」、「統一」等三大規律來規範「章法」類型及其結構，而所涉及的，除「遠近」、「大小」、「今昔」、「本末」、「輕重」、「虛實」與「凡目」外，還兼及詞句、節段的聯貫與主旨的安置（篇首、篇腹、篇末、篇外）等，完全以「章法」類型及其結構為軸心，結合中學之教學來進行探討。這對章法學之研究而言，雖可算是向前推動了一大步，但將「變化律」併入「秩序律」裡，沒有特別加以凸顯，因此仍是有缺憾的。

這種缺憾，一直到一九九四年，由臺灣師大國文研究所第一個以「章法」為研究主題的碩士班導生仇小屏加入研究行列，才作了彌補。她在指導下兼顧「微觀」與「中觀」，以「中國辭章章法析論」為題，第一次用「秩序」、「變化」、「聯貫」（銜接）、「統一」四大律來統合二十幾種「章法」類型及其相關結構，並從古今詩文評點論著中去爬羅剔抉，異中求同、同中求異，尋出它們的理論依據與批評實例，首度呈現了「章法」類型及其結構的大致範圍與內容，成為第一篇研究「章法學」的學位論文。又一九九九年在她於博一升博二那一暑假，撰寫《篇章結構類型論》（上、下），在進一層的指導與催促

---

16 劉勰《文心雕龍‧情采》：「情者文之經，辭者理之緯，經正而後緯成，理定而後辭暢，此立文之本源也。」見黃叔琳注、李詳補注：《增訂文心雕龍校注》卷七（北京市：中華書局，2000年8月一版一刷），頁415。

17 鄭頤壽：〈臺灣辭章學研究述評〉，同注15，頁99。

18 陳滿銘：〈章法教學〉，《中等教育》33卷5、6期（1983年12月），頁5-15。

下，將原有「章法」的內容加以充實，由二十幾種增至三十五種，並針對它所形成的約一百四十五種「結構」類型，除了一一舉實例，附以結構分析表，作相當完整的論述外，也顧到各種章法間的分界，並顧到各種章法間的分界，並涉及其心理基礎與美感效果，作了扼要的說明。

而且又在指導下，進一步針對單一章法，續就「微觀」層面，於臺灣師大國文研究所陸續完成六篇碩士論文，即夏薇薇《賓主章法析論》（2000 年 6 月）、陳佳君《虛實章法析論》（2001 年 5 月）、涂碧霞《凡目章法析論》（2003 年 8 月）、高敏馨《平側章法析論》（2004 年 6 月）、李靜雯《點染章法析論》（2005 年 6 月）、潘伯瑩《圖底章法析論》（2009 年 6 月）。研討篇章結構的有顏瓊雯《六一詞篇章結構探析》（2003 年 5 月）、陳怡芬《唐宋古文篇章結構教學析論——以高中國文一綱多本國文課文為研究範圍》（2003 年 6 月）、蘇秀玉《唐宋古文篇章結構析論——以《古文觀止》為研究範圍》（2004 年 4 月）、邱瓊薇《東坡黃州詞篇章結構析論》（2004 年 8 月）、周珍儀《韓愈贈序類散文篇章結構研究》（2005 年 6 月）、廖惠美《杜甫五律登臨詩篇章結構探析》（2005 年 11 月）、毛玉玫《稼軒離別詞篇章結構探析》（2007 年 1 月）、李孟毓：《辭章篇章結構教學研究——以現行高中九八課綱四十篇文言課文為例》（2009 年 1 月）、傅雪芬《古詩十九首篇章結構探析》（2010 年 7 月）等九篇。

此外，又由於章法與章法之間，原本就存在著一些藕斷絲連之關係，因此特就「中觀」層面，歸納某些章法一般性的共同特色，也就是從通則來作大致的分類，製成章法「圖底」、「因果」、「虛實」、「映襯」四大家族分類表[19]，由繁歸簡，以供參考。而且在指導下，於臺

---

19 陳佳君：〈論章法的族性〉，《修辭論叢》（福州市：海潮攝影藝術出版社，2002 年

灣師大國文研究所先後完成兩篇博士論文，即顏智英《辭章章法變化律研究——以古典詩詞為考察對象》（2006 年 6 月）與黃淑貞《辭章章法統一律研究》（2006 年 6 月）。又由於章法結構呈現的是內容材料的邏輯組織與陰陽流動的風格特色，因此也提升到「宏觀」層面，在指導下，於臺灣師大國文研究所，先後完成江錦玨《古典詩詞義旨探究》（2001 年 6 月）、黃淑貞《辭章主旨（綱領）安置於篇腹的結構類型析論》（2002 年 12 月）、劉文君《詩歌義旨教學之研究——以國中國文教材為例》（2003 年 6 月）、陳靖婷《辭章篇旨教學研究》（2007 年 6 月）、林冉欣《主旨安置在篇外的謀篇形式——以《唐詩三百首》為研究範疇》（2010 年 7 月）、李嘉欣《篇章風格教學析論——以現行高中國文現代散文教材為研究對象》（2009 年 6 月）等六篇碩士論文與蒲基維的《章法風格析論》（2004 年 6 月）一篇博士論文。這些經由指導所完成的論文成果，對文章章法結構的研究與分析而言，無疑地提供了良好的助力。

有了這種助力之同時，自我提升的努力自然就更為加緊，以週邊的基本論著而言，前後出版《國文教學論叢》（萬卷樓圖書公司，1991 年 7 月）、《文章的體裁》（圖文出版事業公司，1993 年 8 月）、《作文教學指導》（萬卷樓圖書公司，1994 年 10 月）、《國文教學論叢續編》（萬卷樓圖書公司，1998 年 3 月）、《文章結構分析》（萬卷樓圖書公

---

12 月一版一刷），頁 145-163。對此，黎運漢指出：「陳滿銘教授認為：『每種單一的章法，皆有其個別的「特性」（異），因此有它們獨立存在的必要，以適應千變萬化的辭章作品。然而，一個具有科學化和系統性的科學研究，實應兼顧「異」與「同」，將「往下分析深入的瑣細」與「往上融貫提升」的統整，形成互動之關係。』基於這樣的認識，他在確立個別的章法的基礎上，還就其「共性」（同），化繁為簡，系統地整合出章法的四大家族，即以四大家族為綱，統帥各種章法，並詮釋了各家族的主要內涵，理清了各族的共性及其美感。」見《陳滿銘對辭章章法學的貢獻》，同注 6，頁 441。

司，1999 年 5 月）、《詞林散步──唐宋詞結構分析》（萬卷樓圖書公司，2000 年 1 月）、《唐宋詞拾玉──以篇章結構分析為軸心》（萬卷樓圖書公司，2010 年 7 月）等。而以核心專著之出版而言，在萬卷樓圖書公司於二○○一年一月出版《章法學新裁》、於二○○二年七月出版《章法學論粹》，又於二○○三年六月以「陰陽二元對待」為基礎，貫通「章法哲學」、「章法結構」、「章法美學」、「比較章法」等內容，先出版《章法學綜論》，再於二○○五年出版《篇章結構學》（萬卷樓圖書公司，2 月）、二○○六年出版《辭章學十論》（里仁書局，5 月）與《意象學廣論》（萬卷樓圖書公司，11 月），然後於二○○七年繼續推出《多二一 0 螺旋結構論──以哲學、文學、美學為研究範圍》（文津出版社，1 月）、《章法結構原理與教學》（萬卷樓圖書公司，4 月）與《新編作文教學指導》（萬卷樓圖書公司，7 月），又於二○一一年出版《篇章意象學》（萬卷樓圖書公司，3 月）、於二○一二年出版《章法結構論》（萬卷樓圖書公司，2 月），從「微觀」、「中觀」而「宏觀」等層面，用不同角度，嚴密地地為辭章章法學與意象學建構了一個完整的體系。不但以「多 ⟷ 二 ⟷ 一（0）」的螺旋結構將哲學、文學（章法、意象）與美學「一以貫之」，也運用此結構，理清了辭章與章法、內容與章法、章法與主旨、意象、韻律（節奏）和風格之間的關係，以證明章法及意象規律、結構與自然規律的一體性。

這樣，主要由「歸納」（「微觀」→「中觀」）而「演繹」（「中觀」→「宏觀」），作「由下而上」的探索，為章法學科學化之「三觀」體系，建構了堅實的基礎。

四 由「演繹」（因→果）下徹「歸納」（果→因）

有了上述基礎，到了近幾年，則主要由「演繹」（「宏觀」→「中觀」）而「歸納」（「中觀」→「微觀」），特別注意如下兩個層面作「由上而下」的梳理：

首先是兼顧直觀與模式：大體說來，語文能力是出自於先天（先驗）的，而章法的研究是成之於後天（後驗）的；前者涉及「直觀」，表現有優有劣，因人而異；後者涉及「模式」，研究有偏有全，又與時俱進。其中直觀表現優異，形成「正偏離」之最高境界者，為數極少，是屬箇中天才，往往成為辭章名家，使「模式」之研究有他們的作品作為分析之依據，尋求其通則，自然其成果能「由偏而全」地日趨成熟；而直觀表現尚可、平庸或拙劣，形成「負偏離」或「零度」者，則佔絕大多數，適合借助模式研究之成果加以指引，使他們「取法乎上」，脫離「負偏離」、「零度」，而接近「正偏離」。如此將天然之「直觀表現」與人為之「模式研究」融而為一，才能使「直觀」有「模式」的自覺、「模式」有「直觀」的提升，永遠推陳出新，繼續拓展出科學化章法學之研究及其應用在語文教育上之無線空間。

由於「章法」或「章法結構」所呈現的為「篇章邏輯」，而「篇章邏輯」又與「篇章風格」息息相關，因此，個人特以「篇章風格論— 以直觀表現與模式探索作對應考察」為題[20]，對這「直觀」與「模

---

20 陳滿銘：〈篇章風格教學之新嘗試——以剛柔成分之多寡與比例切入作探討〉，《漢學研究與華語文教學》（臺北市：萬卷樓圖書公司，2009 年 9 月初版），頁 41-54。又，陳滿銘：〈篇章風格論——以直觀表現與模式探索作對應考察〉，臺灣師大《中國學術年刊》32 期「春季號」（2010 年 3 月），頁 129-166。

式」問題作初步之探討,認為:篇章是建立在二元(陰柔、陽剛)互動之基礎上,以呈現其「多、二、一(0)」結構的;而其風格之形成,便與這種由二元(陰柔、陽剛)互動所組織而成之「多、二、一(0)」結構與其「移位」、「轉位」、「調和」、「對比」,息息相關。為此,特以唐詩、宋詞為語料,用這種由二元(陰柔、陽剛)互動所組織成之「多、二、一(0)」的篇章結構與其「移位」(順、逆)、「轉位」(拗)、「調和」、「對比」為依據,對整體結構之陽剛與陰柔消長的情形,進行探討,試予量化,並將這種模式探索之結果對應於傳統直觀表現之結晶作進一步的觀察。結果發現:在篇章風格之審辯上,既要重視後天「模式探索」的成果,也不可忽略先天「直觀表現」的累積。雖然受限於時間與篇幅,只舉幾首詩、詞為例加以說明而已,卻所謂「以個別表現一般,以單純表現豐富,以有限表現無限」[21],尚可藉以看出兩者之互動關係。如此在「直觀」之外開拓「模式」之空間,以求「有理可說」,相信是大有必要,而且將是大有可為的。為此,又先後發表了〈章法結構與語文能力——以科學研究與客觀存在作對應考察〉與〈論辭章之無法與有法——以客觀存在與科學研究作對應考察〉兩篇文章,強調其重要性[22]。

其次是建構方法論原則或系統:任何一門學術,必定有其方法論原則或系統。而辭章章法學,也不能例外。由於章法學之研究是由「章法現象」切入,先從「現象」(微觀)中找出「規律」(中觀),再從「求異」提升為「求同」(宏觀),融貫文學、哲學與美學為一

---

21 葉朗:《中國美學史大綱》(臺北市:滄浪出版社,1986 年 9 月初版),頁 26。

22 陳滿銘:〈章法結構與語文能力——以科學研究與客觀存在作對應考察〉,《國文天地》27 卷 5 期(2011 年 10 月),頁 82-90。又,陳滿銘:〈論辭章之無法與有法——以客觀存在與科學研究作對應考察〉,彰化師大《國文學誌》23 期(2011 年 12 月),頁 29-63。

的。因此過程是極其緩慢而複雜的。就在此過程中，關於二元「移位」與「轉位」、「調和」與「對比」理論之提出，對「多 ⟷ 二 ⟷ 一（0）」螺旋結構的確認，是佔有相當重要地位的。而這個問題也在指導下，由仇小屏博士處理，先在「第四屆中國修辭學國際學術研討會」（2002 年 5 月）發表了〈論章法的對比與調和之美〉，然後在福州海潮攝影藝術出版社出版的《辭章學論文集》中發表〈論章法的移位、轉位及其美感〉（2002 年 12 月）；而且又在其博士論文《古典詩詞時空設計之研究》（2001 年 3 月）中作了相當深化與拓展之論述。這對於由「二」徹下以統合「多」、徹上以歸根於「一（0）」，從而掌握「章法結構」中因「移位」與「轉位」造成陰陽的流動與力度的變化，甚而試圖破天荒地作辭章剛柔成分之量化，無疑地提供了有力的切入點[23]。就這樣，催生了個人〈章法的「移位」、「轉位」結構論〉一文，於二〇〇四年十月發表於臺灣《師大學報・人文與社會類》，而且又在「移位」、「轉位」之外，尋得「包孕」性質之「二元互動」：即「陰中有陽」、「陽中有陰」，而先後撰成〈章法包孕式結構論——以多二一（0）螺旋結構切入作考察〉一文，於二〇〇六年八月發表於無錫《江南大學學報・人文社會科學版》、〈意象包孕式結構論——以多二一（0）螺旋結構切入作考察〉，於二〇〇九年八月發表於郴州《湘南學院學報》。

有了此一橋樑，自然地就提升到從「方法論」這一層面，對「章法結構」作了兼顧「求異」與「求同」的探討，寫成〈論章法結構之方法論系統——歸本於《周易》與《老子》作考察〉、〈論章法四大律之方法論原則——以多二一（0）螺旋結構作系統探討〉與〈試論方

---

[23] 陳滿銘：〈論東坡清俊詞中剛柔成分之量化〉，《貴州畢節師範高等專科學校學報》22 卷 1 期（2004 年 9 月），頁 11-18。又，陳滿銘：〈章法風格論——以「多、二、一（0）」結構作考察〉，《成大中文學報》12 期（2005 年 7 月），頁 147-164。

法論原則之層次系統——以修辭與章法為考察範圍〉等三篇文章[24]，結果發現：這種以「陰陽二元」之互動為基礎，經「移位」、「轉位」與「包孕」之作用，在「秩序、變化、聯貫、統一」之統攝下，終於形成「多 ⟷ 二 ⟷ 一（０）」螺旋結構之一貫歷程，都可一一超越「辭章」、「章法結構」，歸本於《周易》與《老子》兩部哲學經典，而提升至「普遍性存在」之高度，亦即方法論原則或系統加以確認。如此更足以確定「二元互動」（移位、轉位、包孕）在辭章「章法結構」與「多 ⟷ 二 ⟷ 一（０）」螺旋結構中所佔之重要地位。其中「二元」之「移位」與「轉位」所推拓的是各層之「章法結構」，而「二元」之「包孕」所連鎖的是上下層以至於整體之「章法結構」系統，它們功能雖不同，卻都是構成「多 ⟷ 二 ⟷ 一（０）」螺旋結構之主要內容，缺一不可。就是由於這種「多 ⟷ 二 ⟷ 一（０）」螺旋性層次系統，在方法論上所佔之重要地位，於是將它應用在辭章創作之評量上，由謝奇懿博士於二○一○年出版《辭章學的螺旋結構及其在寫作評分規準的應用》[25]，受到評量學界高度重視。

這樣，主要由「演繹」（「中觀」→「宏觀」）而「歸納」（「微觀」→「中觀」），作「由上而下」的探索，為章法學科學化之「三觀」理論，建構了完整的體系。

---

24 陳滿銘：〈論章法結構之方法論系統——歸本於《周易》與《老子》作考察〉，臺灣師大《國文學報》46 期（2009 年 12 月），頁 61-94。又，陳滿銘：〈論章法四大律之方法論原則——以多二一（０）螺旋結構作系統探討〉，臺灣師大《中國學術年刊》33 期「春季號」（2011 年 3 月），頁 87-118。又，陳滿銘：〈試論方法論原則之層次系統——以修辭與章法為考察範圍〉，中山大學《文與哲》學報 20 期（2012 年 6 月），頁 367-407。

25 謝奇懿：《辭章學的螺旋結構及其在寫作評分規準的應用》（臺北市：秀威資訊公司，2010 年 12 月），頁 1-321。

五　結語

　　回顧四十多年來所走的路，在科學的基本方法上，前半期乃以「歸納」（「微觀」⟷ 中觀）為主、「演繹」（宏觀 ⟷ 中觀）為輔，後半期則以「演繹」（宏觀→中觀）為主、「歸納」（「微觀」⟷「中觀」）為輔。這是章法學團隊推動科學化的努力過程，其成果相當可觀，如單以已出版的著作而言，就有數十種，其中有如下二十一種專書，就可以呈現章法學「三觀」體系之重要內涵，而且是兼顧理論與應用的[26]。以下就是這二十一種專書：

---

26 鐘玖英：「『章法學是研究章法（含篇法）理論與實際的一門學問。』以國立臺灣師大博導陳滿銘教授為核心，以仇小屏博士等學者為主力陣容所建構的漢語辭章章法學，在短短三十多年的時間裡，取得了可喜的成就，其學術價值和實際指導價值日漸受到海峽兩岸學者的重視與肯定。作為修辭學研究者，我們以為臺灣的辭章章法學研究給大陸的修辭學研究提供了有益的啟示：一、行知相成的研究模式值得借鑒，二、在繼承基礎上的創新之舉值得借鑒，三、對學術的執著與努力打造學術後備軍的遠見值得借鑒。」見〈臺灣章法學研究對大陸修辭學研究的啟示〉，《渤海大學學報‧哲學社會科學版》27卷6期（2005年11月），頁8-10。又，孟建安：「陳滿銘先生對漢語辭章章法學研究做出了巨大的貢獻。這種貢獻突出地表現在五個方面：（一）培育了具有強大戰鬥力的科研團隊，取得了極為豐碩的研究成果；（二）提出並闡釋了眾多的新概念和新觀點，解決了許多較為重大的理論問題；（三）引入並堅持了科學的方法論原則；（四）提供了章法分析與章法教學的科學範例；（五）構建了科學而完備的漢語辭章章法學體系。由此可以推定，陳滿銘先生已經形成了自己獨具特色的研究路子，其所創建的漢語辭章章法學已經成熟並豐滿，達到了前所未有的高度，具有很高的理論價值和實用價值，具有很強的生命力和感召力。」見〈陳滿銘與漢語辭章章法學研究〉，《陳滿銘與辭章章法學》，同注1，頁80。

微觀
— 陳滿銘《國文教學論叢》（1991）
— 仇小屏《文章章法論》（1998）
— 陳滿銘《文章結構分析》（1999）
— 陳滿銘《詞林散步：唐宋詞結構分析》（2000）
— 仇小屏《篇章類型結構論》（2000）
— 夏薇薇《賓主章法析論》（2002）
— 陳佳君《虛實章法析論》（2002）
— 陳佳君《篇章縱橫向結構論》（2008）

中觀
— 陳滿銘《章法學綜論》（2003）
— 黃淑貞《篇章對比與調和結構論》（2005）
— 陳滿銘《辭章學十論》（2006）
— 蒲基維《章法風格析論》（2007）
— 黃淑貞《辭章章法四大律研究》（2007）
— 仇小屏《呂祖謙「古文關鍵」文章論研究》（2010）

宏觀
— 陳滿銘《篇章辭章學》（2005）
— 陳滿銘《篇章結構學》（2005）
— 陳滿銘《章法結構原理與教學》（2007）
— 陳滿銘《多二一（0）螺旋結構論》（2007）
— 謝奇懿《辭章學的螺旋結構及其在寫作評分規準的應用》（2010）
— 陳滿銘《篇章意象學》（2011）
— 陳滿銘《章法結構論》（2012）

很可惜的是，在「微觀」層面，有代表作是幾本碩論：涂碧霞的《凡目章法析論》、高敏馨的《平側章法析論》、李靜雯的《點染章法析論》與潘伯瑩《圖底章法析論》；而在「中觀」層面，則有一本代表作是顏智英的博論《辭章章法變化律研究──以古典詩詞為考察對

象》；至今都還沒有出版，希望能早日和大家見面。

以上這些專書，大都融入了各人前此所發表的重要論文，包含學位論文在內。它們都經由「歸納（果→因）←→演繹（因→果）←→歸納（果→因）」的螺旋方法完成，集體建構了「三觀」的理論系統。對此，語言學家王希杰在評論臺灣「章法學的方法論原則」時說：「有一篇論文，題目叫做〈談詞章學的兩種基本作法：歸納與演繹〉（《中等教育》27卷3、4期〔1976年6月〕），歸納法和演繹法其實也就是章法學的基本方法。滿銘教授的章法學的成功，是歸納法的成功，這近四十種章法規則是從大量的文章中歸納出來的，一律具有巨大的解釋力，覆蓋面很強。同時也是演繹法的成功運用，例如《章法學綜論》中的變化律的十五種結構，很明顯是邏輯演繹出來的，當然也是得到許多文章的驗證的。滿銘教授和弟子們也成功地運用了比較法。值得一提的是，滿銘教授和弟子們大量運用模式化手法。這本是很好的方法，但是我恐怕有些讀者會有不耐煩的感覺，可能產生反感，指責說，把生動活潑形象的文章格式化、公式化、簡單化。我想這可能是一些人不喜歡章法學的原因吧？法則太多，可能顯得繁瑣、瑣碎，使人難以把握的。可貴的是，陳滿銘教授和他的弟子並不滿足於單純地『歸納法則』，他們力圖建立統率這些比較具體的法則的更高的原則。」[27]要「建立統率這些比較具體的法則的更高的原則」就非靠「演繹法則」不可，而且「歸納」涉及「微觀」與「中觀」、「演繹」涉及「宏觀」與「中觀」，彼此往往是互動的，亦即「歸納」（「微觀」←→「中觀」）中有「演繹」（「宏觀」←→「中觀」）、「演繹」（「宏觀」←→「中觀」）中有「歸納」（「微觀」←→「中觀」），不能切割。

---

27 王希杰：〈陳滿銘教授和章法學〉，同注2。

　　關於此，辭章學家鄭頤壽指出：「篇章辭章學的『三觀』理論建構了科學的、體系嚴密的學科理論大廈，是『篇章辭章學』藝術之所以能夠成『學』的最主要依據。分清這『三觀』，『大廈』的建構就有了層次性、邏輯性；抓住這『三觀』，就抓住了學科體系的『綱』和『目』。我們用『三觀』理論所作的概括、評價，應該基本上描寫了篇章辭章學的理論體系。……是從具體的『方法』到概括的『規律』。陳教授的研究很扎實，從一個個的『章法』入手，一個、兩個、十個、三十幾個、四十幾個……『集樹成林』（微觀）之後，又由博返約，把它們分別類聚於秩序律、變化律、聯貫律、統一律之中，有總有分，形成四個章法的『族系』（中觀）。這就把章法條理化、系統化了。……（又）從分別的『章法』、『規律』到統領『全軍』的理論框架『（0）一、二、多（「多、二、一（0）」）』（宏觀）。這是認識的又一個飛躍、昇華，它加強了學科的哲學性、科學性。」[28]這段話清晰地概括了章法學「三觀」體系建構的先後過程。

　　要有一點成果，是必須靠堅定的毅力作持續不間斷之努力的，因此我們會繼續以團隊的力量加倍努力，以期獲得各界更多的支持與鼓勵。

---

28 鄭頤壽：〈陳滿銘創建篇章辭章學──代序〉，見《陳滿銘與辭章章法學》，同注 1，頁（7）-（12）。

參考文獻（以作者姓氏筆畫順序排列）

一　專書

孟建安　〈陳滿銘與漢語辭章章法學研究〉　《陳滿銘與辭章章法學》　臺北市　文津出版社　2007 年 12 月　頁 121-122

張立文　《中國哲學邏輯結構論》　北京市　中國社會科學出版社　2002 年

黃叔琳注、李詳補注　《增訂文心雕龍校注》　北京市　中華書局　2000 年

黃順基、蘇越、黃展驥主編　《邏輯與知識創新》　北京市　中國人民大學出版社　2002 年

葉　朗　《中國美學史大綱》　臺北市　滄浪出版社　1986 年

黎運漢　〈陳滿銘對辭章章法學的貢獻〉　《陳滿銘教授七秩榮退誌慶論文集》　臺北市　萬卷樓圖書公司　2005 年 7 月　頁 443-450

陳　波　：《邏輯學是什麼》　北京市　北京大學出版社　2002 年

陳佳君　〈論章法的族性〉　《修辭論叢》　福州市　海潮攝影藝術出版社　2002 年 12 月　頁 145-163

謝奇懿　《辭章學的螺旋結構及其在寫作評分規準的應用》　臺北市　秀威資訊公司　2010 年

鄭子瑜、宗廷虎主編　《中國修辭學通史》　長春市　吉林教育出版社　2001 年

鄭頤壽　〈陳滿銘創建篇章辭章學——代序〉　《陳滿銘與辭章章法學》　2007 年 12 月　頁（6）-（7）。

鄭頤壽 〈從「章法辭章學」登上「篇章辭章學」的寶座〉 《陳滿銘與辭章章法學》 2007 年 12 月 頁 292-305

二 期刊論文

王希杰 〈章法學門外閑談〉 《平頂山師專學報》 18 卷 3 期 2003 年 6 月 頁 53-57

王希杰 〈陳滿銘教授和章法學〉 《畢節學院學報》 總 96 期 2008 年 2 月 頁 1-4

陳滿銘 〈章法教學〉 《中等教育》 33 卷 5、6 期 1983 年 12 月 頁 5-15

陳滿銘 〈論因果章法的母性〉 《國文天地》 18 卷 7 期 2002 年 12 月 頁 94-101

陳滿銘 〈論東坡清俊詞中剛柔成分之量化〉 《貴州畢節師範高等專科學校學報》 22 卷 1 期 2004 年 9 月 頁 11-18

陳滿銘 〈章法風格論──以「多、二、一（0）」結構作考察〉 《成大中文學報》 12 期 2005 年 7 月 頁 147-164

陳滿銘 〈篇章風格教學之新嘗試──以剛柔成分之多寡與比例切入作探討〉 《漢學研究與華語文教學》 臺北市 萬卷樓圖書公司 2009 年 9 月 頁 41-54

陳滿銘 〈論章法結構之方法論系統──歸本於《周易》與《老子》作考察〉 臺灣師大《國文學報》 46 期 2009 年 12 月 頁 61-94

陳滿銘 〈篇章風格論──以直觀表現與模式探索作對應考察〉 臺灣師大《中國學術年刊》 32 期 春季號 2010 年 3 月 頁 129-166

陳滿銘 〈論章法四大律之方法論原則──以多二一（0）螺旋結構

作系統探討〉　臺灣師大《中國學術年刊》　33 期　春季
號　2011 年 3 月　頁 87-118

陳滿銘　〈章法結構與語文能力——以科學研究與客觀存在作對應考
察〉　《國文天地》　27 卷 5 期　2011 年 10 月　頁 82-90

陳滿銘　〈論辭章之無法與有法——以客觀存在與科學研究作對應考
察〉　彰化師大《國文學誌》　23 期　2011 年 12 月　頁
29-63

陳滿銘　〈試論方法論原則之層次系統——以修辭與章法為考察範
圍〉　《文與哲》學報 20 期　2012 年 6 月　頁 367-407

鄭頤壽　〈臺灣辭章學研究述評〉　《國文天地》　17 卷 10 期
2001 年 3 月　頁 99-107

鄭頤壽　〈中華文化沃土，辭章學圃奇葩——讀陳滿銘《章法學新
裁》及其相關著作〉　《海峽兩岸中華傳統文化與現代化研
討會文集》　蘇州：「海峽兩岸中華傳統文化與現代化研討
會」　2002 年 5 月　頁 131-139

鐘玖英　〈臺灣章法學研究對大陸修辭學研究的啟示〉　《渤海大學
學報‧哲學社會科學版》　27 卷 6 期　2005 年 11 月　頁 8-
10

當潮最夯中英文夾雜詞彙探討

戴維揚

玄奘大學英語系客座教授

摘要

　　現代漢語接受英文字母、字詞、詞組的介入，已經產生量變、質變、換碼、混碼，日新又新，日日新。漢字由原先的二十五筆劃組成的單音詞，改為大都為雙音詞的複合詞，甚至加入英文字母的複合詞，達到漢語的「典範轉移」（Paradigm Shifts），尤其在科學、娛樂、報章雜誌的標題、廣告詞，經常出現新詞。對外漢語甚至以英文字母的拼音標「漢語拼音」替代「漢字」（Chinese Character）。

關鍵詞：漢語、英文字母、漢語拼音、換碼（code-switching）、混碼（code-mixing）

一 前言

（一）中英夾雜語言現象

　　臺灣當潮最夯混雜英文的漢語詞彙其語言文字因時空轉換而有所改變，然而也依循一些必要的「原理」（Principles）有所「規範」。中國大陸漢字在二〇〇一年一月一日施行「國家通用語言文字法」，期望遵行「四定」：定量、定形、定音和定序。然而詞彙結構多所變異、簡化過程。尤其在臺灣現代漢語近二十年來歷經排山倒海整排的「典範轉換」（Paradigm shifts）。本文謹就二〇一二年五月至十一月半年間臺灣四大日報標題檢視目前通行的漢語詞彙是否依然「定形」？其構詞是否呈現「換碼」（code switching）和「混碼」（code mixing）或「假借」（borrowing）和「中譯」（translating）的混雜現象。尤雅姿早在一九九一年發表在《國文天地》已經注意及〈由波霸的登陸談漢語中的外來詞〉，二〇一一年再發表〈波霸・超駭・KUSO——細說台灣漢語中的外來詞〉。由此可見漢語文字在此新世紀已經大量地產生詞彙結構的「質」變。本文聚焦討論其中呈現在高科技的術語以及娛樂界最潮、最夯的夾英夾中的詞彙混雜現況，並以兩本二〇一二年的專書，兩本二〇一二年探討百年來的語言學大事誌以及英文字母夾漢字為新詞組並加論述評析。兩個源自希臘字母改以英文呈現的姓氏為代表剖析當前中英文夾雜的現象以及漢字詞的衍生新詞。

（二）臺灣語詞的多樣性

　　臺灣這個寶島西方世界最早好用葡萄牙語的 IL Formosa（美麗

島），顯示葡人曾想佔為殖民地。西班牙人也曾攻下今日東北角海岸
的三貂嶺（佔領者西文為 Sandeago）。較多留下蜘絲的荷蘭（1623-
1661）三十八年統治也只留下淡水的紅毛城，臺南原名熱蘭遮城
（1624-1634）（Fort Zelandia）鄭成功接管後改為「安平古堡」和紅
毛土（水泥）以及肥皂（savan;soap）和「甲」（土地量法）等漢化的
荷（紅毛）稀詞。雖然宣教士曾以拉丁文拼成新港語，然而至今只剩
些許地名仍有跡可尋，並未大量地影響漢字構詞的系統或結構，也未
觸及語用的（Pragmatic）使用策略。臺灣在一八九五到一九四五年間
曾為日本所佔，皇民化至終只留下口語的閩南語仍存留不少日化的英
語詞彙，然而書面文字影響不大。

二 論述的典範轉移

（一）詞彙規範

　　姚榮松（1999）指出「國語是由北方方言發展出來的一種全民語
言，這種活生生的語言，……它是隨著社會的演進而不斷地在變遷，
這種變遷是十分自然而且無可抗拒的，……也從外來文化中獲取養
分，如借詞等。」他舉例如音譯詞的「摩登」、「幽默」等，也都是國
語詞彙。其結論為「詞彙的規範」要比「語音的規範」困難得多，語
言是一直衍變的，漢語的語詞和語法，也應隨著使用漢語的大眾生活
方式有所改變而不斷地衍生、發展、豐富。

(二) 二〇一二年出版兩本上古、中古「漢語詞彙」研究談起

黃金文（2012）以嶄新的辯證方法論比較分析並根據其師龔煌城的研究成果將「原始漢藏語（PST）」（Proto-Sino-Tibetan）的詞組「構擬」，建構「前綴」（prefix）混夾的「雙音詞」規則。王力（1981）早已證實《古代漢語》確具「綴詞」（affix）的詞頭（prefix）和詞尾（suffix）的混夾現象，以及「雙聲疊韻」，並且舉例說明四連音詞的成語。周玟慧（2012）在《中古漢語詞彙特色管窺》聚焦在「漢語詞彙雙音化」早在西周早期，及至春秋戰國複音詞大量增加，及至東漢至魏晉南北朝因地域關係「南言北語」衍生「聚合關係」和「並列結構」。以《史記》《宋書》《魏書》窮盡式的分析，呈現「大同小異」的現象：就「小異」的「雙音結構形式反而多樣豐富」，然而就「大同」的部份「為高詞頻的單音詞與繼承自上古漢語的雙音結構」，仍保有漢語的核心基礎結構。由此可證實漢語早已呈現「單音詞」與「雙音詞」並存共構的多元混雜現象。及至梵文的佛經中譯以及和西域頻繁的交往，加上胡或番即為外來，可為前綴或後綴聚合為雙音甚至多音的新詞日漸多元繁雜。

(三) 二〇一二年出版兩篇攸關「百年來的語言學」論文

李壬癸（2012）在〈百年來的語言學〉論及漢語理論，早期大都根據 Ferdinand de Saussure（1916）*Cours de linguistique générale*《普通語言學教程》將言（langue）和語（parole）區隔；將縱向歷史「歷時的」（diachronic）跟橫向社會「共時的」（synchronic）現象有所區

隔各自的研究方向。自從 Noam Chomsky（1957）出版 *Syntactic Structures* 論述則轉向深層結構的「大同」普世統一的語法（Universal Grammar; language universals）必須依循的「原理」（Principals）以及些許的變異「參數」（parameters）；及至一九九五年再度改向 *The Minimalist Program* 崇尚極簡風，亦即語言可能「無限延伸」（discrete infinity）族繁不及備載，然而也可極簡化至返璞歸真。

何大安（2012）繼續闡釋「杭士基革命」（1957）強調「衍生」（generative）和「變形」（transformation）的觀念，這種深密透徹的理論可「解析和詮釋語言現象」。「如何一方面促進全球性或區域性對話的便利，創造更豐富多彩的文明，一方面又最大程度地保存語言的多樣性」。兩位都論及龔煌城在漢藏語原型構擬的貢獻以及業師鄭錦全閩客原混雜的方言分布的論述，可惜雖只提及現代漢語「詞構」和「構詞學」並未及詳細深論，也未論述混夾英文詞構的「典範轉移」。

(四) Bakhtin 巴赫金的「眾聲喧嘩」（heteroglossia）

人們常常七嘴八舌各說各話，然而語言文字又承受多重互動語碼轉換（code-switching）。為了彼此可以互相瞭解的「雙向、雙軌」的 dialogic 現象有所約制、規範，就可衍生為 "dialogized heteroglossia"（272）。除非在一種「狂歡式」的狂言妄語或胡說八道。然而 Julia Kristeva 在 1969 出版《詞語、對話與小說》（"Word, Dialogue and Novel"）以及 *Revolution in Poetic Language* 提倡 transtexuality（跨文本）和 intertexuality（互文）文本間混雜的擴散，他也提倡女性的自主權，可緘默、可發聲。Michel Faucault（1995）*Discipline and Punish: The Birth of the Prison* 以及 "of other Spaces, Heterotopias" 皆強力論及異地空間（heterogeneous space）蜂湧各自衍生 "utopias and heterotopias respectively"產生和"heteroglossia"同樣的「異地風采」（"heterotopology"）。然而文化文學酷愛多樣性，一碰上教學又必須趨向趙元任提倡的簡約化如「節省數目」，如漢語的「我」只有一個音節，日語用"watakushi"四個音節；「多謝」漢語二個音節，日語用了"arigatoo gozaimasu"十個音節，漢語顯然相對地統一簡潔。

趙元任特別指出「漢語中的簡稱和縮略詞」總是給出語素而不是給出音位〔此處應指 phoneme 或 morpheme〕，或者從文字上說，總是給出「字」（word）而不是「字母」（letter）。例如：「執委會」指「執行委員會」，「中共」指「中國共產黨」，「和談」指「和平談判會議」音節式的縮略詞，在漢語裡只是偶而使用。MIT 譯成中文為「麻省理工學院」六個漢字，不若英語的三個字母簡潔易識。英語每個單字母就可代表一個單音詞或多音詞；相對地漢語只能以單音詞為最基本的單位，只有「注音符號」才算 phoneme（音素），而和語並無字母的形構（morpheme）。

(五) Barths 的論述觀點

Roland Barths（1970）在「今日之神話」論及《語言的多元性》可分為「文學語言」較具「模糊性」的「多元意義」；相對照呈現日常「實用語言可以憑借其出現的語境（situation）而減少誤解，……有一特定的上下文〔contexts〕、動作或回憶可助理解，假如我們願意在實際生活中（pratiquement）利用它要傳達給我們的信息，就是憑借這些即情即景使其意義彰顯。」（屠友祥、溫晉儀譯，2009）

Barths（1990）*The Fashion System* 其中論及 Economy of the System"提倡：言簡意駭、一詞多義（multiplication of meanings）、意義多樣可能性（the semantic possibilities）以及故意產生某些距離、某

些「疏離感」（alienation）才更吸引人無限遐想，無限隱含新義（connotation）以及對仗式的模擬兩可（symmetrical ambiguity）並兼採開放（open）和閉鎖（closed）系統（如 denotation vs. connotetion），帶領觀聽眾同時進入「烏托邦」（utopia）又有些距離的「異鄉」（alienation）。

亦即同一個符號如紅色（red），可表紅燈的交通信號，又可表臺灣股市的「漲」；相對的綠色（green），交通號誌表示可通行，表示臺灣股市的「跌」。美國股市的紅色表示「跌」的「態」（bear，其音如背），而「漲」反而以綠色表「牛 ox」市。

三 英文字母的妙用

（一）英文已成國際通用的語言文字
（English as an International Language）

英文詞彙包羅世界各國的語言，再加上不時簡化臻「極簡」。Hi, Bye（Bi），ok 早為全球各界所通用。不僅口語、書面文字甚至 QR Code，如二〇一二年十二月二日臺灣將以人體群聚在臺北市政府市民廣場排列有「Hi」字樣的 QR CODE 叫「溫 i 台灣，向世界 say Hi」。其中的「i」寫成英文單詞還需 love 四個字母，寫成中文的「愛」多至十三劃，簡體字無心也有九劃。Hi 源自 Hello；Bye 更經歷簡化，其源為 God Be with ye.，簡化為 Good Bye，在簡化為 Bye,或 Bi, SMS 再簡化為數字的 81,86,88。再談 OK 源自"All right"再簡化為 o.k.，這縮寫的一點一點也可省略，只用英文字母代表一切順利，一切 ok。

（二）中英夾雜詞彙研究論文

　　黃靖惠（2006）的論文追溯到一九五一至二〇〇四年的聯合報標題為例。其實早在魯迅（1923）《吶喊》小說集中就有〈阿 Q 正傳〉，這阿 Q 在末莊人叫阿 Quei（這個名字被縮寫為阿 Q）。早已是享譽國際的代表作，也是漢字和英文字母夾雜混用著名小說的濫觴。李楚成（2000，2008）在香港也注意到廣東話經常夾雜使用英語，單自稱某 Sir，好一陣子臺灣民間也沿用，甚至在教學過程經常夾雜英文，這已然成為全球化的國際語文現象。為此尤雅姿（1991，2011），楊馨慧（2006），朱秋融（2009），Hagihara（2009），葉書吟、于嗣宜（2012）都不約而同地撰寫論文或碩士論文論及這些相當普遍的口語和書面文的中英文夾雜詞彙現象。亦即英文詞彙、英文字母已經成為漢語詞構的一部份。尤其在高科技的 PC 或 notebook 電腦，臺灣的品牌 Acer、Asus，雙 A 挺立全球；智慧型的手機（htc）多系列產品也是享譽英文字母的國際品牌。

（三）國際品牌在全球早已使用英文字母、詞甚至加數字

　　近十年 Apple 公司主導流行，推陳出新、目不暇給，根本來不及中譯，特多系列輩出新產品，因而只好保留英文名稱，從 iTunes 到 iPods，再到 iPhone（iPhone4、iPhone4s、iPhone5），愛瘋迷一直瘋狂地追著新產品；iPad 也是如此不時推出新產品如 iPad、iPad2、iPad mini。南韓跟著開始企圖「韓字化」如"iHangeul"但也來不及韓字化，只好只用英文來表達新的 application（簡稱 app）。這些英文商品商標正如日文一樣夾雜許多英文詞彙。臺灣為了國際化提倡雙語（國

語＋英語），所以中英夾雜的名詞漸漸習以為常。日本早已將大廠改用英文命名如 Sony、Sharp、Panisonic 等國際品牌。

（四）二〇一二年度風雲字

牛津大學出版社（Oxford University Press）二〇一二年度風雲字在英式英語當中首選字為 omnishambles（全脫序）形容英國媒體四分五裂，政府又失態連連，老捅漏子，頻頻誤判。此新詞源自英國諷刺喜劇《幕後危機》（*The Thick of It*），可表述英國政府盡都不順、零零落落的寫照。sambles 和 bumbler 一般揶揄，一樣貶抑。對照美式英語年度風雲字為 gif，亦即「圖形交換文字」（Graphics Interchange Format）的字首縮寫（acronym 如 UNESO 或 NATO）。相對於臺灣二〇一二年代表字是有「感」（cf. 有 fu）或不景氣覺得「慘」、「亂」、「爛」、「窮」或盼著臺灣再「轉」型／變、有希「望」，十二月五日見真章。三地風雲字可見美式英語最「極簡」，英式英語繁雜度不輸漢字。

（五）藝人英文字（母）的藝名

日本的 Yamato 太鼓團或南韓的 Rain 以及 Psy 皆為國際知名藝人或藝術團體。臺灣知名的大小 S 以及近十年最火紅的 S.H.E（Salina、Hebe、Ella），她們火紅的〈中國話〉就提及「中國話也越來越國際化」。李安導演的 3D 電影《少年 PI 的奇幻漂流》。下文剖析源自希臘文字母 ψ（Psy）和 π（PI）的兩個最夯姓氏為例說明當前最夯語境及語構。

Psy 這位江南大叔近半年紅遍全球，十一月穿著火紅西裝和火辣

的瑪丹娜共唱「Give It 2 Me」和「江南（Gangnam）Style」的騎馬舞。雙方互躓對方跨下騎馬磨蹭的，此時的希臘字母 ψ 不僅俱有中文的音似「賽」馬，其字型更多「性」暗示的「塞」，當然會激起參與者極似 home party（轟趴）的最愛動作，引發極端的性高潮的亢奮，風靡全球是必然的。Gangnam 其唐音的 Gang 也有性暗示的「幹」，若依 Jacques Lacan（1981）的 Psycho-Analysis，那顯然是 sexuality 的 drive 和 libido。漢字的「江南」（漢江之南）當然會激起華人遊大陸「江南」的衝動，轟動是必然的。

李安導演《少年 Pi》論及年屆六十大壽（一甲子的歲月剛好是一個大循環），「希望做得更抽象的東西，更多表達心境。引用《易經》來詮釋不易、變易、簡易」。善用一個 Pi 字，千萬頭循、千萬心意。

四　英文字母的緣由

語言符號就像數字（number）皆具《偉大符碼》（The Great Code），皆依循必然不可更改的「秩序」（ordering; alphabetical order）「排列」字母序；然而其「組合」人們可一再地 encode（編碼）、decode（解碼）和 recode（重新再編碼），code-switching（換碼）和 code-mixing（混碼）衍生千萬字詞。例如，希伯來猶太人首先將字母依 binary oppositions（二元對立）的大原則，再經歷極簡化又工整對仗為二十二個字母，並且精心雋永在〈詩篇〉有四篇（33,38,103,119）皆以字母嚴謹地依序排列整齊字母，亦即一篇詩的二十二節，每節的第一字母依序為二十二字母之順序；其中第一一九篇更以八行為一節（stanza）依字母序共 22×8＝176 行的長詩表達宇宙上帝語言的奧妙。詩人先知耶利米泣血精心工整撰寫〈耶利米哀歌〉五篇，皆以嵌首字母依序排列整齊的二十二行為詩為歌，其中第三篇更以 22×3＝66 行

呈獻表達讚美／哀痛／期盼三重複雜的心意、心情、心念。此為人類「字母嵌首並列並排詩」（Parallelism）樹立極佳典範（paradigm）。

　　希臘和羅馬（拉丁文）各自又將上述二十二個希伯來字母增修為二十四個字母，其中希伯來和希臘字母「依序」皆按照牛的身體部位從頭 α, A 到尾 ω, Ω 畫成象形文字，直等到羅馬帝國規劃拉丁文建構比較方正、又比畫只能在 3 劃之內極簡的字母（類如中文的楷書加鑄印符號），之後，這才律定為西方字母的定型字形的濫觴（Chandler, 2004）。英文、法文、德文、西班牙文皆再依照羅馬拉丁字母原有的秩序（order）增修為二十六個字母；然而人類竟然可就此 26 字母可一再地「無限排列組合」（discrete infinity）衍生鑄造為一百萬以上的英語文詞彙。如何有效、有用、急速地激增英文詞彙量並且能夠運用自如，經常使用已經學會的詞彙併入漢語，正是本文核心課題。

五　英文字母可衍生多詞多義

（一）一 P 多義

　　英文以 P 字母開始可拼出上萬字詞、詞組，所以《少年 Pi》一詞（姓）可解多義。先談西方按照習俗姓名需要依據其父母或親戚心儀的偉人姓名 name after（跟著命名）。如小說中 mama 在 Tamil 語中指涉舅舅，而 Indian（印度文）加 Ji 為尊稱，Mamaji 他為南印度游泳冠軍（champion），他心儀 1924 Paris 第二次舉辦奧運借用 The Piscines 家族的泳池，而他就將侄兒命名為 Piscine Molitor Patel。此後後代上兆的世人而言，此姓名毫無意義。上學時 Piscine 音若 pissing（尿童），自動極簡化改名為 Pi Patel 取希臘文字母的 π＝3.14，一個無限長的無理數，其讀音 i 唸長母音/ai/（ㄞ），表示劃一個大圓圈（a large circle），長短母音可表大小（戴維揚，2010）。若遇心境好，可過一個 Life of Pi＝"life of a prince"他的園地就是 palace, paradise on earth（17）；心境壞，他的 pool, pond 就像 pyramid（18）墓地，活死人像 parasites（20）（寄生蟲）住在 prison（牢房）。壓根兒無法玩多 P 的遊戲。

Yann Martel（2001）*Life of Pi* 的小說全球暢銷超過九百萬冊，刻劃人的心房總伴著心虎（如臥虎藏龍）面對四百五十磅的龐然大貓 Richard Parker 伴著 Pi Patel 從做這到過的 Paris 到 Pondicherry 再漂流到人類最大的水塘 Pacific Ocean 漂流二百二十七天，一連串都以 p 開始的名號，活像一連串比比皆是的「屁」，留下一連串的哀傷（sad; suffering）；然而條是心境也可到作者想往的"happy"人事物。

科技經常使用英文字母代表度量衡，譬如近日談及瘦肉精的含量、農藥的殘留量，就以 ppm 或 ppb（parts per million/billion）為單位；英語教學的朗誦速度為 wpm（words per minute），其中的 p 皆為 per 的（首字母）。

(二) 一 A 多義

英文以 A 字母代表的涵義不勝枚舉。美國名作家 Hawthorne 的世界名著 *The Scarlet Letter*《紅字 A》，女主角 Hester Prynne 著紅一、胸口閃示鑲金線繡的 A，它原代表犯姦淫腥紅色的 Adultery，如 A 片（Adult）的小三，後來經女主角將女兒 Pearl（珍珠）養大成人，好善施捨，獲得救贖。這 A 原先是"am aweful symble"轉化為 awesome 嶄新，代表朱紅色閃閃發光如 Angel,Apostle（使徒）以及 Admirable, Amazing 一切好的 A 或王牌 Ace, A 咖, A 級。

A 字在維他命，在血型，在菜名各有其代表的類別。在台灣 A

還可以當動詞如 A 錢，也可以當形容詞如 9A 立委，還另可形容最好
的 9A 央行彭總裁。一 A 皆妙用。

（三）一 Q 多義

前述《阿 Q 正傳》此 Q 字音、字形皆另函多義。然而運用在「商
數」可為 IQ（智商）、EQ（情商）、SQ（社商）。在商場可為 Q1,Q2,
Q3,Q4，在季刊（Quarterly）可為 GQ（《體育季刊》），橋牌的 Q 為
Queen。QQ 可為大陸網稱，在台灣可謂閩南的 QQ 粉圓，或香 Q
米，在 SMS 還可以代表 3Q（Thank you）。一 Q 妙用，無往不利。

六　結論

Chomsky 認為英文字母是人類語言文字簡約的代表作，趙元任也
感慨漢字無法簡約為二十六個字母，每一個字母皆可代表上萬的字
詞。漢字雖由二十五種筆劃（strokes）構成，可惜當年許慎並未依此
筆劃列出固定的定序的一系列、系統；反而整理出五百四十種部首，
簡化為二百一十四部，仍稱傳統部首，之後再簡化為一百八十九部的
一九六六年《新華字典》和《現代漢語詞典》，這些統稱為〈改良部
首〉。〈相對繁雜無章。學習者無法短時間精熟運用。至今和語得合體
字竟然可在「3 個部件組成 21 種結構模式的結構框圖」（邵敬敏，
2007），遠遜於英文只有一種組成定式結構。雖然後來「注音符號」
訂出只准三劃以內的符碼，媲美西方的希伯來（22）、希臘（24）、拉
丁（24）、英、法、德、義、西（26）的字母寫法；然而並未規劃一
定的 ordering 秩序，如ㄅㄨㄩ的排序，就經一改再改，終未定序如西
方字母。當然對外漢（華）語使用的「漢語拼音」（1958 年公布；

1982 國際標準化組織（ISO）開始正式採用）就是使用英文字母以及些許希臘字母的發音，學習者可依照字母序的排列組合，也可一語音minimal pairs 的次序。今後的漢語必然增添更多夾雜西方字母、字詞、詞組的「新」漢語。

　　漢語在上古時期較多單音詞，接受各方「外來語」的影響漸多雙音詞；及至今日的現代漢語反而大都為雙音詞或多音詞（邵敬敏，2007，p.114），並且夾中夾英夾雜的漢語也多新鑄。最後以莫言在其《生死疲勞》的序言論及漢字幾乎回不到過去消融一切外來形、音、字為漢字的 character（方塊字），最後他只好運用新科技將小說"E"出去出版出書。

參考文獻（以作者姓氏筆畫順序排列）

一　專書

王　力　《古代漢語》　修訂本　北京市　中華書局　1981 年

屠友祥、溫晉儀譯　《神話修辭術：批評與真實》　上海市　人民出
　　　　版社　2009 年

邵敬敏主編　《現代漢語通論》　第二版　上海市　上海教育出版社
　　　　2007 年

周玟慧　《中古漢語詞彙特色管窺》　臺北市　萬卷樓圖書公司
　　　　2012 年

黃金文　《從漢藏比較論上古漢語內部構擬》　臺北市　萬卷樓圖書
　　　　公司　2012 年

趙元任著　葉蜚聲譯　《趙元任語言學論文集》　北京市　中國社會

科學出版社　1985 年

楊馨慧　（Yang, S. H-h.）　《臺灣線上新聞夾碼之功能分析》*A functional analysis of code-mixing in Taiwan on-line news.*　輔仁大學　語言學碩士論文　2006 年

戴維揚　源自希臘拉丁文的學術專業英文詞彙　Career English, 75-88. 2012 年

二　期刊論文

Bakhtin, M. M.（1981）. *The dialogic imagination: Four essays.* Ed. & Trans. Holguist, M. & Emerson, C. Austin: University of Texas Press.

Bandia, P.（1996）. Code-switching and code-mixing in African creative writing: someinsights for translation studies. TTR: traduction, terminologie, redaction, 9（1）, 139-153.

Barthes, R.（1986）. *The rustle of language.* Trans. Richard Howard. Oxford: Basil Blackwell.

Barthes, R.（1990）. *The fashion system.* Trans. Ward, M.& Howard, R. Berkeley: University of California Press.

Chomsky, N.（1981）. *Lectures on government and binding.* Foris, Dordrecht.

Chomsky, N.（1995）. *The minimalist program.* Cambridge, MA: The MIT Press.

Chomsky, N.（2002）. On nature and language. Cambridge: Cambridge University Press.

Chomsky, N.（2006）. *Language and mind.* 3rd ed. Cambridge: Cambridge University Press.

Chomsky, N. & Halle, M.（1968）. *The sound pattern of English.* NY: Harper & Row.

Chu, C-J.（朱秋融）（2009）。中文報紙中文句內夾用英文詞的分析。 A pramatic analysis of English-Chinese code mixing in Chinese Newspapers. 臺南：臺南科技大學，碩士論文。

Cresoi, B. & Moskowich, I.（2006）. Latin forms in vernacular scientific writing: Code-switching or borrowing? Selected Proceedings of the 2005 Symposium on New Approaches in English Historical Lexis. 51-59. Somerville, MA: Cascadilla Proceedings & Project.

Escamilla, K.（2007）. The role of code-switching in the written expression of early elementary simultaneous bilinguals. American educational Research Association.

Hagihara, S, J,（2009）. Functions of the use of English in advertising: A content analysis of Taiwanese magazines. 政治大學國際傳播英語學程，碩士論文。

Lacan, J.（1981）. *The four fundamental concepts of psych-analysis.* Trans. Sherdian, A. New York: Norton.

Li, D.C.S.（2000）. Cantonese-English code-switching research in Hong Kong: A Y2K review. *World Englishes, 19*（3）, 305-322.

Li, D.C.S.（2008）. Understanding mixed code and classroom code-switching: Myths and realities. *New Horizon in Education, 56*（3）,75-87.

Shen, C.-X.（2010）. A study of Chinese-English code-switching in Chinese sports news reports. Cross-Cultural Communication, 6（4）, 165-175.

Yeh, S-Y.（葉書吟） &Yu S-I（于嗣宜）（2012）. A sociolinguistic

study on code-mixing in Taiwan on-line News. A conference paper Hsuan Chuang University.

尤雅姿　〈波霸・超駭・Kuso——戲說臺灣漢語中的外來語〉　國文天地　2011 年

何大安　〈百年來的語言學補述〉　《台灣語言學研究》　2012 年　頁 37-39

李壬癸　〈百年來的語言學〉　《台灣文學研究》　7 卷 1 期　2012 年　頁 1-36

姚榮松　〈國語與方言〉，《國音及語言運用》　吳金娥等著　增訂三版　臺北市　三民書局　1999 年

黃靖惠　〈中文媒體夾用英文之台灣現象：以 1951-2004 年的聯合報標題為例〉　《中華傳播學刊》　第 9 期　2006 年　頁 153-198

中文寫作測驗評分疑義卷型態管窺
——從六級分制下的體裁表現及立意取材向度切入考察

謝奇懿

外藻外語大學應用華語文系主任

摘要

　　中文寫作測驗評分的良窳主要在評分一致性的要求與實現，而一致性的要求仰賴閱卷團隊對評分規準解讀的共識，然而由於大型寫作測驗的參與人數眾多，應試文本樣態相當多元多樣，因此要運用具體有限的規準繩加於多元樣貌的文本，在評分的判斷、切割之際勢必有難以權衡之處，本文就中文寫作測驗評分時面對的難以權衡文本為研究對象，而名其為評分疑義卷，試圖將寫作測驗的評分疑義卷進行分類，並從辭章學理論體系中較具整體性的面向——體裁表現與立意取材兩部分的表現切入，希望能在辭章學的高度下具體了解疑義卷的型態表現。

　　從辭章體裁與立意取材向度切入觀察六級分制的中文寫作測驗疑義卷，會發現無論是級分評分較大或是相鄰級分的切割、以及及格線的劃分上，都有非常態及文本表現程度上的樣貌出現。辭章學的高度告訴我們，寫作文本本身在體裁及主題的表現上可以是多元而變化不定的，而且規範與陳規也是不斷改變的，因此在評分上很難用簡單的方式進行類化、評分，甚至不是一種確定的解讀方式；然而辭章學也告訴我們，表現力的高

低的確也是存在的。因此就辭章學理論來說評分可以說是理論內部的需求，但又是必需隨個案加以調整的細膩工夫。中文寫作測驗疑義卷的存在，其實是時時提醒著評閱者任何級分的評給都可能存在著認知及切割評斷的級分差異，進而使我們以更為謹慎多元的角度對應試文本加以思考，並時時反思已有的「共識」背後的不確定性。

關鍵詞：寫作測驗、評分疑義卷、文藻外語學院、中文綜合表達能力測
　　　　驗、六級分制

一 前言

　　中文寫作測驗或寫作試題的實施由來已久，也在國內多數大型中文測驗佔有重要地位，舉凡國中基本學力測驗（以下簡稱國中基測）、四技二專統一入學測驗（以下簡稱統測）、大學入學考試學科能力測驗（以下簡稱學測）都有寫作試題。就試題類型來說，中文寫作測驗乃是主觀性測驗，因此評分者一致性要求十分重要，各主要考試也都有類似閱卷核心及一般評閱教師的編制[1]，搭配各個測驗所訂定的評分作業流程，希望透過這樣的編制與流程，能讓評閱老師熟悉寫作測驗的評分規準，並在規準的解讀與操作中盡量達到共識，使寫作測驗文本的評閱能達較高的一致性。

　　就現今各個重要的中文寫作測驗而言，如國中基測、四技統測及大學學測寫作評分機制與流程的操作日益嫻熟，評分一致性也相當良好。不過，仔細就寫作評分實踐來說，一致性的達成仰賴閱卷團隊對評分規準解讀的共識，而共識則必須透過核心成員的往復討論與具體實施的回饋調整才可能形成。然而由於大型寫作測驗的參與人數眾多，應試文本樣態相當多元多樣，因此要運用具體有限的規準繩加於多元樣貌的文本，在評分的判斷、切割之際勢必有難以權衡之處，因此部分文本的評分產生疑義的情形乃普遍存在於大型中文寫作測驗的評分之中。此一難以評量的情形十分重要，因為難以評量現象的背後，首先涉及評分規準的解讀是否一致的問題，更深一層的則是涉及評分規準的有效性問題，而有效性與一致性正是測驗領域最重要的核

---

1 以國中基測來說，即有核心閱卷教師的編制，負責樣卷的討論與共識的形成；而統測亦有核閱教師的編制。關於國中基測閱卷教師的編制參見王德蕙等（2006，87-89）的論文。

心概念[2]。所以,本文擬就中文寫作測驗評分時面對的難以權衡文本為研究對象,而名其為評分疑義卷,試圖將寫作測驗的評分疑義卷進行分類,並從辭章學理論體系中較具整體性的面向——體裁表現與立意取材(陳滿銘,2003,1)兩部分的表現切入,希望能在辭章學的高度下具體了解疑義卷的型態表現。

　　應試文本方面,本文擬以文藻外語學院中文綜合表達能力測驗(以下簡稱中文檢測)中的寫作試題及應試文本為對象進行考察。該測驗為筆者所主持,自二〇〇六年發展迄今已舉行過六次,每次測驗參與的總人數約在一千人到二千人之間,應試學生主要是文藻外語學院四技部二年級及專科部三年級學生。此外該測驗為了提供更多訊息,此測驗也同時邀請校外大學進行測試,作為對照之用,例如:高雄應用科技大學、輔英科技大學、義守大學、樹德科技大學都曾經或正在參與該測驗,每年參加文藻中文檢測的校外考生約達二百人左右。文藻外語學院中文綜合表達能力測驗測驗的內容包括兩部分,一為閱讀能力測驗部分,一為寫作能力測驗部分,兩部分測驗題目的編製並有經專家學者審查通過之能力指標為依據進行命題。文藻中文檢測的型態從傳統的紙筆測驗進步到線上測驗,今年起閱讀能力測驗部

2　一致性及有效性就測驗領域來說主要是信度與效度的核心要求,Robert L. Linn & M. David Miller:「信度指的是評量的一致性,亦即在兩次測量間,測驗分數或評量結果的一致程度。」、「信度主要是用統計指標來評估」。參見 Robert L. Linn & M. David Miller 著,王振世等譯(2009,111-112)。關於效度,余民寧指出,「是指測驗分數的有效程度,亦即是測驗能夠提供適切資料以做成決策的程度」。Robert L. Linn & M. David Miller:「效度是個單一概念。……由美國教育研究協會(AREA)、美國心理協會(APA)及全國教育測量協會(NCME)(1999)所提出之「教育與心理測驗標準」的最新兩個版本中,已摒棄了把效度分成幾個不同類型的觀念。取而代之的是,效度乃根基於不同證據而組成的單一概念。」效度的內容考量即為效度的主要考量之一。參見余民寧(2008,293-294)、Robert L. Linn & M. David Miller 著,王振世等譯(2009,76-83)。

分更由電腦 CPT 測驗進步到適性測驗（CAT），使測驗的信度大大地增加，所有適性測驗的試題都需經預試反應篩選後方才納入。在寫作能力測驗方面，文藻外語學院的寫作試題也都是聘請專家學者進行命題，並經過三位學者的審題修改，方才施行。在寫作試題的評分方面，文藻中文檢測學生應試文本則是採用六級分制進行評分，閱卷比照大型測驗的三閱進行，閱卷教師也都是在國內大型中文寫作測驗接受過訓練並通過檢定的老師，在評分的一致性上能達到相當高的水準，因此能作為本文討論之文本。由此，本文擬初步探討中文寫作測驗評分疑義卷型態，其中的文本即以文藻外語學院中文綜合表達能力測驗為考察對象。此一文本的選擇，首先必須是一、二閱教師在評分上都有差異的文本，從中選取具代表性的典型作為討論對象，希望能透過實際的文本內容，一窺中文寫作測驗疑義卷的類型與樣態。

二　中文寫作測驗評分疑義卷的來源、義界與種類

就表面上來看，寫作測驗評分疑義卷的出現，乃是因為寫作測驗評分標準流程中，核心或核閱委員在級分評定標準的討論上所呈顯的疑義，此一疑義可能是差距僅是相鄰級分的卷子，而不是具體評分時在一、二閱差距過大時的三閱試卷，即使部分三閱試卷可能屬於評分的疑義卷。評分疑義卷的發現就實際的寫作測驗評分流程而言，應有兩端：一是在實際評分共識的前期，核心（核閱）委員就已有的訓練加以評閱，在統計上呈現出過大的差距或對等的差異。另一則是在正式閱卷時，評分委員在自身或與其配對評分委員在統計上所呈顯的特殊傾向或差異，經核心（閱）委員提取原卷，就文本本身加以判斷後確認者。

從表面進一步探討寫作測驗評分的疑義的發生主要是來自評分誤

差，此類誤差有十多種（評分者效果）（萬世鼎等，2006，131-171），溯其根源有來自評分者，亦有寫作測驗評分制本身的侷限。前者主要涉及測驗文本本身解讀的差異，此類差異可能是文本自身存在著多重解讀的空間，因此在評分上有不同的判斷。而後者主要指評分疑義的產生可能是在文本評分時，因為評定時必然涉及的級分切割，所以在解讀時呈顯出對文本能力認知高低的程度上差異。上述兩種評分疑義就本質而言看似不同，但在實際評分時，則可能會同時發生在同一文本上，進而表現為評分者之間的差異。也就是說，疑義卷在外表上的判定原則應該是以試卷文本的本質與評分的切割為標準，當閱卷者彼此之間面對文本評分的差異進行討論時，評分者各自嘗試依據評分規準對文本的評分進行說明，卻因為上述的原因，因而在評分規準的根源上無法進行一致性的對應，此類試卷文本即屬於評分疑義卷。

　　從評分疑義卷的定義回到中文寫作測驗的實踐層面，由於寫作測驗評分疑義卷的來源有文本本身十分特殊及級分切割兩種，因此，就前者而言，特殊的文本極可能在具體評分時表現為級分差距過大，包括合題與否的判斷。而就後者級分切割來說，現行中文寫作測驗幾乎皆選擇級分制做為評分方式。以現行台灣較為重要的中文寫作測驗來說，計有九級分制、六級分制及五級分制[3]三種。此三種級分制表面上看起來並不相同，然而就辭章學的偏離理論（王希杰，1996，184-190）而言，實是由零點——正偏離——負偏離三大區塊再加細分而成（謝奇懿，2010，225-226）。九級分制的 A 等（A＋——A——A－）、六級分制的五級與六級、五級分制的四級與五級，是從正偏離區塊當中區分出來；九級分的 B 等（B＋——B——B－）、六級分制的四級

3　以國內的大型寫作測驗或試題來說，學測採用九級分制，基測與統測採用六級分制，國家華語文測驗寫作測驗則採用五級分制。

與三級、五級分的三級是從零點區塊中區分出來；九級分制的 C 等
（A＋──A──A－）、六級分制的二級與一級、五級分制的二級與
一級，是從負偏離區塊當中區分出來。因此，級分的切割在每一層級
都會發生，然而此一級分的切割就偏離理論而言，還可以進一步分為
大的級分（區塊）間距以及小的級分（區塊）間距兩種。大的級分間
距牽涉到基本的零點與正、負偏離的區塊區隔問題，其關係到一般表
現──超越一般表現──未達一般表現的區塊間區隔；而小的級分間
距則區塊內部的程度性的多寡差異。因此，從偏離理論看評分規準的
評分切割，大的區塊區隔要較小的區塊區隔在理論上要重要的多。必
要說明的是，此處所謂的零點──正偏離──負偏離都是一個區間，
主要意指為表現符合一般水準──超越水準──未達水準等。

　　上述已對評分疑義卷的基本型態──級分差距較大及相鄰級分的
切割加以說明，對本文討論的對象六級分制而言，偏離理論中的「零
點」，除了區分為零點區間的三、四級分區塊外，還可以解釋為「及
格界限」，此點落實於六級分制，即是指強調通過與否的及格性要求
以及三、四級分界限區隔的特點，顯示出六級分制的評分點代表的特
殊功能及意義。以前者強調通過與否的及格性要求來說，因此四級分
的篇章及格與否的判定有時候是涉及兩閱差距過大的情況。而就後者
三、四級分的差異來說，偏離理論的零點僅提到零點，而未就零點的
界限加以舉例說解，因此無法直接處理三、四級分的差異。然而此點
就實際評閱而言確是十分重要的，就實際採用六級分制的國中基測寫
作測驗而言，評分規準的描述中，三、四級分的差異乃是發展尚可與
發展不充分的程度差異，因此仍屬零點的連續性區間。然而要在三、
四級分制的門檻界限要求中進一步在零點區間中劃出評分及格的界定
雖然是六級分制的特點，也正是評分疑義的所在之處。

　　綜上所述，我們可以將中文寫作測驗的疑義卷區分為以下三大

類：

1. 級分評給差異較大之疑義，此類情形包括合題與否的判斷。
2. 級分切割的相鄰性差異疑義，此類情形包括區塊間切割差異與區塊內部切割差異等疑義。
3. 評分及格界定的疑義，此類情形主要是指涉及兩閱差距過大的情況與評分界限的位置認定等疑義情形。

三 中文寫作測驗疑義卷的具體樣態──從六級分制下的體裁與立意取材向度的角度切入觀察

由上述可知，中文寫作測驗的疑義卷可依照級分評給差異較大、相鄰級分之切割以及評分零點的位置三類。以辭章學的角度來看寫作評分，辭章的最高層主題、體裁，到次層的邏輯思維及形象思維，再到最底層的詞彙、修辭（狹義）與文法等都是寫作評分的考量內容（陳滿銘，2003，1-5）。雖然如此，就中文寫作測驗疑義卷來說，愈是底層的辭章要素若有不同於其他辭章要素的表現的話，其影響通常較為有限，因為還有其他要素的表現是在預期之內，因此若是較為底層的辭章要素，如：僅發揮部分功能的詞彙或修辭格在表現上若有差異時，通常對評分的影響為上下一級分，因此此類型要素形成的疑義卷通常偏於級分切割的問題。相反的，愈是高層的辭章要素，如主題的界定、發展及體裁選擇，由於屬於整體性表現層次，而評分是就文本的整體性表現加以評分的，因此若是在主題界定與發展，和體裁的選擇面向有所不同時，其評分差異可能性就愈多種。所以，若是從辭章的最高層如：主題、體裁觀察文本的評分，前小節所提到的三類級分疑義情形也就更為全面。值是之故，本文擬就辭章學最高層次的體裁及主題表現切入，觀察六級分制下中文寫作測驗評分疑義卷的樣態

表現。

從辭章學的理論出發落實到中文寫作測驗的六級評分制，具體來說，現今國內六級分制的中文寫作測驗以國中基測寫作測驗最有代表性，也具備有明確的評分規準，因此本文所使用評給文本級分的評分規準，即以國中基測的評分規準內容為操作準則。而就國中基測寫作測驗的評分規準來說，主題的界定與發展主要是立意取材的向度，體裁則是各個向度（如：立意取材、結構組織、遣詞造句等）的綜合體現。因此，本文擬使用國中基測所使用的評分規準，從體裁及立意取材的角度切入，以文藻外語學院中文綜合表達能力測驗的寫作試題為對象觀察中文寫作測驗疑義的具體樣態表現。考慮到討論的一致性及篇幅，本文僅以二〇〇六年文藻外語學院中文綜合表達能力測驗寫作試題中的一道引導性題目為考察對象，該道試題的題目內容如下：

> 一本好書如同結交一位良友，它能夠給你知識也能讓你獲得成長，有時候它或許也能帶給你一些感動或心靈上的慰藉。
> ※請以「讀書雜記」為題，寫出對你的人生成長具有影響的一本書，完成一篇流暢的語體散文。文中請詳細寫出書名，並注意結構完整、書寫正確。

(一) 從立意取材及體裁表現觀察級分評給差異性較大之疑義卷樣貌

如上所述，級分評給差異性較大之疑義，主要是對文本的整體性表現達成度的認定問題，而就辭章學的架構來說，文本的整體性表現主要涉及了主題、體裁的層次，因此若從立意取材及體裁兩向度加以

觀察，將可以看出此類特殊表現文本可能造成的疑義情形，茲分別說明於下：

1 立意取材之特異所可能造成的疑義樣貌

關於立意取材之特異可能造成閱卷級分判定的疑義頗為常見，主要涉及題旨的解釋及界定，因此具體而言乃是主題的範圍與材料的選擇問題。若就材料的選擇來說，又可以細分兩種狀況，一種是材料的選擇是否合題，一種是材料的選擇過少，是否真的有選材，茲先討論第一種材料的選擇是否合題的狀況於下。以本次的寫作題目：「讀書札記」而言，一般應試文本多半是寫「書籍」，但也有部分文本是以「朋友」為「書」，寫得自於朋友這本書的體會或感受，以下是運輸系二年級陳○○的例文：

關於本篇例文，文本前有標題「朋友」，文中同時明白寫出朋友是「無形的書」，以下並以「故事」說明與朋友的相處情形。以立意取材來說，本文的立意甚偏，分段及結構並有問題，文字破碎，因此當為零到二級分之間。若為零級分，則是以本文為離題；若是以本文

為一級分，則是以取材錯誤且發展極少，加此文句破碎等特徵，因此給一級分。不過，若專就「讀書札記」四字繩以本文之材料，則本文略有發展，在級分評給上還可能達到二級分。由上述可知，因為材料乃是文本發展的基本組成內容，通常的情形下，確立材料後，順著所選擇的材料加以發展即能有所表現，也就是說，從材料出發，邏輯組織及意象、主題都隨之呈顯，本身為一相互連繫的構成。然而此點對中文寫作測驗則未必盡然，由於測驗有題目的要求，因此選材若十分特殊，則可能會衍伸出合題與否的考量。以可見的應試文本來看，材料的選擇十分特殊而有合題疑慮的文本，在立意發展上的表現或許有限，但在其他向度則可能表現超過預期，此時就可能出現比上篇文本更具疑義的情形。

　　相較於上述的材料選擇判斷所造成的疑義，另一種疑義狀況主要是應試文本的材料極少，因此在零分與有分的界限上產生疑義，英文系三年級林○○同學的文本如下：

> 一本好書，對我而言，不再於它賣有名，再於閱讀之後是否能讓我對其內容深受感動。

上述應試文本只有四句，也提及「書」、「閱讀」和「感動」，但幾乎沒有具體材料，因此從寫作表現的角度上，在該文本是否有分的界定上產生疑義。事實上，材料選擇的極少還有另外一種文字看來很多，但幾乎全抄引導說明文字或抄襲他人文章，僅略加點竄的情形。此一類型雖有內容，但實際屬創造的部分不多，此時在判斷是否有分時，也如同本處的例文相同，在缺少具體材料的情形下級分的評分可能會產生疑義。

　　材料的選擇之外，另一種立意取材向度常有的疑義型態是題旨的界定，也就是看似反題但有發展的應試文本，財稅系二年級李○○同

學的文章如下：

以本篇應試文本來說，本文作者明白道出「書名我卻都沒給它記下來」以及「老實說，並沒有一本書影響到我的成長」，而最後還提到「讀書固然重要，但經驗更是要累積」「謹至於參考，要親自體驗，從成功到失敗，學到教訓比較實際。」因此，從結構組織及文字表現來看，本文大約在一般水準略為偏下的表現，但由於立意的發展有反題的部分，也有正面提到自己讀書的心得部分，因此在整體評分時會在是否達成題旨要求的向度中產生疑義。更具體地就本文來說，本文對讀書的肯定不多，而多半就抽象層次論述讀書的情形和感覺，表現有限，未必符合一般水準，因此若就角度來評分，則本文可能落在二至三級分。然而若從另一個面向就「札記」二字的範疇加以觀察，「札記」的範疇可以很寬，因此抽象的說明似乎亦無不可，所以也可能視為勉強合題，而在實際評分可能給到四級分。

2 體裁之特異所可能造成的疑義

　　除了立意取材的層次可能產生評分的疑義外，應試考生若使用迴異於一般的體裁，也可能造成評閱的疑義，翻譯系二年級商○○的例文如下：

細心觀察身邊人	查明自己非孤高也非最低
沉浸中的一條鯨	明白先生我預定有用之論
不再成就書體方	證明實力知識在手我不怕

在這一段重遇小學中的一條鯨之前，我明察句世界周如然，究何我長的不是這，我曉得自身反應黨內的頭腦聲點這手書，了解最多的說法，寫出以成稿，我該知道了，人類是不同意現況，認為自的還要更多，其實人要努力表察成自己。我就會知道天主找材少有用的道理，充實自我，才是最首要的二年不閒真一味行語或自心追數值大人，到學問會致体習一併具願色有，使自已最重要。

此一應試文本兼用詩文體裁，前三行偏詩，後四行偏文，與題旨要求的語體文不完全相合，屬違反試務規定。具體來看，就內容發展來說，本篇文章屬詩的部分與文的部分可以相互補充，由此較為完整的看出作者的立意之處，乃是符合題旨要求。在結構方面，本文偏詩的部分結構較為鬆散，因為第一、二行之間並不連貫；而文的部分一段成文，無明顯的結構；且兩部分之間的聯繫相當鬆散。文字表現方面，本文文字平平，無凸出之處。綜合觀之，本文立意發展及結構都屬未達水準的表現，文字則為一般水準偏弱，因此本文可能的級分應落在一至二級分之間。若以偏詩的部分也為文章內容，則兩部分之發展較接近二級分，而若將偏詩的部分視為無關文字（因為非語體文），則可能評為一級分。而如果將偏詩的部分視為違反規定，則本篇例文還可能因為違規而被酌一級分，而使得得分從一至二級降到零至一級；或直接被評為零級分。

由上述可知，從辭章學裁及立意取材兩向度觀察級分差距過大的情形，可以發現這兩種涉及辭章學整體性層次的表現乃是在根本的主題及體裁層次存在著根本性的認知，因此在樣貌上基本上是較無系統與難以歸類的。不僅如上，此種辭章學高層概念所顯現出來根本性的認知差異乃是「定義」層次的「義界」和「種類」的問題，通常不是透過評閱的訓練可以解決，或許以現今的辭章學研究知識來說，此種認知的根本性差異所導致的疑義卷，如主題範圍的界定與體裁的變異等等，恐怕只能透過共識來處理，而暫時沒有客觀性的「理論依準」。

（二）從體裁表現及立意取材觀察相鄰級分切割之疑義卷樣貌

上述已就體裁及立意取材兩向度在中文寫作測驗評分疑義卷的樣貌加以說解，顯示出辭章學較高層次的概念在級分評給的特殊變化。從文本在體裁及立意取材的特殊樣貌回到評分規準的體系，中文寫作測驗應試文本相鄰之間級分的切割此一實務性的需求，也會因體裁及立意取材的變化而產生相鄰級分的評分差異，因而有疑義卷的產生。如前所述，就偏離理論來說，辭章的表現乃是存在著正偏離——零點——負偏離三個表現面向，而六級分制則是在三個大的面向下，各自再加細分而成。因此，就相鄰級分的切割而言，表面上只差一級分的情形，應該是存在著理論上的真實差距，也就是正偏離——零點——負偏離之間的差距；以及各自區間內部的程度性差距。以下即從體裁表現及立意取材兩向度觀察相鄰級分切割的疑義卷樣貌。

1 從體裁表現及立意取材觀察零點與正、負偏離之切割疑義卷樣貌

（1）零點與負偏離之切割疑義卷樣貌

　　所謂的零點與負偏離之切割疑義卷樣貌，就六級分制來說，即是二級分與三級分的切割問題。二級分與三級分之相鄰性差距，除了上述因為體裁變異及立意發展界的「定義」層次可能產生之外，還有評分規準內容中有關「材料不足」及「偏題程度」等認定上的判定問題。首先觀察材料不足的判定問題，流行設計系三年級蕭○○同學的例文：

　　本篇文章篇幅不長，文字描述勉強清楚，而且文分四段，各段大致不同，但銜接不甚順暢，因此若就立意以外的向度來說，大約一般水準偏下的水準（三級分略微偏下）。不過，若就內容發展來說，本文第二、三段有些開展，但十分有限，且第一段及末段幾乎是簡單起結，因此在立意上的判斷上很可能是二到三級分的具體材料略有不足、發展亦有所不足的情形。由此綜合觀之，由於材料的不足與否判定上即可能造成二級與三級的相鄰級分切割的疑義卷情形。

　　除了材料不足與否的判定造成疑義，偏題程度的判定也可能造成

零點與負偏離的切割不易情形，財稅系二年級蔡○○同學的例文：

> 就是「把這份情傳下去」
>
> 對我影響最深的一本書，裡面有好幾則小故事，記載著很溫馨感人的事情。而我覺得只要自己有能力，就不要吝嗇地對別人付出關懷，這世界上很多人是需要幫助的。
>
> 世界上有愛才會有溫情———，而每個人都懂得付出，並不只是都為自己利益著想，如果世界充滿愛，這世界就不會如此冷酷和冷漠，有時候在新聞上看到一些事件，像有人被圍毆，而一堆人只是在旁邊看著不幫忙，我覺得這社會到底怎麼了？生病了嗎？難道和自己無關的事就睜一隻眼閉一隻眼嗎？如果那個人是你，周遭的人對你不伸出援手，那你的心情又是如何？
>
> 對別人付出，並不代表你失去，在付出的過程，你會學到很多也會收穫很多，如果每個人都懂得付出，那治安就不會那麼不好，凡事不要只想到自己，替別人著想也是一件好事，而我相信會有愈來愈多人這樣做。

本篇應試文本雖然首段即行破題，點出所閱讀的書籍名稱及簡要內容，然而通觀全文，與作者所言之書籍直接相關的文字也僅只於首段的前三句，其餘自首段第四句以下，全為作者自己對為他人付出及著想的看法。誠然以此次寫作題目「讀書札記」而言，「札記」二字頗具彈性，然而若去掉文本前三句，文本的其他部分也可以獨立成文，與「讀書」一事未必相關。因此，若是以全文立意發展為合題，由於文章發展的具體內容不足，則本文可能得分為三級分；若是視本文在立意發展上有瑕疵，則本篇文本在評分上很可能只有二級分。事實上，在實際的大型中文寫作測驗來說，全文的小部分文字應題，但其他部分自成完足的一部分文章並不少見，此一偏題與否的界定問題，也是寫作測驗評分疑義卷常見的型態。

（2）零點與正偏離之切割疑義卷樣貌

以六級分制來說，零點與正偏離切割的疑義樣貌為四級分與五級

分的差異性，而就評分規準來說，零點與正偏離的差異可能是體裁表現樣貌的差異，但更多的是在立意取材上進一步闡釋題旨與尚能闡釋題旨的差異，以下是德文系二年級張○○同學的例文：

　　隨著年齡的增長，人所遇到的困難將漸漸在心靈上產生影響，在所有文字裡，我總喜歡找尋美麗的，而不是白話文，我以為世界就像那些文字一樣美好，而且可以永久保存著。直到我升上了五專四年級，「朋友」這個詞，帶給我的世界一場大災難：選課不同、放學時間不同、交了男朋友，這些種種因素使我最要好的朋友對我不理不睬，心裡更對我是怨言迭出！曾經還以為真的是自己疏忽，心裡漸懷恨不已，後來才了解這是成長、改變必要過程。在這段時間裡，心靈總覺得找不到抒發，於是我開始尋找心靈難易主題的相關書籍，但在那些談著如何放鬆自己、寬容別人的書本旁，不知道何時插入了一本名為〈謝謝你折磨我〉這樣充滿諷刺意味的幾個大字為封面的書，想當然爾，馬上就將它從架上取下並借閱：裡頭談到的，全是我以前沒想過或是想過了卻壓倒自己惡毒想法的意見及經歷，著重在出社會後的實際層面，它教導我如何去面對曾有過衝突場面的人們，而不是幼稚的逃避，讓我更鑽牛角尖。

　　舉實際的例子來說，在與朋友交惡後，我總是盡可能的不去直接面對友人，否則就是怕友人又胡思亂想，不敢將想變恩怨一事坦然說出，免得又是場大風暴！但事後漸漸發覺不坦然的面對，對方便更會覺得你是真的做錯事了而在逃避！書中當然不是這些，還有一些讓人滿足報復心理的小技巧，但那類文字便大過思考，閱讀完畢後，便隨即從腦海中消逝，但其實，在看那本書的當下以及和朋友不睦的相處過程裡，我都有一種書中的提到的報復心態，連自己都覺得可怕！書中也有提到要是感到心靈受侮辱了，千萬別做出讓腎上腺素主宰而產生的衝動想法，這些內容，以前的我或許會一知半解，而現在我是真的體驗到了！曾經，在朋友不願與我交談的某天，累積許久怨氣的我、受不了如此體橫朋友的我，上了半天課便逃離校園，回家去！後果便是朋友哭著向班上尊師訴苦，而我？當然，就被不知情的老師說了一頓！經過了一整個學期的磨練，我不會再做這種事，和朋友之間的關係退為所謂「君子之交，淡如水」的狀態，是我打從心底願意的。

　　要不是這本書，我不會練就現在的好脾氣，我會認清做人處世上所要學會的基本距離，我會一直責備自己，而忘記這是我的人生，不需要依附著某些事物，甚至來運轉！裡面文字的真實，是所有未長大的成年人所要去體會的。更謝謝曾折磨我的人，你們讓我成長了！ （續反面）

表面上來看，本篇應試文本的內容發展頗多，結構的表現分明，段落的銜接轉折也算順暢，而遣詞造句的表現上也都有偶有佳詞出現。雖然如此，仔細觀察文章的第一段後半段有關《謝謝你折磨我》的提綱

說明並不流利，第二段結合自己實際生活經驗的進一步闡釋則時有斷裂不連貫之處，尤其是後半部的「朋友不屑與我談的某天」一段，文中意念不甚清晰。因此，若就立意取材而言本篇文章實未能達到進一步闡釋說明的表現，而由此一現象回顧本文在遣詞造句的表現，則似乎可以看出其中的佳詞雖具，但未達連貫性的複句層次。因此就評分而言，本篇文本乃是呈現出四級到五級之間的疑義卷情形。

2 從體裁表現及立意取材觀察正負偏離內部切割之疑義卷樣貌

（1）負偏離內部級分之切割疑義卷樣貌

以六級分制來說，負偏離內部的評分疑義卷乃是一級分與二級分之間的詮釋差異，其也可以從體裁的表現與立意取材兩方面表現出來，以下首先觀察體裁表現所產生的負偏離疑義卷情形。外語教學系二年級江○○同學的例文如下：

讀書雜記

天空·大地啊！有千萬文字·無窮盡寬廣。
人啊！不如天地之遼高闊，卻同空氣形臭，
什麼呀！可以存在無形。
搭文字展翅翱翔，
撞見·如來佛手·誰能逃出？
明白·佛手自願輕輕地伸起，
孫悟空儘管十八般武藝·也得作罷！
佛·指引孫悟空跟著唐三藏取經，
一路上·驚險萬分，
所車地·多了兩位幫手合力對抗，
收服多種妖獸，
終險·取得經文。
受到各式各樣考驗·也能達成任務，
不禁想·我呢？
幼兒·青年·晚年·經歷了多少？
現在·從西遊記獲取太殼心經，
決心克服逆境，
用無形領悟人世。

本篇應試文本看似詩，但仍應為文，只是分為十多行構成心語，抒發讀西遊記的感想。就內容來說，本文已有取材也有發展，但文字偏弱且不通順，結構方面則十分鬆散。因此綜合言之，本文的評給級分可能落在一至二級分之間。從體裁的特殊到立意取材，負偏離內部級分切割的疑義情形如下文所示，法文系二年級劉○○同學的例文：

本篇例文十分簡短，文本雖分三段，但首、末段皆為泛論，幾乎與作為主體的第二段無關，而且第二段關於所讀書籍——《哈利波特》的描述很少，幾乎沒有正面說明，因此就立意發展上本文十分貧弱，大約是一級分略微偏上的表現。不過在遣詞造句的文字表現上，本篇文章表意尚可，因此在實際級分的評給上也有二級分的情形。

（2）正偏離內部級分之切割疑義卷樣貌

　　正偏離在中文寫作測驗的文本皆屬超越一般表現，而為能進一步闡釋說明主旨的表現，因此其疑義可能發生的情形，即是何謂優秀的六級分，以及何謂超越一般的五級分間「佳作」的認定問題。以現有中文寫作測驗的評閱來說，正偏離的評閱要區分出超越一般表現與優秀的佳作兩等級並不容易，因為應試的文本由於自身的性質是考試的關係，在外在的有形與無形壓力下，不容易寫出面面俱到的文章，因此除非是十分優秀的作品，並不易達成評閱的共識，所以正偏離內部

級分切割的部分文本，涉及的是表現力高低的問題。不僅如此，由於正偏離的應試考生能力優秀，因此在容易突破陳規，在應試時選用不同體裁，表現出特殊內容但容易被質疑的文本樣貌，以下是法文系一年級施〇〇的例文：

> 晴，我在氣前放了一只風箏。
>
> 綠朵雲好整以暇地在藍天的窩欄上休憩，就這麼輕巧，追憶著絲絲地領略著涓涓不息盪滿心的千尋嚴浪，浪花，拍上了岸，讓感動游渡過了游中。為你，就又為你而然暗自己的好千千萬萬遍；是怎樣才氣溫氣大氣恤恢淚的一切承諾，眼中裝滿了全都是你的一切而　自己反倒成為了沙了那樣回頭，以人還說用生命緩出的裏囍，將"你"攤起了在乎，因為在乎因為信住因為，愛，所以也再急次潑潑及的真王，全都因為那個人是你，而值得了。
>
> 一種賭，賭你也同樣愛我，以真心當作籌碼，遊戲規則叫做相信。賭，莫算又是莫名醒，去追那只風箏的瞬間，斑斕的陽光早已見證　覺他是否面本無聊，那刻，我又知道我願意……願意為你而千萬遍。
>
> 陸，我望著奇怪以追逐奔跑的你喜們。
>
> 或許當雲會下起雨也不一定，這樣的天氣適合去放風箏嗎？那些孩子的笑醫，會因為天的淚水而打折嗎？順手輕滑了書眼，上頭有風箏圖出的書名，是如此巧的吧，追風箏的孩子。
>
> 追逐，我轉身搬回到我的童年，我的，有你的童年，有你慈祥腆扒的童年，有你掛心噯叨的童年，有你溢意露愛的童年，有你慎寶事心的童年…，我的童年失去了姓名，那是因為你，我的父親，你簡單地放了手，永遠的離後而去。
>
> 雨，果真還是落下了思念，潮溼的無法斗量的思念。
>
> 孩子收工回家了，有燈光亮大中有女母親的家。我還與我氣前的這本書僵持不下，大眼瞪小眼，也不知道它說了些什麼，不知道它曾呢喃過些什麼，對我，我的然恍倘，從前掛兒時記憶。我也不知道，只是，我突然可以明白是懷麼樣的心情能夠去說出那麼沉重的話。
>
> 於是，我送出了書本，再順帶原諒了自己。
>
> 平靜下來的海月水，遠海的後畢出了折射過的太陽，又起朵雲後步逆過，樓我隨意野放的那只風箏，在我的窗前即性跳起了華爾滋，輕巧且毫無升息地訴說著一句句又一行行的想念，而我回頭在首尾寫下：「為你，千千萬萬遍。」你聽到了嗎？我親愛的Daddy……？
>
> 晴，天晴，我願意為你。

本篇例文頗有文采，所寫感情亦頗深入，應屬於五、六級分的正偏離文本。唯作者所用體裁乃是抒情體，拈出「風箏」的核心意象，亦實亦虛地綰結自己情感經驗與《追風箏的孩子》兩者。然而本文由於體裁相當特殊，因此文本的主題是以抒發己情為主，是以「札記」為主，亦或是「札記」一詞的義界應該放得多寬，在評閱上即可能引起

疑義。不僅如此，由本篇例文可以知道，部分五、六級分的文本在體裁上的突破與嘗試，其實顯示出寫作本身不斷地突破規範與陳規的特點，尤其對寫作能力表現甚佳的學生而言，是可以整體性地運用文字能力與組織能力，進而在辭章學體系的最高層次——如：體裁表現、主題（立意取材）、甚至風格等加以突破與變化，呈顯出難得的佳作文章。因此從此一角度觀察中文寫作測驗因為特殊表現文本而形成的正偏離疑義卷，乃是辭章本身不斷求新變的本質的特點顯現。

（三）從立意取材及體裁表現觀察評分及格界定的疑義樣貌

此類情形主要是指涉及兩閱差距過大的情況與評分界限的位置認定等兩種疑義情形，關於第一種兩閱差距過大的通過性判定，主要在本小節第一部分從立意取材及體裁表現觀察級分評給差異性較大之疑義卷的合題與否判斷中表現出來，因此本部分僅介紹第二種——評分界限的位置，也就是三至四級分的及格線認定的疑義情形，首先觀察財稅系二年級張○○同學的例文：

從小，我的成績在同儕之間，可稱得上是名列前茅。但隨著時間的流逝，我在課業上的表現也趨於平淡，成績自然也就不怎麼出色了。正所謂「小時了了，大未必佳呀！」不過，在我心裡倒是十分地清楚，我不是不愛讀書，我是不愛為了成績而讀書。是有些與眾不同吧，倒偏偏現實，就是與人唱反調。在父母的眼中，我是一個不愛讀書的叛逆鬼，成績依然是他們唯一的憑據。我成績三差劣讀的書籍也可說是不計其數。但如果一定要提出一本影響我最深的書，那就非這本書——乞丐囡仔了。這本書可以算是我人生的啟蒙書籍，它所帶給我的震撼力，更是令我難以忘懷的。

當我愛上這本書的時候是國小，距離現在，時間已經有些久遠了，因此那印象也稍稍模糊了點。但那書的內容我還大略記著，它是在敘述一個叫賴東進的家庭，那家庭的父母也不是知識份子，父親眼瞎，母親全瘋且飽受些疾病所困的病態。他們家是生了不少個孩子，大致上而言，整個家庭的經濟狀況及生活情形都非常地不好，粗重遭就是靠家庭中的老大——一也用心的描寫出他的家庭、他的遭遇，以及他努力去面對未來的人生。當時我看版此書的他，還是十大傑出青年獎的得主，很令人感動其一切。

是的，當我閱讀此書的同時，心中時而是思緒萬千，有感動、有驚愕、也有感嘆不如明，也更是一個值得讓人效法學習的榜樣。因此，這本書可說是在我人生為生、影響我最大的一本，除此之外，還有各式各樣的好書，都是我的最愛，是我在閱讀路上的最豐收穫。

關於本篇例文，無論是立意發展，結構組織或是遣詞造句都屬一般表現的尚能闡釋題旨的情形。只是從立意來看，作者所強調的《乞丐囡仔》一書的說明略為偏少，最末一段只空泛的寫出自己的感覺，沒有具體的材料內容，與標準的四級分在表現上有差別，但又較三級分略佳。因此以本篇例文在立意表現的程度來看，在三級與四級分之間，在級分的評給上有可能產生疑義。

四　結論

由上述可知，從辭章體裁與立意取材向度切入觀察六級分制的中文寫作測驗疑義卷，會發現無論是級分評分較大或是相鄰級分的切割、以及及格線的劃分上，都有非常態及文本表現程度上的樣貌出現。這些疑義卷的不同樣貌，乃是在辭章學理論與測驗實務的要求下出現的。從辭章學的高度告訴我們，寫作文本本身在體裁及主題的表

現上可以是多元而變化不定的，而且規範與陳規也是不斷改變的，因此在評分上很難用簡單的方式進行類化、進行評分，甚至很難用一種或數種確定的、已知的解讀方式；然而辭章學也告訴我們，表現力的高低的確也是存在的。因此就辭章學理論來說評分可以說是理論內部的需求，但又是必需隨個案加以調整的細膩工夫。從另一方面，中文寫作測驗實務最終的目的在於對文本的表現力高低進行評分，但由於表現力高低必須依靠文本解讀與類化，可是部分文本的類化沒有確定答案，顯示出中文寫作測驗疑義卷的出現，乃是寫作測驗評分過程中必然會產生的問題。因此要面對此一問題，必然要尋找辭章學的更深入研究及並在評分共識進行妥協，而評分本身也就必然存在著不確定性。然而對疑義卷的了解愈深，辭章的樣貌也就更加清楚，寫作評分的能做與不能做也就更為清晰。

對某些講究「標準」的人來說，此一疑義卷的存在必然有如芒刺，然而對筆者來說，中文寫作測驗疑義卷的存在，其實是時時提醒著評閱者任何級分的評給都可能存在著認知及切割評斷的級分差異，進而使我們在面對評分時，以更為謹慎多元的角度對應試文本加以思考，並時時反思已有的「共識」背後的不確定性。

參考文獻（以作者姓氏筆畫順序排列）

王希杰　《修辭學通論》　南京市　南京大學出版社　1996 年
王德蕙、黃麗瑛、萬世鼎　〈國民中學學生寫作測驗信度與評分者一
　　　致性之探討〉　《中文寫作評量學術研討會論文集》　2006
　　　年
余民寧　《教育測驗與評量：成就測驗與教學評量》　臺北市　心理

出版社　2008 年

萬世鼎、黃麗瑛、王德蕙　〈評分者效果之偵測與評估──以國民中
學學生寫作測驗為例〉　《中文寫作評量學術研討會論文
集》　2006 年

陳滿銘　《章法學綜論‧自序》　臺北市　萬卷樓圖書公司　2003
年

謝奇懿　《辭章學的螺旋結構及其在寫作評分規準的應用》　臺北市
萬卷樓圖書公司　2010 年

Robert L. Linn & M. David Miller 著　王振世等譯　《教育測驗與評量
（9E）》　臺北市　雙葉公司　2009 年

瞿佑《歸田詩話》詩學觀析論

陳慧芬

國立臺灣海洋大學通識教育中心兼任講師

摘要

　　《歸田詩話》為瞿佑（1347－1433）的詩論著作，是明代最早的詩話作品，論詩主唐音，讚揚李白詩「多妙句」、杜甫「識大體」、劉禹錫「多感慨」。除了以唐代詩人為主要論述對象外，還兼及宋、金、元三朝詩人及其作品，是以在一味「崇唐抑宋」的明代詩壇，瞿佑此書對唐宋金元詩的態度，可說是較為公允的。此書體例頗似歐陽脩《六一詩話》，以記事為主。乍見以為鬆散無條理，僅是詩歌之本事彙編，然瞿佑的詩論散見於其中。且善用比較法，或同時代詩人之比較，如李白、杜甫；或異代詩人但詩作主題相同、風格互異的作品比較，如「昭君詞」舉白居易與王安石之作加以比較。在這些不同詩作的比較當中，瞿祐也將自己的詩學觀點呈現在世人眼前。不過雖是明代最早的詩話作品，但是學界對《歸田詩話》與瞿佑的詩學主張並未有系統的整理研究，對於瞿佑的研究，則是泰半集中在其小說創作與詞學上，其詩學觀念研究則屈指可數，故筆者不揣淺陋，試圖在有限的學力與資料上，整理出瞿佑的詩學主張以及對唐宋詩的態度。

關鍵詞：瞿佑、歸田詩話、詩之體用、溫柔敦厚、主唐不抑宋元

一　前言

瞿佑（1347-1433），[1]字宗吉，號存齋，又號吟堂，錢塘（今浙江
杭州）人。關於瞿佑的生平，清·朱文藻曾在《歸田詩話·跋》中提
及「《明史》無傳」。[2]因此有關瞿佑一生的際遇，後人可在《歸田詩
話》的序文中略見其貌，如木訥曾云：

> 余同鄉宗吉瞿先生早以明經薦，筮仕於仁和、臨安、宜陽三邑
> 庠，陞國子助教，文名播於篇章，膾炙人口舊矣。復陞藩府長
> 史，克勝輔導之任。無何居閒寓金臺，太師英國張公延為西
> 賓，甚加禮貌。[3]

又柯潛曰：

> 公生長多賢之里，山川奇詭秀麗之州，而又嗜好問學，取諸外
> 以充於內者多矣。既壯而仕，歷仁和、臨安、宜陽三庠訓導，
> 陞國子助教、親藩長史，皆清秩也。因得以溫燖舊學，其所造

1　關於瞿佑生卒年，歷來有多種說法，陳益源指出一般為人所熟知的生卒年（1341－
　　1427）是有誤的，而日本學者秋吉久紀夫〈明代初期の文人瞿佑考〉對之考證甚
　　詳，指出正確的生卒年當是 1347 年到 1433 年。此說見陳益源：《《剪燈新話》與
　　《傳奇漫錄》之比較研究》（臺北市：學生書局，1990 年 7 月）頁 37。而徐朔方在
　　其《小說考信編·瞿佑年譜》（上海市：上海古籍出版社，1997 年）中也主張瞿佑
　　生卒年為 1347 年－1433 年；李劍國、陳國軍的〈瞿佑續考〉（《南開學報》，1997
　　年第三期）亦有相同主張，今從此說為是。
2　朱文藻之言，見明·瞿佑著、喬光輝校註：《瞿佑全集校註》（杭州市：浙江古籍出
　　版社，2010 年），頁 487。本文所引《歸田詩話》原文，皆出於此，不再贅述。
3　同前註，頁 401。

詣尤深，時時發為詩歌，寄興高遠，世謂『詩必窮而後工』，
豈信然哉！及謫居塞外，羈窮困約之中，吟詠不廢。晚歲歸休
故里，自顧其才無復施用於世，乃益肆情於詩，以自娛於清湖
秀嶺煙雲出沒杳靄之間，浩然與古之達者同歸。[4]

由上述二人為《歸田詩話》所撰之序，可知瞿佑才學甚豐，在詩歌方
面亦有出色成就，然而在仕途上卻頗見迍邅。明太祖洪武中葉歷任仁
和、臨安、宜陽三縣教諭，後乃遷周王府長史；仁宗永樂年間因詩見
罪，貶謫保安，直至宣宗洪熙元年（1425）獲釋得歸。其著作頗豐，
除《歸田詩話》外，尚有《剪燈新話》、《詠物詩》、《香臺集》等。[5]
　　明初詩壇承襲元末遺風，論詩主唐音，如元末明初的楊維楨、貝
瓊，閩中詩派的代表人物林鴻等，皆以盛唐詩風做為詩歌創作、批評
的標準，遂開明初尊唐之風，也開啟了前後七子宗唐、復古觀念的序
幕。在此時期的《歸田詩話》雖也主唐音，然瞿佑並不因此而鄙薄宋
詩，反而站在較為持平的立場強調宋金元詩亦有可觀之處，不可偏
廢。與他人狹隘的宗唐觀念相較，瞿佑的詩學主張較為周延。

二　《歸田詩話》的特色

　　關於《歸田詩話》的撰述動機，瞿佑在自序中提到：

予久羈山後，心倦神疲，舊學荒蕪，不復經理。……平日耳有
所聞，目有所見，及簡編之所紀載，師友之所談論，尚歷歷胸

4　同前註，頁 402-403。
5　關於瞿佑著作，朱文藻在《歸田詩話‧跋》中有詳細的紀錄，同前註，頁 488。

臆間，十已忘其五六。誠恐久而並失之也，因筆錄其有關於詩
道者，得百有二十條，析為上中下三卷，目曰《歸田詩話》，
置几案間，時加披覽。[6]

此書據瞿佑自序，寫成於洪熙乙巳（1425），是為瞿佑晚年之作，記
錄其生平所見所聞有關詩道之事，書中所載內容，依時間順序排列可
分為上、中、下三卷，上卷主要論唐代詩家，兼及部分宋代詩人軼事
與作品，中卷則以宋代詩人為主，下卷則收錄元、明初詩人及其作品
討論。且瞿佑《歸田詩話》的特色在於使用比較法，對詩人與其作品
進行研究，如李白與杜甫，同為唐代詩壇上的佼佼者，若要一味地以
李或杜為學習效法的對象，都是有失偏頗的，瞿佑以比較的方法，點
出在不同主題之下，二人皆有其利弊得失存在，因此二人之間無所謂
優劣之分。

　　而作為明代早期的詩話作品，《歸田詩話》並未引起眾人的注
視。由於明初詩壇上瀰漫著宗唐之風，瞿佑「主唐不抑宋元」的觀念
始終未能成為主流；而在詩學理論的研究方面，由於《歸田詩話》一
書體例以記事為主，看似散漫而無具體系統，且所引用的詩作內容多
出自於作者記憶，難免有所遺漏，如韓愈的〈示兒〉、張籍的〈節婦
吟〉等，故歷來對此書的評價，大抵以為其「無所可觀」。如《四庫
全書總目・歸田詩話》云：「此書所見頗淺……於考證亦疎。」[7]然而
能否將此作為論斷的準則？僅以記事頗淺、內容偶誤便說識見淺，這
是不公允的。蔡鎮楚在《中國詩話史・明詩話》中對《歸田詩話》有
簡要的說明：

6　同前註，頁 404。

7　清・紀昀等奉敕撰：《四庫全書總目》（臺北市：藝文印書館，1979 年），冊 7，頁
　　4125。

是書以記事為主，近乎野史。但談詩多能聯繫詩人的身世和時代環境去探求詩歌的立意、情感和社會作用，提倡詩歌「直言時事不諱」，表現出一種比較現實的詩學觀點。特別值得注意的，書中還記載著宋代不少愛國詩篇，如陸秀夫殉國、家鉉翁持節、汪水雲賜還、東魯遺黎、岳鄂王墓數則詩話，字裡行間都洋溢著高昂的民族意識和時代精神。《四庫提要》說「此書所見頗淺」，這是不公允的。[8]

正如蔡氏所言，《歸田詩話》以記事為主，除記詩歌本事外，也對詩家生平事蹟頗有記錄，在內容和撰述方式上與歐陽脩《六一詩話》相似，容易被人視為「以資閒談」的資料，也因為書中部分援引前人詩作內容有誤，進而對該書產生偏見。自《六一詩話》始，「詩話」便是詩歌批評的重要形式，清代學者章學誠在《文史通義・詩話》便將歷代詩話分為兩類，一是「論詩及事」，一是「論詩及辭」[9]，前者重在資料的完整，後者貴於詩理的闡發。然而大多數詩話皆兼而有之，《歸田詩話》亦是如此。

近代研究明詩話者，僅是在論及宗唐黜宋之風時，約略提及瞿佑主唐而不黜宋元的立場，其詩學觀念則略過不提，而以《歸田詩話》作為研究主體的論文更是屈指可數，依筆者目前所見，僅有日人堀田文雄[10]與李聖華撰文論述。[11]前者因未有譯文，故筆者不敢妄自揣測

8　蔡鎮楚：《中國詩話史》（長沙市：湖南文藝出版社，2001 年），頁 165。

9　清・章學誠著、倉修良編注：《文史通義新編新注》（杭州市：浙江古籍出版社，2008 年），頁 290。

10　堀田文雄：〈瞿佑の「歸田詩話」について〉，刊載於《集刊東洋學》第四十三號，頁 53-69。

11　李聖華：〈瞿佑與《歸田詩話》及其詩歌創作——兼論《剪燈新話》詩歌與小說之關係〉，刊載於《北方論壇》，2012 年第 2 期，頁 6-10。

內容為何，僅列出以資參考；後者雖與本文有直接相關，但該文針對詩話。內容的研究略嫌單薄，其論述多著墨在詩歌創作與小說之間的關聯。筆者不揣淺陋，嘗試在有限的學力與資料下，以《歸田詩話》為研究對象，整理出瞿佑的詩學觀念及其對唐宋詩的態度，以就教於方家。

三　瞿佑的詩之體用說

赫廣霖在〈論明代早期浙江詩壇的宗唐黜宋現象〉一文中，指出當時浙江詩人在詩學評論方面以《詩經》為評議標準，[12]瞿佑本人在《歸田詩話》中亦秉持此項準則，首篇〈鄉飲用古詩〉便言及《詩經》在日常生活中的作用與影響，同時瞿佑的詩學主張也由《詩經》觀念而來，強調詩歌要能「思無邪」、要能「興觀群怨」，也要有「溫柔敦厚」之風。

（一）詩之體

瞿佑引方回〈唐三體詩序〉，闡明自己的論詩宗旨：

> 方虛谷序《唐三體詩》云：「『子曰：《詩》三百，一言以蔽之曰：思無邪。』此詩之體也。又曰：『小子何莫學夫詩？可以興，可以觀，可以群，可以怨。邇之事父，遠之事君，多識於鳥獸草木之名。』此詩之用也。聖人之論詩如此，後世之論詩

---

12 見赫廣霖：〈論明代早期浙江詩壇的宗唐黜宋現象〉，《杭州電子科技大學學報》（社會科學版），6卷2期（2010年6月），頁60。

不容易矣。後世之學詩者，舍此而他求，可乎？……」按：此
序議論甚正，識見甚廣。[13]〈唐三體詩序〉

序中方回引孔子之言，將「思無邪」視為詩之體，「興觀群怨」則是
詩之用，主張自孔子提出此等觀念，後人論詩自當以此為最高原則，
不可妄意改動，只可惜後代論詩、創作者往往自抒己見，而有了四
靈、江湖等詩派出現。對於方回這番言論，瞿佑深表贊同，認為論
詩、學詩當以《詩經》為主，而後人因學詩不得正道，反走入如四
靈、江湖一派的理路，未得詩道之正，未收詩教之效，故將其全文迻
錄於《歸田詩話》中，強調方回此序的重要性，也從這段引文中，表
露出自己的論詩宗旨。

　　對於「思無邪」一義，歷來便有不同的見解，甚而引發論爭，如
朱熹與呂祖謙便有如此的爭論。[14]呂祖謙云：

仲尼謂詩三百，一言以蔽之曰思無邪。詩人以無邪之思作之，
學者亦以無邪之思觀之。閔惜懲創之意，隱然自見於言外矣。[15]

呂祖謙指出所謂的「思無邪」，是在一種作者與讀者均無邪思的前提
下，先後進行創作與閱讀理解的行為。在無邪思的情形下，作者的
「閔惜懲創」之意才能完整地呈現出來，讀者方可明白作品的真正意
涵。在這樣的基準點上，孔子才會在刪詩的過程裡將〈桑中〉、〈溱
洧〉等詩篇保留下來。因為在思無邪的基礎上，〈桑中〉、〈溱洧〉諸

---

13 明・瞿佑著、喬光輝校註：《瞿佑全集校註》，頁 406。
14 方回：《桐江集・可言集考》卷七，（臺北市：臺灣商務印書館，1981 年）提到：
　　「文公、成公於『思無邪』各為一說。前輩謂之未了公案。」，頁 443。
15 呂祖謙：《呂氏家塾讀詩記・桑中》卷五（北京市：中華書局，1985 年），頁 96。

詩的存在意義，並非文字表面的意思，而是具備更深刻的意義－「謹世變之始」[16]。

朱熹則與呂祖謙看法互異，朱熹云：

> 孔子之稱思無邪也，以為詩三百篇勸善懲惡，雖其要歸無不出於正，然未有若此言之約而盡者耳。非以作詩之人所思皆無邪也，今必曰：「彼以無邪之思鋪陳淫亂之事，而閔惜懲創之意自見於言外，則曷若曰彼雖以有邪之思作之，而我以無邪之思讀之，則彼之自狀其醜者，乃所以為吾警懼懲創之資耶！而況曲為訓說，而求其無邪於彼，不若反而得之於我之易也。巧為辨數而歸其無邪於彼，不若反而責之於我之切也。[17]

朱熹認為作者在創作之時並非全無邪思，且讀者在閱讀時由於詮釋角度的不同，無法明確地指出作者創作的真正目的為何，與其揣測作者的創作意圖，不若從讀者自身的閱讀理解著手，只要讀者本身能保有雅正的思緒，即便作品中顯露出作者的醜態，讀者反能將之轉化為對自我的警惕。換言之，作者因邪思的存在而有意識地進行創作，讀者則應將自己的思慮保持在純正無邪的狀態，如此在閱讀之際方可收到勸誡懲創之效。

但朱、呂二人皆將「思無邪」的重心放在讀者和作者身上，以致於各執己見。對此方回則有不同的看法，〈可言集考〉云：

> 竊謂〈桑中〉、〈溱洧〉非淫奔者自為之詩。彼淫奔者有此事，

---

16 同註 13。

17 見《朱文公文集・讀呂氏詩記桑中高》，卷七十，（臺北市：臺灣商務印書館，1979年），頁 1280。

而傍觀之人有羞惡之心，故形為歌詠以譏刺其醜，……予妄意以為採詩觀風，詩亦史也，鄭衛之淫風甚矣，其國豈無君子者與好事者，察見其人情狀，故從而歌詠之，其所以歌詠之蓋將以揚其惡，雖近乎戲狎，而實亦足以為戒也。[18]

方回更進一步說明這類淫奔詩的作者，僅是記錄一己見聞，而非是親身經歷。關於方回的觀念，詹杭倫指出：

方回此文並非有意在朱熹和呂祖謙之間做持平之論，而是在承認朱熹所稱「淫奔之詩」的基礎上，進一步論證「淫詩」非出於淫奔者之口，而是旁觀者的紀實之詞。這就為作者和讀者皆「思無邪」做出了合理的說明，在孔子的「思無邪」和朱熹的「淫詩」說之間搭起了一座橋樑，並為朱、呂二家之間的「未了公案」做了一個總結。[19]

透過詹杭倫的說明，可看出對於〈桑中〉、〈溱洧〉一類的淫奔詩，方回的看法是承襲自朱熹而來。但是方回卻又從詩作者的角度、預期的效用出發，歸納出此類淫奔詩之所以會被孔子保留在《詩經》中，在於這類詩作可以「思無邪」的效用，正如同朱熹解釋「思無邪」云：「凡《詩》之言者，善者可以感發人之善心，惡者可以懲創人之逸志，其用歸於使人得其情性之正而已。」[20]朱熹此番言論強調詩的作用在於使人的情性能導向正途，不至於產生偏邪的行為和心態。

---

18 明・瞿佑著、喬光輝校註：《瞿佑全集校註》，頁 445-446。

19 詹杭倫：《方回的唐宋律詩學》（北京市：中華書局，2002 年），頁 191-192。

20 見宋・朱熹集註、蔣伯潛廣解：《新刊廣解四書讀本》（論語、學庸），（臺北市：商周出版，2011 年），頁 106。本文所引《論語》、朱注原文，皆出於此，不再贅述。

　　認同方回「思無邪」為詩之體觀念的瞿佑，在創作方面也承襲這樣的觀念，如〈還珠吟〉云：

> 張文昌〈還珠吟〉：「君知妾有夫，贈妾雙明珠。感君綢繆意，繫在繡羅襦。妾家高樓連苑起，良人執戟明光裏。還君明珠雙淚垂，何不相逢未嫁時。」予少日嘗擬樂府百篇，續〈還珠吟〉云：「妾身未嫁父母憐，妾身既嫁室家全。十載之前父為主，十載之後夫為天。平生未省窺門戶，明珠何由到妾邊？還君明珠恨君意，閉門自咎涕漣漣。」鄉先生楊復初見而題其後云：「義正詞工，使張籍見之，亦當心服。」[21]

張籍原作，[22]寫下了已婚婦女面對婚外情的種種情態。前四句寫情人贈以明珠，女子感對方情意深重，故貼身佩戴。五至八句則寫夫家富貴，藉以自重，雖之情人用心，但終究未忘與丈夫的誓言，最後二句則寫下婉拒這份情意後的悲傷心情。張籍撰寫這首詩的動機，在於婉拒李師道的徵辟，故以節婦自擬，茹洪邁云：「張籍在他鎮幕府，鄆帥李師古又以書幣辟之。籍卻而不納，而作〈節婦吟〉一張寄之。」[23]不過歷來評論家的焦點多放在節婦身上，如賀貽孫《詩筏》：「此詩情辭婉戀，可泣可歌。然既垂淚以還珠矣，而又恨不相逢於未嫁之時，柔情相牽，輾轉不絕，節婦之節危矣哉。」[24]而吳喬《圍爐詩話》卷

---

21 明・瞿佑著、喬光輝校註：《瞿佑全集校註》，頁 422-423。

22 張籍此詩名為〈節婦吟〉，一名〈節婦吟寄東平李司空師道〉。原詩為：「君知妾有夫，贈妾雙明珠。感君纏綿意，繫在紅羅襦。妾家高樓連苑起，良人執戟明光裏。知君用心如明月，事夫誓擬同生死。還君明珠雙淚垂，何不相逢未嫁時。」見清聖祖御定：《全唐詩》卷 382（臺北市：文史哲出版社，1987 年），冊 6，頁 4282。

23 南宋・洪邁：《容齋隨筆・三筆》卷 6（上海市：上海古籍出版社，1995 年），頁 481。

24 清・賀貽孫《詩筏》，收入郭紹虞編選、富壽蓀校點：《清詩話續編》冊上（臺北

一云：「又如張籍辭李司空辟詩，考亭嫌其『感君纏綿意，繫在紅羅襦』。若無此一折，即淺直無情，是為以理礙詩之妙者也。」[25]卷三又云：「張籍辭李師道辟命詩，若無『感君纏綿意，繫在紅羅襦』二語，即徑直無情。朱子譏之，是講道理，非說詩也。」[26]今人歐麗娟在《唐詩選注》中亦言：「此詩所述乃有血有肉、以理性超越感情的節操，而非傳統中死守教條、不近人情的平面道德。」[27]但崇奉朱熹思想的瞿佑，對於張籍原作的「還君明珠雙淚垂，何不相逢未嫁時」所呈現出來的情感不表認同，而另做改寫。由其改寫後的作品，不難看出瞿佑在詩作中，試圖將女子的形象與讀者的情感導至正途，甚而末四句表現出女子懷疑是否自身行為不檢點而有最後「閉門自咎」的行為。如前所述，朱熹以為作者雖有邪思而創作，但讀者在閱讀之後不可有邪思產生，還得藉由作品本身得到「勸善懲惡以歸於正」的效果。換言之，不論作品內容為何，主要功能都在於為讀者提供「警懼懲創之資」，使得讀者在閱讀之後，心性與行為都能達到「雅正」的境地。由此觀之，在朱熹論詩觀念的影響下，瞿佑對張籍原作的內容深表不滿並加以改寫，其著重之處即在於原詩中節婦所表現出來的思想與行為，同時瞿祐也強調自己的改作，在時人眼中是屬「義正詞工」一類作品。然而對瞿祐的改作，張志淳則持有不同的意見：

> 《歸田詩話》載所作〈還珠吟〉以短張籍「還君明珠雙淚垂，何不相逢未嫁時」之句，殊不知張當時已居節度使幕下，而知

市：木鐸出版社，1983 年），頁 188。

25 清·吳喬《圍爐詩話》卷一。見《古今詩話續編》（臺北市：廣文書局，1973年），頁 24-25。

26 同註 24，頁 231。

27 歐麗娟：《唐詩選注》（臺北市：里仁書局，1998 年 10 月），頁 438。

張者又辟之，故張作此吟以答之，而道其實，非立意以為教也。瞿宗吉不原張意而擬以正之，以昧張意旨。又云：「楊復初題其後云：『義正詞工，使張見之亦當心服。』夫義雖正矣，初不知原張之心與事，張何由服乎？祇益張不博考之嘆耳。[28]

張志淳由張籍當時的遭遇出發，強調張籍當時已任幕府，縱使李師道賞識，欲禮聘張籍至自己幕下。然而張籍面對這樣的處境，又不能明白拒絕，只能委婉地以詩表露己意。換言之，張籍此詩乃是有所寄託，與禮教無關，是以瞿作縱使詞義雅正，但仍舊未能切合張籍原意。

（二）詩之用

「思無邪」為詩之體，而詩的實質作用為何？孔子在《論語‧陽貨》中已明白指出：

小子！何莫學夫詩？詩，可以興，可以觀，可以群，可以怨。[29]

朱熹注云：「感發志意，考見得失，和而不流，怨而不怒。」[30]即是透過詩歌，人們可以啟發感情、志向，引起聯想，也可以考察社會情況與政治得失，還可以達到諧和群體的作用，更能藉詩作來抒發不滿之

---

28 明‧張志淳《南園漫錄》卷七，收入吳文治主編：《明詩話全編》（南京市：江蘇古籍出版社，1997 年），冊 2，頁 1738-1739。

29 詹杭倫：《方回的唐宋律詩學》，頁 372。

30 同前註，頁 372。

情。此四種功能自孔子提出後，影響詩歌創作與評論甚鉅。瞿佑在《歸田詩話》中，也深受詩之體用觀念的影響，其中便以韓愈〈示兒〉，明白標示出「興」的重要價值：

> 昌黎〈示兒〉詩云：「始我來京師，止攜一束書。辛勤三十年，以有此屋廬。此屋豈為華，於我自有餘。中堂高且新，四時登牢蔬。前榮饌賓親，冠婚之所於。庭內無所有，高樹八九株。西偏屋不多，槐榆翳空虛。松果連南亭，外有瓜芋區。主婦治北堂，饎服適戚疏。恩封高平君，子孫從朝裾。開門問誰來？無非卿大夫。不知官高卑，玉帶懸金魚。問客之所為？峨冠講唐虞。酒食罷無為，棋槊以相娛。蹲蹲媚學子，牆屏日有徒。嗟我不修飾，比肩於朝儒。詩以示兒曹，其無迷厥初。」朱文公云：「韓公之學，見於原道。其所以自任者，不為不重。而其平生用力深處，終不離乎文字言語之工。其好樂之私，日用之間，不過飲博過從之樂。所與遊者，不過一時之文士，未能卓然有以自拔於流俗者。觀此詩所誇，乃感二鳥、符讀書之成效極致，而〈上宰相書〉所謂『行道憂世者』，則已不復言矣，其本心何如哉？」按朱子所以責備者如是，乃向上第一等議論。俯而就之，使為子弟者讀此，亦能感發志意，知所羨慕趨向，而有以成立，不陷於卑污苟賤，而玷辱其門戶矣。韓公之子昶，登長慶四年第。昶生綰袞，綰咸通四年，袞七年進士。其所成立如是，亦可謂有成效矣。詩可以興，此詩有焉。[31]

韓愈在詩中，寫自己在京城的生活情形。先言屋宇的狀況，再寫妻子因為自己任官的緣故而受封為恩平縣君，而後論及自己與朝儒比肩，最後則是以自己晚年閒適生活來訓勉兒子，期許兒子未來能與他一樣，藉由讀書、科舉，進入仕宦之途。針對〈示兒〉所呈現出來的思想意涵，朱熹頗有責備之意，以為韓愈在詩中誇耀自己在仕宦上的得意之處，反將讀書所得的成效導向功名利祿的追求上，未見如〈原道〉、〈上宰相書〉中的志趣。瞿佑也贊同朱熹的論點，以為朱熹的言論乃是「向上第一等議論」。然而瞿佑也從詩歌的感興作用出發，強調詩歌可以「感發志意」，即便〈示兒〉多著墨在博取功名後的愜意生活上，但不能否認的是年輕學子在閱讀之後，由於欣羨韓愈在詩中所描述的境遇，而引發讀書求知的動機，進而興起「有為者亦若是」之感。正如韓愈子孫，皆遵循讀書求仕之道，最終也都登第博得一官，在瞿佑眼中，這便是詩歌的成效。[32]

又〈一日歸行〉云：

> 荊公〈一日歸行〉云：「賤貧奔走食與衣，百日奔走一日歸。生平歡意苦未盡，正欲老大相因依。空房蕭颯施緫帷，青燈半夜哭聲稀。音容想像知何處，地下相逢果是非。」劉須溪云：「此悼亡作也，古無復悲如此者。」傅汝礪〈憶內〉云：「湘皋煙草碧紛紛，淚灑東風憶細君。浪說嫦娥能入月，虛疑神女解為雲。花陰晝坐閑金翦，竹裏春遊冷翠裙。留得舊時殘錦

---

32 對於韓愈〈示兒〉，歷來學者多有批評意見，反對者以為韓愈以功名利祿做為要求孩子讀書的誘因；但也另有一派學者以為不妨以「家常語」視之，因為孩子年尚幼小，故以淺近家常之語勉其讀書。此處對韓愈〈示兒〉的正反意見之整理，可參見張玉芳：〈從戒子傳統與教育思想論唐代的家訓詩〉，第一屆玄奘元通識教育學術研討會論文集，新竹市：玄奘大學，2008 年 5 月，頁 81-99。

在，傷心不忍讀迴文。」真致雖不及，而悽惋過之。予自遭
難，與內子阻隔十有八年，謫居山後，路遠弗及迎取，不意遂
成永別。〈祭文〉云：「花冠繡服，享榮華之日淺；荊釵布裙，
守困厄之時多。忍死獨居，尚圖一見，敘久別之舊事，講垂死
之餘歡。促膝以擁寒爐，齊眉以酌春釀。」蓋祖荊公詩意也。
及讀汝礪詩，而益加悲惻焉。[33]

王安石在詩中，首二句直接寫出妻子與他共患難時的經過，強調當日
二人身處貧困，時常為了生活所需而煩惱奔走。三四句則敘述自己想
與妻子廝守到老，共度餘生，最後四句則寫出當妻子逝世之後，眼前
所見的尋常景色皆蒙上一層哀傷悲涼的氛圍。而瞿佑自從因事遭難而
謫居他鄉，最終與妻子天人永隔，為其妻所寫的祭文在結構上也與王
安石相似。先寫妻子曾與自己共同面對磨難，未及共享榮華，又因自
己謫居邊境，與妻子被迫分離。本期待重逢之日，最後竟是永訣。瞿
佑在王安石的悼亡詩中聯想起自己的遭遇，再經由傅汝礪〈憶內〉加
深悲愴之情。透過王、傅二人作品，引發自己的悼念之情，如此亦可
視為瞿佑在詩用觀念上的具體呈現。

四　《歸田詩話》的詩學主張

　　瞿佑論詩宗旨以儒家詩教觀為主，在此大前提下，《歸田詩話》
一書的論詩傾向，也以此為依歸，可分為思君憂國與溫柔敦厚二類。
而對於當時詩壇上瀰漫的宗唐之風，瞿佑也有不同於當時的主張，便
是主唐而不抑宋。

---

33 明‧瞿佑著、喬光輝校註：《瞿佑全集校註》，頁 430。

(一) 思君憂國

瞿佑論詩較少在字句鍛鍊方面有所論述，是以張寅彭指出：「書中論詩，多以君臣大義為指歸。」[34] 而連文萍在其《明代詩話考述》中亦曾言：「其論詩之良莠，喜以愛國忠君為標的，……則其論詩不脫傳統儒家詩觀可知也。」[35] 對此，以〈少陵識大體〉為例，便可明白瞿佑是如何重視詩作中思君憂國的思想：

> 老杜詩識君臣上下，如云「萬方頻送喜，無乃聖躬勞」，「至今勞聖主，何以報皇天」，「周宣漢武今王是，孝子忠臣後代看」，「神靈漢代中興主，功業汾陽異姓王。」〈上哥舒開府〉及〈韋左相〉長篇，雖極稱讚翰與見素，然必曰「君王自神武，駕馭必英雄」，「霖雨思賢佐，丹青憶老臣」，可謂知大體矣。太白作〈上皇西巡歌〉、〈永王東巡歌〉，略無上下之分。二公雖齊名，見趣不同如此。[36]

李白與杜甫乃唐代著名的詩人，二人詩風不同，難以區分高下優劣，不過瞿佑在此則是以君臣分際是否拿捏得宜來評斷，認為杜甫詩作中君臣之間的上下關係十分明顯，所以「聖躬勞」、「勞聖主」等句，都可展現出他對皇帝的稱頌。即便在〈上哥舒開府〉與〈上韋左相二十韻〉，如此有明顯寫作對象的詩作中，依舊不忘記稱讚皇帝的賢明。

---

34 劉德重、張寅彭：《詩話概說》（臺北市：學海出版社，1993 年），頁 146。

35 連文萍：《明代詩話考述》（臺北市：東吳大學中文研究所博士論文，1998 年 6 月），頁 41-42。

36 明‧瞿佑著、喬光輝校註：《瞿佑全集校註》，頁 407-408。

如〈上韋左相二十韻〉中的「霖雨思賢佐，丹青憶老臣」即是在歌頌唐玄宗能改用韋見素任宰相，同時也能因見到已故臣子的圖像而懷念不已。[37] 杜甫詩中對帝王頗多讚誦之語，以「聖主」稱之，又將帝王比擬為古代賢君，凡此種種皆可說明杜詩中愛君、尊君之情甚為深重。至於李白在〈上皇西巡南京歌〉[38] 十首裡僅描寫玄宗西行避禍至蜀地的情狀，雖然表面亦有頌揚之語，但聯繫到真實歷史事件，則文字背後的意義，較趨向貶抑了，是以李白用反諷手法，寫玄宗避禍之非。而〈永王東巡歌〉[39] 更是將永王視為「賢王」，尊永王之心更勝於尊君，甚而在〈其五〉言道：「二帝巡遊俱未回，五陵松柏使人哀。諸侯不救河南地，更喜賢王遠道來。」清楚地指出在安史亂時，玄、肅二帝俱避難外地，對於國家紛亂、生靈塗炭，完全束手無策，唯有永王能揮軍拯救萬民於水火，藉永王事對國君的逃避行為加以抨擊。但對於持有傳統君臣觀念的瞿佑而言，縱使李白歌詠永王有其時代意義，但就歷史結果言，永王最後因有謀反之意而被廢為庶人，已經違背了君臣之道，而李白竟歌詠之，是以李、杜二人皆為唐代詩家之最，然瞿佑仍在最後區分二者之高低，意指杜甫識見高於李白。

又〈陸秀夫殉國〉云：

> 宋衛王即位海上，秀夫為首相。時播越海濱，庶事疏略，每朝會，秀夫獨儼然正立如治朝，雖流離中，猶日書《大學》章句以勸講。及厓山兵潰，秀夫先驅其妻子入海，即負帝同溺。或

---

37 《杜詩鏡銓》引《唐書》：「天寶十三載秋，大霖雨害稼，六旬不止，帝恐宰相非其人，為罷陳希烈，相韋見素。」又云：「公之先人，遺風餘烈，至今稱之。按見素父湊，開元中封彭城郡公，累官太原尹，卒諡曰文。」見唐・杜甫著，清・楊倫箋注：《杜詩鏡銓》（臺北市：華正書局，2003年10月），頁86。

38 見瞿蛻園等校注：《李白集校注》（臺北市：里仁書局，1981年3月），頁557-566。

39 見唐・杜甫著，清・楊倫箋注：《杜詩鏡銓》，頁546-556。

畫為圖者，石田林景熙賦詩云：「紫宸黃閣共樓船，海氣昏昏
日月偏。平地已無行在所，丹心猶數中興年。生藏魚腹不見
水，死抱龍髯直上天。板蕩純臣有如此，流芳千古更無前。」
詞嚴義正，足以發明其心事云。[40]

言及陸秀夫在面對元朝大軍壓境，宋軍節節敗退的情況下，先逼迫自
己的妻子投海殉國，而為避免年幼的皇帝趙昺陷入敵手，為元朝所羞
辱，選擇背負趙昺縱身入海。歷來此事多有人為之賦詩，歌頌陸秀夫
的忠君愛國之心，如《歸田詩話》中引用南宋末年林景熙之詩，瞿佑
對此詩的評價為：「詞嚴義正，足以發明其心事云。」[41]

又〈黃鶴樓〉寫崔顥〈黃鶴樓〉與李白〈登金陵鳳凰臺〉的比較：

崔顥題黃鶴樓，太白過之，不更作。時人有「眼前有景道不
得，崔顥題詩在上頭」之譏。及登鳳凰臺作詩，可謂十倍曹丕
矣。蓋顥結句云：「日暮鄉關何處是，煙波江上使人愁。」而
太白結句云：「總為浮雲能蔽日，長安不見使人愁。」愛君憂
國之意，遠過鄉關之念，善占地步矣！然太白別有「搥碎黃鶴
樓」之句，其於顥未嘗不耿耿也。[42]

崔、李二詩皆由仙界人、物的遠去，帶入對時間流逝之感，然末聯所
展現出來的情感則截然不同。崔顥的情感歸結於鄉愁之上，而李白則
懷有濃厚的家國之思，二人的詩作本各自有作者當時的寄託之意，各
擅勝場。然而若以「思君憂國」作為論詩高低的標準，那麼李白的

---

40 明・瞿佑著、喬光輝校註：《瞿佑全集校註》，頁 448。
41 同前註，頁 448-449。
42 同前註，頁 408-409。

〈登金陵鳳凰臺〉一詩自然遠勝於崔顥的〈黃鶴樓〉。

　　詩歌是詩人心靈寄託的所在，也是帝王選拔人才的根據之一。詩人藉由詩歌踏入朝廷為國效力，施展一己抱負；而帝王本身的才能與選拔人才的識見，往往也是影響國家安危的重要因素之一。無數文人因得到君王的賞識而青雲直上，也有部分文人因詩作而獲罪於上，從此布衣終身；國君自身的賢愚，國勢未來的發展，也可透過對人才的選用而見其端倪。瞿佑以玄宗朝時的三位詩人為例，表達出自身「思君憂國」的主張。〈因詩見罪〉云：

> 薛令之為太學正，有詩云：「初日上團團，照見先生盤。盤中何所有，苜蓿長欄杆。」明皇見之怒。續題云：「鴟鴞觜爪長，鳳凰羽毛短。若嫌松柏寒，任逐桑榆暖。」因斥去之。王維攜孟浩然在翰林，適駕至，得見，命誦所為詩，有「北闕休上書，南山歸故廬。不才明主棄，多病故人疏」之句。怒曰：「卿自棄朕，朕何曾棄卿？」即放還山。惟太白召見沉香亭，應制作〈清平調〉詞三首，頗見優寵，然僅得待詔翰林而已。及在禁中與貴妃宴樂，妃衣褪微露乳，以手捫之曰：「軟柔新剝雞頭肉」。祿山在傍接對云：「滑膩如凝塞上酥」。帝續之曰：「信是胡兒只識酥」不怒而反以為笑。謬戾如此，天下安得不亂？[43]

薛令之，生卒年不詳，福建長溪人。唐中宗神龍二年（706）進士，累遷左補闕兼東宮侍讀。[44]《歸田詩話》所引「朝日上團團」一詩為

43 同前註，頁 410-411。

44 薛令之，《新唐書》無傳。其生平資料可見宋・王讜：《唐語林》卷五：「薛令之，閩之長溪人，神龍二年趙彥昭下進士及第，後為左補闕兼太子侍講。」收入《景印

〈自悼〉：

> 朝日上團團，照見先生盤。盤中何所有，苜蓿長闌干。飯澀匙
> 難綰，羹稀箸易寬。只可（一作無以）謀朝夕，何由保歲寒。[45]

據《唐詩紀事》云：「令之，閩之長溪人，及第遷右庶子。開元中，
東宮官僚清淡。令之作詩〈自悼〉⋯⋯上幸東宮覽之，索筆題其傍
曰：『啄木口觜長，鳳皇毛羽短。若嫌松桂寒，任逐桑榆暖。』遂謝
病歸。」[46]由《唐詩紀事》、《唐語林》、《御定全唐詩》的紀載，可知
薛令之作〈自悼〉的緣故肇因於東宮侍讀的俸祿過於微薄，而有此
作。玄宗見到詩作以為其中含有譏諷，故提筆續作。而薛令之亦明白
玄宗之意，最終選擇掛冠求去。

　　唐玄宗與孟浩然的例子，更是廣為人知。有意求仕的孟浩然，因
緣際會之下見到了玄宗，[47]本以為能藉此而走上仕宦之途，詎料反因

文淵閣四庫全書》（臺北市：臺灣商務印書館，1983 年），冊 1038，頁 118。又《御
定全唐詩》於〈自悼〉詩前所注：「薛令之，閩之長溪人。肅宗為太子時，令之以
右補闕兼侍讀，積歲不遷，乃棄官徒步歸鄉里。即肅宗即位，以舊恩召，而令之已
前卒。」見清聖祖御定、徐倬編：《御定全唐詩》卷 215，《景印文淵閣四庫全書》
（臺北市：臺灣商務印書館，1983 年），冊 1424，頁 870。而《新唐書・隱逸・賀
知章》云：「左補闕薛令之兼侍讀時，東宮官積年不遷，令之書壁望禮之薄，帝見
復題『聽自安者』，令之即棄官，徒步歸鄉里。」見宋・宋祈、歐陽修奉敕撰：《新
唐書》卷 196，《景印文淵閣四庫全書》（臺北市：臺灣商務印書館，1983 年），冊
275，頁 643。

45　《御定全唐詩》卷 215，《景印文淵閣四庫全書》，冊 1424，頁 870。

46　宋・計有功：《唐詩紀事》卷 20，《景印文淵閣四庫全書》（臺北市：臺灣商務印書
館，1983 年），冊 1479，頁 471。

47　《新唐書・文藝下・孟浩然》云：「維私邀入內署，俄而玄宗至，浩然匿牀下，維
以實對。帝喜曰：『朕聞其人而未見也，何懼而匿？』詔浩然出。帝問其詩，浩然
再拜，自誦所為，至『不才明主棄』之句，帝曰：『卿不求仕，而朕未嘗棄卿，奈

「不才明主棄」一語而遭到玄宗斥責放還。才學高妙的李白，其仕途較薛令之、孟浩然二人順遂，但也僅為待詔翰林，專以辭藻侍奉玄宗，未能有一展抱負的機會。[48] 相較於薛令之與孟浩然的處境，瞿佑以唐玄宗宴飲之際與安祿山的對話，揭示了玄宗的另一面。對於安祿山言辭中的不敬之意，玄宗非但不以為忤，反以為笑謔之言不必在意。瞿佑在此指出薛令之與孟浩然，因為詩作而獲罪於玄宗，但言辭粗鄙且具野心如安祿山者卻也因詩而令玄宗寵信，一國之君昏悖至此，天下豈有不亂之理？由上述所引詩話，實不難發現瞿佑的論詩傾向中，有著濃厚的思君憂國色彩。

（二）溫柔敦厚

《禮記·經解》云：

> 孔子曰：「入其國，其教可知也。其為人也，溫柔敦厚，《詩》教也。」[49]

何誣我？』因放還。」見《景印文淵閣四庫全書》，冊 276，頁 85-86。而《唐詩紀事》卷 23 云：「明皇以張說之薦，召浩然，令誦所作。乃誦『北闕休上書，南山歸敝廬。不才明主棄，多病故人疏。白髮催年老，青陽逼歲除。永懷愁不寐，松月夜牕虛。』帝曰：『卿不求朕，豈朕棄卿？何不云『氣蒸雲夢澤，波動岳陽城』？因是故棄。」見《景印文淵閣四庫全書》，冊 1479，頁 509。《新唐書·文藝》與《唐詩紀事》所載引薦孟浩然之人分別為王維與張說，雖引薦之人不同，但孟浩然因〈歲暮歸南山〉一詩遭放還的結果相同，故兩說並陳，以資參考。

48 《御定全唐詩·李白》云：「帝愛其才，見白常侍帝醉，使高力士脫靴，力士素貴恥之，摘其詩以激楊貴妃，帝欲官白，妃輒沮止，白自知不為親近所容，懇求還山，帝賜金放還，乃浪跡江湖，終日沉飲。」《景印文淵閣四庫全書》，冊 1424，頁 471。

49 見清·阮元審定：《十三經注疏·禮記》（臺北市：藝文印書館，1989 年），冊 5，頁 845。

關於「溫柔敦厚詩教也」，是否真為孔子所言，近代學者持反對看法，如顧易生、蔣凡便持此種觀點。[50]雖然「溫柔敦厚」並非孔子真正提出的觀念，但可確定的是此為儒家的詩教觀點，並且藉由經典的傳播、知識分子的研讀，形成文人論詩、創作的重要標準。

「溫柔敦厚」一語作何解釋？孔穎達《禮記正義》解釋為：

> 溫謂顏色溫潤，柔謂情性和柔。《詩》依違諷諫，不指切事情，故云溫柔敦厚是《詩》教也。[51]

容貌與性情皆溫和，可說是詩教展現於人的外在功效。然而將「溫柔敦厚」實際運用在詩文中，又將是何種面目？孔穎達認為以婉轉之言行諷刺諫議之實，方是詩教的具體成效。對於孔穎達的解釋，近代學者有更深入的說明：「『溫柔敦厚』詩教還具有『依違諷諫，不指切事情』的意義，……強調詩歌藝術的委婉含蓄和比興手法的運用，言語不必太露，以便調動讀者的想像來進行審美的再創造，為他們豐富的藝術聯想留下廣闊的天地。」[52]運用比興手法，使詩歌語言呈現出含蓄委婉的風格，同時也表明作者的寫作目的，無疑是詩學評論的重點所在，瞿佑在《歸田詩話》中也流露出此種評論傾向，如〈尖山險譚〉：

> 柳子厚詩：「海畔尖山似劍鋩，秋來處處割愁腸。若為化作身

---

50 顧易生、蔣凡云：「《禮記》各篇中『孔子曰』云云，多係後人依託之辭。因此，『溫柔敦厚詩教也』之語，也未必真是孔子原話。」見《先秦兩漢文學批評史‧兩漢文學批評》（上海市：上海古籍出版社，1990 年），頁 395。

51 《景印文淵閣四庫全書》，冊 1424，頁 471。

52 見清‧阮元審定：《十三經注疏‧禮記》，頁 396-397。

千億，散上峰頭望故鄉。」或謂子厚南遷，不得為無罪，蓋雖
未死，而身已上刀山矣。此語雖過，然造作險誕，讀之令人慘
然不樂。未若李文饒云：「獨上高樓望帝京，鳥飛猶是半年
程。碧山似欲留人住，百匝千遭繞郡城。」雖怨而不迫，且有
戀闕之意。[53]

柳宗元〈與浩初上人同看山寄京華親故〉，敘述秋日登山見群峰高
聳，眼前群峰恰似自己不得歸鄉的阻礙，因而希望能有千萬化身，登
上峰頂遠眺家鄉，一解思鄉之情。至於李德裕〈登崖州城作〉，則寫
自己登上高樓，遠望的不是家鄉而是國君所在的都城，縱使當下自己
已遠離君王，眼前所見群山也成為阻擋己身前往帝京的阻礙，但自己
依舊是心繫國君朝政，希望能有再度為國效力的時刻。柳、李二人的
作品同是登山之作，均寫於貶謫之後，二者都將群山比喻為小人，由
於小人的阻擋，柳宗元雖被貶官依舊無法歸鄉，只好藉由詩歌一抒胸
中鬱悶：李德裕則是不得親近君王，透過詩歌抒發對國君的忠愛之
情。瞿佑站在「溫柔敦厚」觀點、思君憂國傾向來評論二人作品，自
是李德裕高過柳宗元。

　　而瞿佑舉白居易作品[54]為例，強調對溫柔敦厚詩風的讚賞：

　　　　詩人詠昭君者多矣，大篇短章，率敘其離愁別恨而已。惟樂天
　　　　云：「漢使卻回憑寄語，黃金何日贖蛾眉？君王若問妾顏色，

---

53 見明・瞿佑著、喬光輝校註：《瞿佑全集校註》，頁 417。

54 白居易另有〈青塚〉、〈過昭君村〉二首以王昭君為主題的作品，見唐・白居易著、
　　朱金城箋校：《白居易集箋校》（上海市：上海古籍出版社，1988 年），〈青塚〉在
　　冊一，頁 133-134；〈過昭君村〉在冊二，頁 578。這二首與瞿佑所選〈王昭君二
　　首〉（冊二，頁 870）相較之下，風格較為激昂悲切，對執政者有強烈抨擊。

莫道不如宮裏時。」不言怨恨，而惓惓舊主，高過人遠甚。其
與「漢恩自淺胡自深，人生樂在相知心者」異矣。[55]

歷代詩人對於王昭君的遭遇，多有歌詠，瞿佑指出這些作品的寫作重
心大多放在王昭君遠嫁西域的離愁別緒，但白居易和王安石則別出蹊
徑，從不同角度寫昭君出塞之事。若就瞿佑所舉的例子，不難看出白
居易在「黃金何日贖蛾眉」裡寫下王昭君欲重回中原的願望；而「莫
道不如宮裡時」則暗喻自己出塞已久，有年華老去之慨。同樣寫王昭
君，王安石則寫昭君出塞的情景、歸鄉路遠及紛擾多變的政治情勢，
阻斷了昭君回鄉的希望。一心所繫念的漢室，給她的恩惠竟比不上匈
奴，「漢恩自淺胡自深」一語，不啻是對漢室最深沈的抨擊。[56]再者，
白居易的作品雖寫昭君的怨，但不直言其悲憤之情，僅點出離開中原
時日已久，且全詩處處不忘漢帝，表達對漢室的忠誠。但王安石的作
品也寫昭君之怨，卻一併寫出「恨」的部分，更甚者有「漢恩自淺胡
自深」的激烈言論。二者相比，白居易作品的風格較為含蓄溫柔，而
王安石的〈明妃曲·其二〉則是有悖於「溫柔敦厚」的準則。

　　又〈詩無仇恨意〉云：

---

55 見明·瞿佑著、喬光輝校註：《瞿佑全集校註》，頁 418。

56 〈明妃曲·其二〉：「明妃初嫁與胡兒，氈車百兩皆胡姬。含情欲說獨無處，傳與琵
琶心自知。黃金捍撥春風手，彈看飛鴻勸胡酒。漢宮侍女暗垂淚，沙上行人卻回
首。漢恩自淺胡自深，人生樂在相知心。可憐青冢已蕪沒，尚有哀絃留至今。」見
宋·王安石著、李壁箋注：《王荊文公詩箋注》（上海市：上海古籍出版社，2010
年 12 月），頁 142-143。然關於「漢恩自淺胡自深」，也有評論者站在另一角度，以
為王安石此語並非如大多數人所想像，是對漢室的抨擊；相反地，此語反是深刻表
達出昭君之怨，並非背君父之言論。見〈明妃曲·其二〉箋注。而今人李燕新亦持
同樣論點，以為王安石此詩並非抨擊君王，非是無君無父之言，反倒是一片忠孝愛
國之心，隱藏在詩句之中。見氏著：《王荊公詩探究》（臺北市：文津出版社，1997
年），頁 130-133。

東坡詩云：「寂寂東坡一病翁，白頭蕭散滿霜風。兒童誤喜朱
顏在，一笑那知是酒紅。」又云：「公退清閒如致仕，酒餘歡
適似還鄉。不妨更有安心法，臥對縈簾一炷香。」皆言閒退而
無愁恨之思。至黃山谷則云：「老色日上面，歡悰日去心。今
既不如昔，後當不如今。」讀之，令人慘然不樂。[57]

同寫衰老與仕途上的失意，蘇軾寫來風格清新灑脫，正如他一貫的豁
達；黃庭堅則語帶衰敗之氣，更有「今既不如昔，後當不如今」的憤
懣之意。以「溫柔敦厚」觀點論詩的瞿佑，對於黃庭堅的作品自然有
「令人慘然不樂」的感受。

(三) 主唐不抑宋元

從南宋張戒《歲寒堂詩話》開啟了論詩區分唐宋的風氣，嚴羽
《滄浪詩話》更明確點出唐宋詩之異，[58]到了元代，詩壇論詩之風更
以唐音為主。如蔡鎮楚《中國詩話史》提到：「自南宋嚴羽倡言『以
盛唐為法』，元人遂轉向唐音；元明之交，楊維楨及其門人貝瓊，論
詩亦主唐音。」[59]而劉德重、張寅彭《詩話概說》也指出：「元初詩
壇……至元成宗元貞、大德（1295-1307）以後，南北詩風逐漸統

---

57 見明‧瞿佑著、喬光輝校註：《瞿佑全集校註》，頁 434。
58 嚴羽《滄浪詩話》云：「唐人與本朝人詩，未論工拙，直是氣象不同。」近人郭紹
　　虞釋曰：「案自滄浪此論以後，分唐界宋，幾成風氣。其揚唐抑宋者則劉績《霏雪
　　錄》之說可為代表，而前後七子詩必盛唐之說亦如此。……滄浪從氣象來看，固然
　　看出了宋人不及唐人處，同時也正因他只從氣象來看，所以就看不到宋人自有宋人
　　本色處。」見宋‧嚴羽著、郭紹虞校釋：《滄浪詩話校釋》（臺北市：里仁書局，
　　1983 年），頁 144-145。
59 蔡鎮楚：《中國詩話史》，頁 164。

一，論詩多以盛唐為旨歸，宋詩的影響開始趨於衰微。……元詩的成
就雖然不高，但它開始表現出棄宋調而主唐音的趨勢。」[60]如上述所
引，可見明代初年詩壇宗唐之風盛行，對宋詩則多有貶抑，如劉績
《霏雪錄》：

> 唐人詩，一家自有一家聲調，高下疾徐，皆合律呂，吟而繹
> 之，令人有聞韶忘味之意。宋人詩，譬則村鼓島笛，雜亂無
> 倫。
> 或問余唐宋詩人之別，余答之曰：唐人詩純，宋人詩駁；唐人
> 詩活，宋人詩滯；唐詩自在，宋詩費力；唐詩渾成，宋詩餖
> 飣；唐詩縝密，宋詩漏逗；唐詩溫潤，宋詩枯燥；唐詩鏗鏘，
> 宋詩散緩；唐人詩如貴介公子，舉止風流；宋人詩如三家村乍
> 富人，盛服揖賓，辭容鄙俗。[61]

劉績認為唐詩不管在藝術手法、結構等方面，都較宋詩高出許多。若
是以人來比擬，唐詩如同貴公子，舉止自有一股風流氣息；而宋詩則
屬於鄉下的暴發戶一樣，外表華麗但內在鄙俗。劉績對唐詩的讚揚以
及宋詩的貶抑，是相當明確的。而在明初，論詩主唐音的具體作為則
有高棅編纂《唐詩品彙》，將唐詩分為初盛中晚四期，以唐詩為正
宗，此番論述影響後世甚遠，如《四庫全書總目・唐詩品彙》云：

> 《明史・文苑傳》謂：終明之世，館閣以此書為宗。厥後李夢
> 陽、何景明等模擬盛唐，名為崛起，其胚胎實兆於此。平心而

---

60 劉德重、張寅彭：《詩話概說》（臺北市：學海出版社，1993 年），頁 129。
61 明・劉績：《霏雪錄》（北京市：中華書局，1985 年），頁 6。

論，唐音之流為膚廓者，此書實起其弊；唐音之不絕於後世者，亦此書實衍其傳。功過並存，不能互掩，後來過毀過譽，皆門戶之見，非公論也。[62]

由此段論述，可見高棅《唐詩品彙》在明代詩壇中，為詩歌創作與批評皆帶來深遠的影響。

明初詩壇沉浸在尊唐的風氣中，然而一味的尊唐，使得部分詩人在創作方面逐漸走上模擬的道路，使得詩歌徒具形式，但內在精神卻日趨空洞。雖然明初詩壇多崇唐抑宋，但也有人看出其中的不足，指出不應全面的重唐輕宋。例如方孝孺便認為一味地崇唐抑宋，對詩歌創作本身並無裨益，其〈談詩〉五首，其中便針對這樣的情況而發議論：其一，「舉世皆宗李杜詩，不知李杜更宗誰？能探風雅無窮意，始是乾坤絕妙詞。」其二，「前宋文章配兩周，盛時詩律亦無儔。今日未識崑崙派，卻笑黃河是濁流。」[63]與方孝孺主張相同的還有都穆，其在《南濠詩話》曾云：

> 昔人謂「詩盛於唐，壞於宋」，近亦有謂元詩過宋詩者，陋哉見也！劉後村云：『宋詩豈惟不愧於唐，蓋過之矣。』予觀歐、梅、蘇、黃、二陳至石湖、放翁諸公，其詩視唐未可便謂之過，然真無愧色者也。元詩稱大家，必曰虞、楊、范、揭。以四子而視宋，特泰山之卷石耳。方正學詩云：『前宋文章配兩周，盛時詩律亦無儔。今人未識崑崙派，卻笑黃河是濁流。』又云：『天歷諸公製作新，力排舊習祖唐人。粗豪未脫

---

62 清・紀昀等奉敕撰：《四庫全書總目》，冊六，頁 3929。
63 明・方孝孺：《遜志齋集》卷二十四（臺北市：臺灣商務印書館，1967 年），冊 2，頁 32。

風沙氣，難詆熙豐做後塵。』非且正法眼者，烏能道此。[64]

而瞿佑亦指出：

元遺山編《唐鼓吹》，專取七言律詩，郝天挺為之注，世皆傳
誦。少日效其制，取宋金元三朝名人所作，得一千二百首，分
為十二卷，號《鼓吹續音》。大家數有全集者，則約取之。其
或一二首僅為世所傳，其人可重，其事可記者，雖所作未盡
善，則不忍棄去，存之以備數，此著述本意也。又謂「世人但
知宗唐，於宋則棄不取。眾口一辭，至有詩盛於唐壞於宋之
說。私獨不謂然，故於序文備舉前後二朝諸家所長，不減於唐
者。附以己見，而請觀者參焉。」仍自為八句題其後云：
「《騷》《選》亡來雅道窮，尚於律體見遺風。半生莫售穿楊
技，十載曾加刻楮功。此去未應無伯樂，後來當復有揚雄。吟
窗玩味韋編絕，舉世宗唐恐未公。」既成，求觀者眾，轉相傳
借。或有嫉之者，藏匿其半，因是遂散失不存。再欲裒集，無
復是心矣。[65]

瞿佑模仿元好問編《唐鼓吹》的體例，收錄宋金元三朝名詩人約一千
二百首作品，編定《鼓吹續音》一書。從是書的編定，即可看出瞿佑
對舉世論詩皆宗唐斥宋的風氣不甚贊同。世人皆認定「詩盛於唐壞於
宋」，然而在宋金元三朝也有不遜於唐人的作品出現，且唐人作品未

---

64 明・都穆：《南濠詩話》，見吳文治主編：《明詩話全編》，冊 2，頁 1744。筆者按：
其中所引方孝孺詩，與原作對照之下，有關誤之處，如都穆所引「天歷諸公製作
新」，方孝孺原作為「大曆諸公製作新」，當是字形相近的訛誤，在此特做說明。
65 見明・瞿佑著、喬光輝校註：《瞿佑全集校註》，頁 424-425。

必盡善，唐以後作品也未必皆壞，如果僅以時代風格論定詩作好壞，
這恐怕不是最恰當的論詩標準，因此瞿佑特別強調「舉世宗唐恐未
公」。這一派為宋詩發聲的評論者，其論詩主張雖未能形成一股風
潮，但終究有其進步意義。[66]

　　不過瞿佑所處的時代論詩既主唐風，其論詩標準亦不免受影響，
只是其詩話可貴之處在於雖主唐並多論述唐人作品，但對於宋金元三
朝詩人及其作品也有評論，且力求公允。如舉姜夔與唐人詩句做比
較：

> 姜堯章詩云：「小山不能雲，大山半為天。」造語奇特。王從
> 周亦云：「未知真是嶽，只見半為雲。」似頗近之。然較之唐
> 人「野水多於地，春山半是雲」之句，殊覺安閒有味也。[67]

瞿佑指出同樣以雲作為描述的對象，姜夔的句子造語奇特，與唐人的
作品兩相比較，更有其安閒自適的韻味。僅以此例來看，宋朝的姜夔
在作品的藝術表現上勝過唐人，瞿佑對此也能做出公允的評斷。又如
〈山石句〉云：

> 元遺山〈論詩三十首〉，內一首云：「有情芍藥含春淚，無力薔

---

66 邱美瓊、胡建次提到：「綜觀此期唐宋之論，承繼金元詩學批評取向，重唐之論蔚
　　為氣候。然也有不少持異者，他們對一些人盲目宗唐進行了思考，力圖對宋詩所受
　　到的不公正待遇予以伸張。這之中，極個別詩論家已初步見出了文學通變的歷史規
　　律性，把詩的發展放到了一個更長的歷史之旅上進行考察，既否定了『詩盛於唐、
　　壞於宋』之說，也初步見出了元、明詩的模擬之弊。」頁 12。見邱美瓊、胡建
　　次：〈明代詩學批評中的唐宋之論〉，《江西教育學院學報》（社會科學版），21 卷 2
　　期（2000 年 4 月），頁 12。
67 見明‧瞿佑著、喬光輝校註：《瞿佑全集校註》，頁 446-447。

薇臥晚枝。拈出退之山石句，始知渠是女郎詩。」初不曉所
謂，後見《詩文自警》一編，亦遺山所著，謂「有情芍藥含春
淚，無力薔薇臥晚枝」，此秦少游〈春雨〉詩也。非不工巧，
然以退之山石句觀之，渠乃女郎詩也。破卻工夫，何至作女郎
詩？」按昌黎詩云：「山石犖确行徑微，黃昏到寺蝙蝠飛。升
堂坐階新雨足，芭蕉葉大梔子肥。」遺山固為此論，然詩亦相
題而作，又不可拘以一律。如老杜云：「香霧雲鬟濕，清輝玉
臂寒。」「俱飛蛺蝶元相逐，並蒂芙蓉本自雙。」亦可謂女郎
詩耶？[68]

元好問將韓愈和秦觀作品互為對照，指出秦觀詩作風格柔靡，而有
「女郎詩」之譏，雖未明言風格孰高孰低，然而讀者亦可明顯看出元
好問對二人的評價為何。瞿佑則是站在持平的角度，點出了「詩亦相
題而作，又不可拘以一律」的觀點，為秦觀「女郎詩」翻案。藉此可
明白瞿佑論詩並不以時代風格為限，反是能給予全面的觀照。

　　對元代詩人，瞿佑也投以關注，如〈退朝口號〉：

邵庵〈退朝口號〉云：「雨浥輕塵道未乾，朝回隨處借花看。
牆東千樹垂楊柳，飛絮來時近馬鞍。日出風生太液波，畫橋影
裏采船過。橋頭柳色深如許，應是偏承雨露多。」少日在四明
從王叔載先生學詩，先生舉此詩數首云：「細讀而詳味之，如
醉後厭飫珍羞，而食宣州雪梨相似，爽口可愛也。」又云：
「元朝諸人詩，雖以范楊虞揭並稱，然光變化，諸體咸備，當
推道園，如宋朝之有坡公也。」予謹識之，久而益信。[69]

68　見明・瞿佑著、喬光輝校註：《瞿佑全集校註》，頁 413-414。
69　同前註，頁 459。

舉王叔載評論虞集〈退朝口號〉之語，指出雖然提及元代詩人，大多
以虞集、楊載、范梈、揭溪斯四人並稱，但這當中諸體完備，創作最
為出色者當為虞集，並且將虞集與宋朝蘇軾相比，認為虞集詩作毫不
遜色。此語雖是他人評虞集詩作，不過瞿佑自己也明言「久而益
信」，於此表現其雖主唐音，但與一味崇唐者不同之處。

又如〈鸚鵡洲〉：

> 崔塗〈鸚鵡洲〉詩云：「曹瞞尚不能容物，黃祖何由解愛
> 才？」後無繼之者。陳剛中一篇云：「大江東南來，孤洲屹枯
> 蘚。中有千載人，殘骨寄偃蹇。惟漢黨錮禍，薦紳半摧殄。況
> 復啖葛奴，盡使羽翼翦。天乎鸞鳳姿，乃此侶獷犬。想當落筆
> 時，酒酣玉色灑。鸚鵡何足詠，僅以雕蟲顯。我來策蓬顆，清
> 淚淒以汍。尚恨迷幾先，不為無道卷。賢哉龐德公，一犁老襄
> 峴。」詞語跌宕，議論老成，佳作也。[70]

從唐至元，如此漫長的歲月之中，竟無人能如崔塗一般寫下令人擊節
稱賞的〈鸚鵡洲〉，直至元代陳孚〈鸚鵡洲〉，才算是能接踵前賢之
作。瞿佑以簡明扼要的敘述，具體呈現了他論詩不抑宋元的傾向。

五　結語

　　瞿佑的論詩宗旨上承《詩》三百的「思無邪」、「興觀群怨」而
來，故其論詩也多一份溫柔敦厚之情，在一片尊唐、宗唐聲浪不斷的
明代詩壇，《歸田詩話》也依其論詩宗旨而對唐、宋詩持有公允的態

---

70 同前註，頁455。

度，不僅認為唐詩為詩之佳者，也不否定宋詩有其存在的必要，強調不必有「詩盛於唐、敗於宋」的先入為主觀念。此外，又透過比較的方法，對詩人與作品進行研究，認為並非某一詩人的所有作品皆擅勝場。然而瞿佑的觀念終將擋不住崇唐的聲浪，且其創作重心放在小說方面，因此其詩學主張則未能顯揚於當世，而今日在其他研究資料的輔助之下，我們方有幸能對瞿佑的詩學主張有約略的認識。

參考文獻（以作者姓氏筆畫順序排列）

一　古籍

清・紀昀等奉敕撰　《四庫全書總目》　臺北市　藝文印書館　1979年

南宋・朱熹　《朱文公文集》　臺北市　臺灣商務印書館　1979年

方回　《桐江集》　臺北市　臺灣商務印書館　1981年

宋・王讜　《唐語林》　《景印文淵閣四庫全書》　臺北市　臺灣商務印書館　1983年

清聖祖御定、徐倬編　《御定全唐詩》　《景印文淵閣四庫全書》　臺北市　臺灣商務印書館　1983年

宋・宋祁、歐陽修奉敕撰　《新唐書》　《景印文淵閣四庫全書》　臺北市　臺灣商務印書館　1983年

郭紹虞編選、富壽蓀校點　《清詩話續編》　臺北市　木鐸出版社　1983年

呂祖謙　《呂氏家塾讀詩記》　北京市　中華書局　1985年

清・章學誠著、倉修良編注　《文史通義新編新注》　杭州市　浙江

古籍出版社　2008 年

明·瞿佑著、喬光輝校註　《瞿佑全集校註》　杭州市　浙江古籍出
　　　版社　2010 年

宋·朱熹集註、蔣伯潛廣解　《新刊廣解四書讀本》（論語、學庸）
　　　臺北市　商周出版　2011 年

二　專書

顧易生、蔣凡　《先秦兩漢文學批評史·兩漢文學批評》　上海市
　　　上海古籍出版社　1990 年

劉德重、張寅彭　《詩話概說》　臺北市　學海出版社　1993 年

蔡鎮楚　《中國詩話史》　湖南市　湖南文藝出版社　2001 年

詹杭倫：《方回的唐宋律詩學》　北京市：中華書局　2002 年

三　期刊論文

邱美瓊、胡建次　〈明代詩學批評中的唐宋之論〉　《江西教育學院
　　　學報》　社會科學　2000 年 4 月　21 卷 2 期

劉德重　〈明代詩話：格調、復古與分唐界宋〉　《上海大學學報》
　　　社會科學版　2004 年 11 月　第 11 卷第 6 期

張玉芳　〈從戒子傳統與教育思想論唐代的家訓詩〉　第一屆玄華元
　　　通識教育學術研討會論文集　新竹市　玄奘大學　2008 年

赫廣霖　〈論明代早期浙江詩壇的宗唐黜宋現象〉　《杭州電子科技
　　　大學學報》　社會科學版　2010 年 6 月　6 卷 2 期

篇章結構與華語文教學
——由閱讀課程教學及教材設計理念展開論述

周晏菱

國立臺灣師範大學國文所博士、中國科技大學通識教育中心兼任講師

摘要

「先聽說、後讀寫」，往往是學習及教授語言的首要原則。對於目前方興未艾的華語文教學領域，長時間將教學重心置放於聽說部分，對於讀寫部分的研究，不論是教材編寫走向或整體教學模式，仍然落後於聽說，還有許多有待檢討與開發的空間。因此，本文的研究主題及構想，即要從華語文教學之「讀寫」亦即閱讀與寫作訓練的部分，將傳統運用於國文教學上的「辭章學」觀念予以融入，針對已具備可以閱讀各類目標語（即華語）文章和材料之中高級程度的學生，進一步從閱讀方面，重新培養對文章內涵（如：詞彙、個別意象、修辭、文法、章法、主題／旨、文體、風格等方面）的分析體認，再由此延伸至寫作教學，訓練讀寫一次到位的能力。

目前在華語文課程中，對於閱讀寫作課程，雖然已獨立成一門課程講授，但目前對於此種專修的閱讀寫作課程，並未有專業教材可供使用，讓教授者有極大選材空間的同時，對於材料選用如何連貫課與課之間的縱橫關係，亦考驗著教授者選材時的智慧。有鑑於此，文中將以「辭章學」為

核心，排除對華語文學習者而言仍頗具深度的文言韻文及散文，選取較淺顯易懂之文白夾雜小說、或記載與中華文化相關之短篇筆記小說章節為範例加以解析，並編寫設計相關教學教材，希望藉由文中的研究，能為華語文教學之閱讀寫作課程，開闢新的教學趨勢。

關鍵字：辭章學、華語文教學、閱讀寫作、教材設計

一 前言

　　現今掀起的「全球華文熱潮」，可說是繼古來中華文化大傳播後的另一次文化大躍進。這次的熱潮不僅影響周圍的東南亞及日韓等民族，就連歐美等印歐民族，遠赴兩岸學習者不計其數。然而，就在「華文」逐漸在非華文圈中形成一股熱潮的同時，非華文語系的學習者在學習的過程中，就如同非英美語系國家的學習者學習英美語言一樣，都會對語文中特有的文法概念感到困擾不解，這種文法概念的學習識別，也就成為外籍學習者在具備簡單口說及聽辯能力後，對於閱讀書寫能力培養的關鍵。但是，在目前各類華語文教科書內的著重方向，由於課文編輯以對話模式呈現，因此，文法概念的學習識別皆以課文所延伸之相關句型為主要講授對象。除此之外，「先聽說、後讀寫」或以「聽說領導讀寫」的語言學習步驟觀，將教授者產生「聽說」比「讀寫」重要的認知，使得華語文教學領域，長時間將教學重心置放於「聽說」部分，對於「讀寫」部分的研究，不論是教材編寫走向或整體教學模式，仍然落後於「聽說」，還有許多有待檢討與開發的空間，特別是既定「對話式」課文教材及相關文法概念[1]等二部分的編寫。

　　目前在華語文課程中，對於閱讀寫作課程，雖然已獨立成一門課程講授，但目前對於此種專修的閱讀寫作課程，並未有專業教材可供使用，讓教授者有極大選材空間的同時，對於材料選用如何連貫課與課之間的縱橫關係，亦考驗著教授者選材時的智慧。不僅如此，更重

---

[1] 文中所謂的「文法概念」，主要是定義在整體篇章類型之架構分析，亦即採用「辭章學結構類型」的方法而論，非一般所熟知的漢語語法句型或修辭等概念。

要的是，此類專門就閱讀寫作專題所選用或編寫之教材，其對話式課文整體架構是否能肩負起此課程的宗旨——從閱讀培養對華文篇章內涵的體悟，進而撰寫簡易之條列筆記、隨筆心得或具一定篇幅和文體的文章，則有待進一步深思熟慮。

因此，本文的研究核心焦點，即要從華語文教學之「讀寫」亦即閱讀與寫作訓練的部分，將傳統運用於國高中國文教學上的「辭章學」觀念予以融入，針對已具備可以閱讀各類目標語（即華語）文章和材料之中高級程度的學生，進一步從閱讀方面，重新培養對文章內涵（如：詞彙、個別意象、修辭、文法、章法、主題／旨、文體、風格等方面）的分析體認，再由此延伸至寫作教學，訓練讀寫一次到位的能力，並從「辭章學」角度出發，轉化目前其在國高中國文課程的使用現況，斟酌華語文學習者的語用程度，選取較淺顯易懂之文白夾雜小說、或記載與中華文化相關之短篇筆記小說章節為範例加以解析，編寫設計符合華語文教學的使用教材，希望藉由文中討論，能為華語文教學之閱讀與寫作課程，開闢新的教學及教材規劃趨勢。

二　辭章學結構類型分析及華語文教學運用

閱讀理解及作文書寫，二者實為一體之兩面，相互依存。回溯早年國文課程之閱讀教學模式，泰半採行傳統式翻譯閱讀法，僅片面就單字義和全文加以對譯，甚少深入分析其整體辭章架構，使得學習者在閱讀過程中難以掌握全篇主旨主義，更不用說得以從中習得作者撰作筆法，做為寫作能力訓練的條件。近年來，隨著辭章結構類型學的興起，眾家學者如雨後春筍般提出新概念理論，相關研究篇章亦不斷呈現，遂讓篇章閱讀的教學方法產生改變，逐漸從傳統式翻譯閱讀法轉為「先解構」全篇的辭章類別屬性，並將相應文句歸納之，以明作

者整體意象思維所在，並配合相關背景本事講述，以獲取題文要旨及透析其撰作筆法，達到賞析閱讀與寫作先備知識奠基之效。然而，就在以漢語做為第一語言（母語）的我們，將學習重點全力傾注於第二語言的同時，全球興起一股勢不可擋之華文學習熱潮，其教學宗旨便要使這些外籍華文學習者，經由一連串課程學習安排，具備「聽、說、讀、寫」之語文能力，尤其是針對華語程度已達中級以上的學習者而言，如何提升其較為缺乏的「讀寫」能力？此問題必須從「教材教法」進行檢討。

「閱讀」是透過文字符號系統進行的言意交際模式，作者藉由文字傳遞所欲表達的功能性、承接性或敘述性等意象類別，並在其中付予詞彙、個別意象、修辭、文法、章法、主題／旨、文體、風格等內涵，而如此種種，皆可統括於「辭章學」架構下討論，由此引領學生不僅能具備分析－鑑賞－評論的閱讀技巧，更能從中獲取創作結構嚴謹作品的能力。這套國文教學法目前為國高中國文閱讀教學的策略之一，結合「形象思維」、「邏輯思維」與「綜合思維」，形成螺旋式之「多、二、一、（0）」辭章結構概念，如下圖所示：[2]

2　相關資料統整參閱自陳滿銘：《篇章結構學》（臺北市：萬卷樓圖書公司，2005年），頁 12、17、48、《多二一（0）螺旋結構論──以哲學文學美學為研究範圍》（臺北市：文津出版社，2007年）、李孟毓：《辭章篇章結構教學研究──以現行高中九八課綱四十篇文言課文為例》（臺北市：國立臺灣師範大學國文教學研究所碩士論文，2009年）。

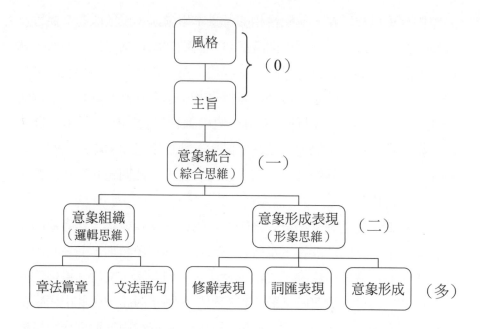

將此辭章結構分析圖的概念運用於華語文「讀寫」教學上，其相關過
程有三：

第一階段：文字符號系統輸出準備

這個階段首先要確立選文材料的主旨和風格類型，教授者在教學
過程中根據文義和文旨進行精讀之全文中心思想分析，和略讀之分章
分段述明重點，讓學習者瞭解每章每段在全文內的作用。

第二階段：文字符號系統結構建立

第一階段只確立及建立學習者對於選文材料主旨和風格類型等之
認知，進一步要將其結構化，亦即在「略讀」部分深入闡發，將作者
隱藏於文章內歸屬於「多」的層次內涵加以「解剖」[3]探究，尤其是

3　「解剖」一詞的概念運用於國文教學上的「章法分析」，見於王更生：《國文教學新
　　論》（臺北市：明文書局，1982 年），頁 75。

建立文章結構類型的分析，讓文章整體筆法佈局脈絡一目了然地呈現在讀者眼前。相關結構類型可區分為：（1）「圖底」部分有時間類之今昔、久暫和問答三法；空間類之遠近、內外、高低、大小、左右、圖底、視角轉換、知覺轉換和狀態轉換九法。（2）「因果」部分有本末、淺深、因果和縱收四法。（3）「虛實」部分有具體與抽象之泛具、點染、凡目、情景、論敘和詳略六法；時空類之時間虛實、空間虛實和時空交錯虛實等三法；真實虛假類之設想與事實、願望與實際、夢境與現實和虛構與真實等四法。（4）「映襯」部分有映照類之抑揚、立破、正反、眾寡和張弛等五法；襯托類之賓主、平側、並列、偏全、天人和敲擊等六法之四大章法家族與相關子目類別。[4]除此之外，在「多」這個層次內之分類雖然隸屬於不同的源流（即「二」這個層次之意象組織及形成表現）之下，但並非各自獨立而是互融互攝，肩負著使文字符號系統成為統合意象思維的任務。

第三階段：文字符號系統執行輸出

要徹底讀通一篇文章，讓文字符號系統成為有意義的輸出，必須要將其所表現之意象組織和各種形象思維表現與以整合，配合文本結構的漸進論述才能有所體會，以此為基礎下，從模仿選文之相關篇章結構入手，加強寫作能力的訓練發展，達到「讀寫」在華語文教學中應有的作用。

文章是反映客觀事物、表達思想、認知、情感且具有相對完整意思和一定篇章結構的書面語言型態，[5]是除了口說言談外，以書面文

4　相關資料概述統整於陳滿銘：《篇章結構學》（臺北市：萬卷樓圖書公司，2005年）及《章法學綜論》（臺北市：萬卷樓圖書公司，2003年）、仇小屏：《篇章結構類型論》（臺北市：萬卷樓圖書公司，2005年）、陳佳君：《虛實章法析論》（臺北市：文津出版社，2002年）等。

5　陳秋瑤：《作文新題型之教學研究》（高雄市：國立高雄師範大學國文研究所碩士論文，2004年），頁13-15。

字符號進行的另一種交際模式。「讀寫」能力的不足,是華語文教學長期注重「聽說」能力下的負面產物,針對聽說能力所編寫的對話式教材取向,是否能增進「讀寫」能力提升,相當具有再討論的空間。因此,下文將從教材編寫設計一途,討論上述理論思路之具體執行性。

三 辭章學結構類型運用於華語教學之教材編寫設計

上文業已針對華語文「讀寫」理論思路進行探討,本章將承前所述,從教學之「教」,亦即第一線之「教材」著手商榷,嘗試編寫融合「讀寫」能力的適用教材,以培養賞析及創作具結構和篇章規模的作品。

「教材」是華語文教學中,最為重要的環節之一;「內容」則是使教材得以在學習過程中發揮其效用的養份。在目前全球興起華語熱潮的趨勢下,華語文教師除了要具備專業華語教學素養之外,教師所選用之書面教材,其內容難易深淺及豐富程度,往往亦是吸引學生學習的重要因素,然而,在成功吸引學生學習且達到一定華語文基礎之後(即屬於中級或中高級程度者),如何運用此種能力,閱讀分析略具篇幅的文章整體架構以深究其寓意,並延伸相關寫作教學,即成為教學者規劃教學的首要任務。貫徹這項任務的至要關鍵,便是適當地活用針對母語(第一語言學習者,此處泛指臺灣本地學生而言)學習者在現今國高中國文課程常見的「辭章學結構類型」於教學教材內,藉由相關結構類型將略具篇幅的文章整體架構加以層層拆解,將內容與辭章學結構疊合,從創作背景、文章主旨、全文架構、關鍵字詞等逐一剖析,換言之,即是培養對文章內涵(如:詞彙、個別意象、修

辭、文法、章法、主題／旨、文體、風格等方面）的感發體認，並以此為基礎延伸相關寫作引導。因此，要在華語文教學內融入「辭章學結構類型」，現行對話式教材內容的編寫就必需有所調整，如同目前替諸多專業華語學習者編寫特定教材般，編寫一本關於中華古典文化文學讀本，改變對話式教材內容為略具篇幅章節的文章，從淺近文言或文白夾雜文體，透過「辭章學結構類型」教授，逐步訓練外籍學生認識古典文學、閱讀長篇文論和書寫筆記式短文的能力。

　　「辭章學結構類型」由其整體內容觀之，性質以輔助閱讀理解及啟發思維能力為主，與常見之旅遊、商務、新聞、醫學及影視等，具有「特殊目的學習動機」且「具有特殊技能作用」的專業華語學科不同，不能歸為同類視之；不僅如此，將「辭章學結構類型」運用於華語教材內時，如何讓學生不誤解其為漢語語法而心生恐懼，亦是教材編輯者需注意的部分。因此，對於做為協助角色的「辭章學結構類型」應該配合課文內容走向說明，才能達到事半功倍之教學成效。以下將針對「辭章學結構類型」融入華語文教學的主題，構思設計相關教學教材。

（一）融入「辭章學結構類型」之華語教材編寫構思

1 教材規格

　　這個部分的論述重點，將替華語教材——特別是以中華古典文化文學為基礎內容編寫者，設計一套融入「辭章學結構類型」之教材規格，以便後續研究能據此加以深化發展。然而，以中華古典文化文學為基礎內容進行編寫前提，是要盡量避免擇錄太過艱深的文言文篇章做為課程主題講授範圍，先從具有淺近文言或文體屬於文白夾雜之短

篇小說、小品文，及歷來以筆記條列式記載關於中華文化相關內容的
短文為講授重點，由簡易「辭章學結構類型」組識圖入手，進一步再
延伸出複雜組識架構，好讓外籍學生具備分段理解文章意象的能力，
並從分段後的文句內，指出相關漢語語法句型及難字提示，做為作文
寫作教學的起發點。故，這部分的教材編輯撰寫，對於華語文教學者
而言，決定了教與學的基本方法。因此，根據基本教材編寫四大要
素──輸入、內容、語言、任務的定義，[6]進行設計編排，並將「辭章
學結構類型」概念融入其中，基本設計模式如下圖所示，以中華文化
古典筆記小說篇章〈宋定伯賣鬼〉為例：

輸入：篇章文義及文旨

內容：經由短篇故事架
構，說明「順序法」的
書寫模式及如何透過虛
構手法表達真實意念

語言：整體課文以華語白話翻
譯，針對華語白話部分的艱難
字，輔以外語及漢語拼音對照
音讀

任務：藉由「辭章學結構類型」解構篇章
段落得出要旨，並對段落邏輯思維有更深
層體認。教學過程中說明此段運用的辭章
類型所具備的意義，並列舉出相關漢語語
法句型等，做為引導作文寫作練習之預備。

「輸入」也就是課程主題部分，以所選篇章〈宋定伯賣鬼〉之文義及
文旨為主要說明對象；在語言部分，以華語為主要講授語言，為配合
課文性質屬於淺近文言的短篇小說，因此在列出原文之外，還必須將
整體課文以華語白話翻譯，並就華語白話部分的艱難字，輔以外語及

---

6 Hutchinson&Waters：（Cambridge University Press：English for Specific Purposes，
  1987 年），p.108-109。

漢語拼音對照音讀；任務部分，藉由「辭章學結構類型」解構篇章段落得出要旨，並對段落邏輯思維有更深層體認。教學過程中說明此段運用的辭章類型所具備的意義，並列舉出相關漢語語法句型等，做為引導作文寫作練習之預備；內容部分則是經由短篇故事架構，說明「順序法」的書寫模式及如何透過虛構手法表達真實意念。反之，若以筆記條列式記載關於中華文化相關內容的短文為主，依教材編寫四大要素進行設計編排，並將「辭章學結構類型」概念融入其中，基本設計模式如下圖所示，以宋代文史科學家沈括所著之雜史類百科全書——《夢溪筆談》內篇章〈磁石指南〉為例：

輸入：篇章文義及文旨

內容：說明「磁石指南」即現今俗稱的「指南針」，亦可對照外籍學生對於此物的歷史認知，以便有更進一步的了解

語言：整體課文以華語白話翻譯，針對華語白話部分的艱難字，輔以外語及漢語拼音對照音讀

任務：藉由「辭章學結構類型」解構篇章段落得出要旨，並對段落邏輯思維有更深層體認。

「輸入」也就是課程主題部分，以所選篇章《夢溪筆談・磁石指南》之文義及文旨為主要說明對象；在語言部分，以華語為主要講授語言，為配合課文性質屬於淺近文言的條列筆記模式，因此在列出原文之外，還必須將整體課文以華語白話翻譯，並就華語白話部分的艱難字，輔以外語及漢語拼音對照音讀；任務部分，藉由「辭章學結構類型」解構篇章段落得出要旨，並對段落邏輯思維有更深層體認。教學過程中說明此段運用的辭章類型所具備的意義，並列舉出相關漢語語

法句型等，做為引導作文寫作，特別是隨筆心得札記練習之預備；內容部分則是經由短篇故事架構，說明「磁石指南」即現今俗稱的「指南針」，及相關功能現象，由於此物件在歷史上曾運用於航海並間接促使發現新大陸等歷史，亦可對照外籍學生對於此物的相關認知，以便有更進一步的啟發。

2 編寫原則

綜合歷來對於教材編寫的原則，將「辭章學結構類型」融入華語教學教材編寫設計，首先必需兼具知識性和系統實用性二大原則。在知識性原則方面，配合課程教材單元之篇章內容，選用適切的辭章學結構加以分段解析，列出符合文句後，針對選用的辭章學結構類別進行定義概要說明，讓學習者了解其作用內涵；在系統實用性原則方面，由知識性原則部分加以闡發，針對選用的辭章學結構類別進行定義概要說明後，設計相關問題從形象思維和邏輯思維兩部分，引導類似結構的寫作教學活動，將書面既定知識轉化於實際所用，藉以培養從閱讀中識得寫作技巧的能力。

總結上述「教材規格」和「編寫原則」論點，針對此次研究主題：將「辭章學結構類型」融入華語教學，並以此設計相關教學教材為基準，實施製作華語教學設計，根據上述古典筆記小說篇章〈宋定伯賣鬼〉和宋代文史科學家沈括所著之雜史類百科全書——《夢溪筆談》內篇章〈磁石指南〉二篇為教學內容範例，並進行設計列表，如表一所示：[7]

7　文中所舉例說明之二篇選文篇章，可在坊間高中國文教科書內翻閱查找，亦可參閱陳滿銘主編：《大學國文選》（臺北市：普林斯頓國際公司，2006 年），頁 327-331。

表一　古典筆記小說篇章〈宋定伯賣鬼〉教學設計表

單元名稱	1.〈宋定伯賣鬼〉 2.〈磁石指南〉	教學對象	人數	小班制	程度	中級/ 中高級
			國籍	東南亞文化圈學生 （包含越南、泰國、馬來西亞等地受有漢文化影響國家之學生）		
教學目標	藉由篇章結構解析，增進華語程度屬於中級和中高級者之閱讀理解技巧，並以此具備組識短句、撰寫華語作文的能力					
教材來源	教師自編相關教材	授課時間	一週六節課，一節50分鐘完成此篇教授			
教學理論	1. 任務型教學法 　透過有意義的實際溝通，將「聽說讀寫」四技能結合講授。以此教學法使學生在深入學習華語口說或書寫技能時，特別是書寫部分，能有篇章分析的先備知識，減少因不明白文章內涵而導致閱讀障礙，並藉此演練相關篇章結構的書寫筆法。強調以任務的形式來達成將語言化為文字實踐的目標。 2. 案例教學法 　以具體篇章做為指導學生學習的基礎範本，採取辭章結構分析閱讀法，確立相關辭章類型並置入相合段落予以說解教學，以幫助學習者找出閱讀關鍵字詞的能力。 3. 詞彙教學法 　不論是何種題材的華語文教材，詞彙教學法都為不可或缺的重要部分。針對艱難字加以註解以示釋義，標出音讀以究其音。 4. 折衷教學法 　綜合上述三項教學法，並加入比較法和自由寫作法。比較法的運用，即是將採用相同篇章結構的文句加以整合對照，藉此讓學習者了解同類型結構的不同表現方式，作為寫作基礎的養料。					
教學方法	講述討論、篇章分析、實際練習					

教學資源	利用與選文相關之圖片或實物輔助辭章結構類型說明
教師角色	著重在認知和技能方面提供協助，結合精讀與略讀策略。在認知方面，提供篇章相關文義文旨讓學習者明瞭，並詳述篇章結構類型以明作者寫作技巧；在技能方面，藉由篇章結構分析，培養學習者正確解讀文章及讀後心得體悟的能力。
學生角色	經由閱讀探索文章寓意，並嘗試運用已知漢字書寫相關文體文章。
教學重點	1. 藉由辭章結構分析明確瞭解文章體裁、文義文旨及作法。 2. 讓學習者能運用辭章結構方法分析任何文章，增進閱讀能力，並在閱讀過程中，嘗試歸納採用同樣辭章結構但表達方式不同的文句，藉此觀察不同的寫作樣貌。 3. 配合字詞彙教學和句型說明，讓學習者能配合辭章結構方法，將所造短句恰當地結合為略具規模的文章。 4. 教授內容與學習者歷史文化相關時，可引導學習者說出自身理解的部分，並嘗識運用所學的辭章結構類型予以分析解釋，並就類型於後先引述小段語句代表欲表達的涵意，再運用已知的漢語語法知識加以組合成小篇文章，達到閱讀領導寫作的宗旨。

表一所列舉的設計方案對象，是設定在對於華語已有一定認知的中級和中高級程度學習者，且背景設定是受有漢文化影響的東南亞一地的學生，由上表進一步就課程教科書之編排初步構思藍圖如下表二所示：

表二　教材安排範例構思藍圖──以〈宋定伯賣鬼〉為例

第一課　　奇幻冒險－〈宋定伯賣鬼〉

📖學習重點

　★概念：對照母語文化內對於「鬼怪」的定義與相關傳說故事所代
　　表的意義

　★略讀：針對白話解析部分使用辭章結構類型分析，以明瞭故事大
　　綱走向。

　★瞭解「順敘法」寫作模式並學習相關寫作筆法。

　★學習記敘事件重要關鍵項目的能力。

📖學習目標

　★精讀：將一般作文之「起－承－轉－合」的過程與本文辭章結構
　　「點－染－點」相互對照，以便得知全文聯絡照應關鍵及各段地
　　位及價值。

　★藉由篇章結構分析訓練深究與鑑賞及組識段落的能力。

📖文本課文（可找尋相關圖片置入以增加識讀理解）

　　　南陽宋定伯年少時，夜行逢鬼，問曰：「誰？」鬼言：「鬼也。」
鬼尋復問之：「卿復誰？」定伯欺之言：「我亦鬼也。」鬼問：「欲至
何所？」答曰：「欲至宛市。」鬼言：「我亦欲至宛市。」共行數里，
鬼言：「步行太遲，可共遞相擔，何如？」定伯曰：「大善！」鬼便先
擔定伯數里。鬼言：「卿太重，不是鬼也。」定伯曰：「我新鬼，故身
重耳。」定伯因復擔鬼，鬼略無重。如是再三。定伯復言：「我新
鬼，不知有何所惡忌。」鬼答言：「唯不喜人唾。」於是共行道遇
水，定伯令鬼渡，聽知了然無水音。定伯自渡，漕漼作聲。鬼復言：
「何以有聲？」定伯曰：「新死不習渡水故爾，勿怪吾也。」行欲至
宛市，定伯便擔鬼著頭上，急持之。鬼大呼，聲咋咋然索下。不復聽

之，徑之宛市中下。著地化為一羊。便賣之。恐其變化，唾之，得錢千五百乃去。當時有言：定伯賣鬼，得錢千五。

📖白話解析

　　南陽地方有一位名字叫宋定伯的人，年輕時曾經在半夜走路時與鬼相遇。宋定伯遇見鬼時問他：「你是誰？」鬼回答宋定伯：「我是鬼。」鬼反問宋定伯：「你又是誰？」宋定伯靈機一動騙鬼說他也是鬼。鬼再問宋定伯要前往什麼地方？宋定伯回答他要前往名為宛市的地方。鬼聽了宋定伯的回答後，也表示他也要前往同樣的地點。宋定伯和鬼一起走了幾公里路。

　　鬼向宋定伯說：「『走路』太累，我們可以互相輪流背著對方行走，這樣比較省力。」宋定伯聽後便答應鬼的提議。鬼首先背著宋定伯走了一段路程，便對宋定伯說：「你太重了，可能不是鬼吧？」宋定伯卻反駁因為是剛死的原因，所以才會很重。宋定伯也背著鬼走了一段路程，鬼幾乎沒有任何重量，互相背對方走路的方式持續好幾次。宋定伯突然問鬼，自己剛死成為鬼，不知道鬼都害怕忌諱什麼東西？鬼好心回答，不喜歡被人吐口水。走著走著，在路上遇見一條河，宋定伯請鬼先渡河，渡河過程完全沒有任何聲音，輪到宋定伯渡河，過程發出吵雜聲音，又引起鬼的懷疑，宋定伯又再度以剛死的原因欺騙鬼。

　　快到達宛市時，宋定伯突然把鬼背到頭上，緊緊抓住他，鬼發出呼救聲，請求宋定伯放他下來，但是，宋定伯不理會鬼的要求，到達宛市時，便把鬼丟在地上，鬼便變成一頭羊，宋定伯便開始販賣這頭羊，因為害怕鬼會再變化，朝鬼吐了口水，將鬼以一千五百元賣出後才離開。

　　當時有人流傳：「宋定伯賣鬼，賣出一千五百元。」

📖原文文義及文旨：

　　呈現人臨危不亂、隨機應變的處事方針，透過鬼可怕卻具有易於相信人的老實個性，與人不可怕卻具有狡猾性格的對比，告誡為人處世斷不可以輕信他人，應當保持警戒心，才不會遭到不必要的傷害。

📖文本背景及作者事跡解析（即題文／課文本事及背景概述：略讀）

📖白話解析之相關難字釋義

📖白話解析之相關語法句型解析

📖白話解析之相關修辭運用

📖原文之辭章結構分析表（精讀）[8]

　　　點（敘事引子）：點出人物及說明遇鬼識鬼的時間

　　　染（敘事主體）：鬼走向被變賣的過程原因

　　　1.逢鬼—宋定伯與鬼互問對方的身份

　　　2.相擔—宋定伯與鬼互問對方要前往的地點，並決定彼此輪流背對方行走較能快速到達目的地（鬼第一次起疑心）

　　　3.畏忌—宋定伯趁鬼無防備心時，小心詢問避諱害怕物

　　　4.渡河—過河途中的經歷，使鬼產生第二次疑心

　　　5.賣鬼—宋定伯突如其來的行為，讓鬼轉變為動物，也因為自己疏忽，成為被變賣的商品

　　　點（敘事引子）：結果當時人都流傳宋定伯以一千五百元把鬼做為商品販賣

8　陳滿銘主編：《大學國文選》（臺北市：普林斯頓國際公司，2006 年），頁 330、陳滿銘：〈論幾種特殊的章法〉一文，收錄於仇小屏著：《篇章結構類型論》一書內（臺北市：萬卷樓圖書公司，2005 年），頁 454-462。辭章結構後之引文部分，為配合華語文學習者識讀狀況，列出文句以白話翻譯之重點主旨表示，以便讓學習者易於閱讀；教材構思藍圖表中之「文本背景及作者事跡解析」、「難字釋義」、「語法句型解析」及「相關修辭運用」部分，因論述主題首重篇章之辭章結構解析且礙於篇幅，故此四部分省略不論。

對照作文「起─承─轉─合」之結構

（起）起因：南陽宋定伯年少時，夜行逢鬼，問曰：「誰？」鬼言：
「鬼也。」鬼尋復問之：「卿復誰？」定伯欺之言：「我
亦鬼也。」鬼問：「欲至何所？」答曰：「欲至宛市。」
鬼言：「我亦欲至宛市。」

（點出人物並說明遇鬼和識鬼的時間及其欲前往的地點）

共行數里……

（承）過程：（鬼走向被變賣的過程）

人鬼迭相擔 ①鬼言：「步行太遲，可共遞相擔，何如？」定伯
曰：「大善！」鬼便先擔定伯數里。鬼言：「卿太
重，不是鬼也。」定伯曰：「我新鬼，故身重
耳。」定伯因復擔鬼，鬼略無重。如是再三。

（懷疑 1：鬼輕人重，以新死理由解除疑慮）

②定伯復言：「我新鬼，不知有何所惡忌。」鬼答
言：「唯不喜人唾。」（趁共擔時刺探真鬼畏忌之
事：不喜人唾）─伏筆

人鬼渡水：於是共行道遇水，定伯令鬼渡，聽知了然無水音。定伯
自渡，漕漼作聲。鬼復言：「何以有聲？」定伯曰：「新
死不習渡水故爾，勿怪吾也。」（懷疑 2：渡水鬼無聲
人有聲，再度以新死理由塘塞）

（轉）結果：①行欲至宛市，定伯便擔鬼著頭上，急持之。（擔鬼）
②鬼大呼，聲咋咋然索下。不復聽之，徑之宛市中下。
著地化為一羊。便賣之。恐其變化，唾之，得錢千五
百乃去。（捉鬼化羊）

（合）結局：當時有言：定伯賣鬼，得錢千五。

（將化為羊的鬼以一千五百錢賣出）

📖運用辭章類型解析[9]

　　依據整體課文內容分析可知，本文屬於單「事」類型結構，不論真實經驗亦或杜撰，僅以「事件」為核心，以單一事件借寓某種道理。

（1）主要辭章類型——虛實家族內具體抽象類之點染法

　　避免在定義上和「情景法」有所重疊，「點染法」的使用定義特別鎖定在「敘事、寫景、抒情及說理」的引子、橋樑或收尾（點），亦用於主體部分（染），換言之，「點」的引子、橋樑或收尾用途是一個切入固定點；「染」的主體部分用途是各種內容本身。

→課文內開門見山即點出此事發生時間是「宋定伯年輕時」，以此做為後續事件的論述橋樑，牽引出一連串遇鬼、識鬼、與鬼同行及賣鬼的過程，也是渲染的全文核心點，最後以事件廣為流傳的現況為「點」收尾，將整件事收於賣鬼上。

（2）次要辭章類型：由點染法進一步引而申之

　　①圖底家族內時間類之今昔法及空間類之視角轉換法

　　　A.時間類之今昔法：「今昔」兩字加字理解則為「現／當今」及「往昔／昔日／過往」義，與時間要素相關。在文章中使用「時間」要素，首先要注意「實（真實／實際）」與「虛（不實際）」的運用。「實」的時間要素泛指過去與現在，也就是真實且實際已經歷過的時間；「虛」的時間要素泛指未來，不實際且單憑想像而來的時間，然而，由「今

9　本部分資料參閱自仇小屏：《篇章結構類型論》（臺北市：萬卷樓圖書公司，2005年）。其中，「點染法」查閱自頁 454-455、「今昔法」查閱自頁 83、「視角轉換法」查閱自頁 75、「因果法」查閱自頁 167-168，「虛構與真實的虛實法」查閱於陳佳君：《虛實章法析論》（臺北市：文津出版社，2002 年），頁 235-236。

昔」的字義而論，此當指涉「實（真實／實際）的時間義而少指涉虛（不實際）的時間義。依篇章要求採用此法時，其創作方法有「由昔而今」之順序、「由今而昔」之逆序及「今昔交錯」之追序法等。

→課文內在時間安排順序上，明顯採用「今昔法」之「由昔而今」之順序筆法，開門見山即點出此事發生時間是「宋定伯年輕時」，然而，在整件事論述完畢後，又臨來一筆指出這件事在當時的流傳情況，又具有「今昔交錯」之追序法的使用痕跡。

  B.空間類之視角轉換法：「視角轉換法」並不是從單一角度來描寫景物，而是將「長寬高」的空間範圍互相搭配，造成視角移動，如此便能將不同空間內的不同景物，一併收納於作品中呈現。

→課文內在全文核心渲染部分，採用路上行走及涉水而過的場景視角轉換，並配合宋定伯差點被識破為人的過程，形成緊張且懸疑刺激感。

 ②因果家族之因果法

  「因果法」可從漢語語法之「因為……所以……」句式理解，由何種原因，產生何種結果。

→課文內在全文核心渲染及收尾部分，所採用的辭章結構亦具有「因果法」的痕跡，「『因為』遇鬼並同行的過程中，接二連三地差點被識破人的身分，宋定伯巧妙化解取得鬼的信任，鬼不疑有他外，亦好心告知所忌之物，『所以』才會造成後續被變賣的命運」。

 ③虛實家族內真實與虛假之虛構與真實的虛實

  「虛構」故名思義即是從想像編列一連串看似真實的情景，但此情景卻非真實，例如中華古典文學內容之神話寓言、志怪小說、遊仙小說等皆屬之。

→課文內所描述宋定伯遇鬼及其一連串奇事，看似虛妄不實，但是，作者於全文又引當時人流傳的一段話做為結尾，又好像在證明這件事並不是虛構，虛實相間運用顯著。

📖作文引導練習

藉由課文〈宋定伯賣鬼〉的整體結構分析可知，此文以辭章結構類型中之「點染法」寫成，並配合今昔法、視角轉換法、因果法及虛構與真實的虛實等四法而成。本文最大特色，便是從今昔法之順敘方式論述事件的起因緣由，透過景象變化及如真似虛的經驗，讓讀者感受到篇內主角的心理狀態，並以宋定伯和鬼這兩個性質和個性表現都極端對立的角色，營造出「識人需識心」、「防人之心不可無」及「遇危鎮定不亂」的文義文旨。

（1）課文深究

請將閱讀理解後的答案，填入空格內：

①宋定伯在整起賣鬼事件中，在（　　）和（　　）的過程中差點被鬼識破其為人的身分，但是，最後仍以（　　）取得鬼的信任。

②宋定伯的個性（　　），鬼的個性（　　），真正可怕的是（　　）。

③因此，作者藉由鬼的命運告誡世人要（　　），藉由宋定伯的機智突顯為人處事應該（　　），不可墨守成規。

（2）想一想：試想自己是否有過如同宋定伯的經驗或其他類似的奇妙遭遇？以記敘法加以描寫。

我發生這件奇妙遭遇的經歷：		
記敘法		
時間	請寫下一段完整句子	⟶點
地點	請寫下一段完整句子	⎱
過程	請寫下一段完整句子	染
結果	請寫下一段完整句子	⎰
結局	請寫下一段完整句子	⟶點

（3）情境寫作－仿寫：請將上表之相關句子，運用已學習過的漢語語法概念，將其組織為一篇具有完整篇章架構的文章。

📖課後反思討論

　　在不影響本文主旨主義的前提下，進行相關改寫及擴寫初步練習

　　表二所呈現內容，僅是初步的構思擬議，相關內容可進一步拓展，特別是由閱讀進一步延伸的「作文引導練習」部分，由於考量華語文學習者的語文程度，雖然足以應付目前使用的白話語體文，然而，對於中華古典文學之文言篇章閱讀，在識讀理解上泰半會感到相當困難與挫折，不僅如此，若選用過於艱深的篇章做為教材教授，反而會適得其反，形成阻礙學習的「文化休克」現象。因此，以中華古典文學為教材編寫範圍，所選錄的課文篇章應避免過長的文言篇章，從淺近文言或文白夾雜的短篇小說、小品文，及歷來以筆記條列式記載關於中華文化相關內容的短文為編輯選錄重點，然而，這類需要經由白話翻譯的篇章，原文的呈現並非教學重點，其呈現主要是為呼應白話語體文，使學生能依據對照。如此一來，教師在以篇類文章做為教材編輯與教授的過程中，必須注意文句通順與否（例如連接詞和標點符號使用）、能否適當採用漢語語法句型融入其中、字彙詞句深淺

難易選用等因素，再對文章歸納出其相應的辭章結構類型加以解析後，才能使華語文學習者達到以「閱讀領導寫作表達」的目標，且上表內關於閱讀後的作文引導練習部分之設計，除了先依原文主旨主義，在不改變其整體結構分類下，準確地根據教材所引導的相關步驟，嘗試仿寫同樣文章，爾後，在課後反思討論部分，就其他如改寫或擴寫等相關作文寫作模式，逐步教導學習者運用所知，突出原文主旨主義進一步重組創新；然而，教授者除了「教」外，適當的「回饋」對於學習者更是重要，教師可以採用「對談式日記寫作法」，將學習者作文回收批閱並歸納易誤之處，在學習者個別作業及下次寫作練習時提出說明，藉此達到教學成效。

四　結論

由「閱讀」領導「寫作」已然成為國文教學，甚至是華語文教學的主流趨勢，尤其是針對華語文學習者而言，如何增進閱讀技巧、及融會母語學習者國文教學策略以輔助其理解略具規模的文章，著實是華語文教學者應該審慎思考的問題，且在此前提下，不僅教授者在教學方法上必需增損改易，就連教材上亦需相應調整。篇內研究的第一項核心焦點，是將「辭章學」的篇章結構概念融入華語文「閱讀」課程教學內觀察，第二項核心焦點，即是從「閱讀」展開對「寫作」的教學引導，並為「讀寫」規劃設計相應教材，試圖為華語文教學之閱讀與寫作課程，開闢新的教學及教材規劃趨勢。

參考文獻（以作者姓氏筆畫順序排列）

一　中文書目

王更生　《國文教學新論》　臺北市　明文書局　1982 年

王詠晴　《高中國文閱讀教學研究》　高雄市　國立高雄師範大學國
文教學研究所碩士論文　2004 年

仇小屏　《篇章結構類型論》　臺北市　萬卷樓圖書公司　2005 年

李孟毓　《辭章篇章結構教學研究——以現行高中九八課綱四十篇文
言課文為例》　臺北市　國立臺灣師範大學國文教學研究所
碩士論文　2009 年

陳佳君　《虛實章法析論》　臺北市　文津出版社　2002 年

陳怡芬　《唐宋古文篇章結構析論——以高中一綱多本國文課文為研
究範圍》　臺北市　國立臺灣師範大學國文研究所在職進修
部碩士論文　2003 年

陳秋瑤　《作文新題型之教學研究》　高雄市　國立高雄師範大學國
文研究所碩士論文　2004 年

陳滿銘　《章法學綜論》　臺北市　萬卷樓圖書公司　2003 年
　　　　《篇章結構學》　臺北市　萬卷樓圖書公司　2005 年
　　　　《大學國文選》　臺北市　普林斯頓國際公司　2006 年
　　　　《多二一（0）螺旋結構論——以哲學文學美學為研究範
圍》　臺北市　文津出版社　2007 年

陳盈君　《虛實類章法在國中寫作教學之應用》　臺北市　國立臺灣
師範大學國文研究所碩士論文　2008 年

劉寶珠　《作文運材教學設計之研究》　臺北市　國立臺灣師範大學

國文研究所在職進修部碩士論文　2002 年

蘇秀玉　《唐宋古文篇章結構析論──以古文觀止為研究範圍》　臺
北市　國立臺灣師範大學國文研究所在職進修部碩士論文
2003 年

二　西文書目

Hutchinson & Waters　English for Specific Purposes: Cambridge University
Press　1987

華人電影的口語藝術

張春榮

國立臺北教育大學語文與創作學系教授

摘要

　　華人電影的口語，在繪畫性上有譬喻、轉化、誇飾；在音樂性上有類疊、頂真、回文、雙關；在意義性上有設問、映襯、層遞、反諷、悖論；藉以發揮形文、聲文、情文的語言藝術。

關鍵字：繪畫性、音樂性、意義性、語言藝術

一 前言

　　華人電影的口語，以淺顯易曉，活潑生動為主，表現在人物的獨白和對話上。藉由獨白的傾訴反思和對話的機智火花，往往用語極淺，用情極真，用意極深，湧現「言之有理，言之有味」的精采口語，理顯意豁，引發共鳴。如：

1. 記得微笑，就不會害怕了。(《囧男孩》)
2. 阿爸有講過，想哭的時候就倒立，眼淚就不會流下來。(《翻滾吧！阿信》)
3. 要活，好好的活，不要活在痛苦中。(《關雲長》)
4. 真正的好戲，是得帶著打破人生的規矩。(《梅蘭芳》)
5. 答應我，無論你對此生的決定為何？一定要真誠對得起自己。(《臥虎藏龍》)

凡此世事洞明的獨白，人情練達的對話，無不在電影的故事情節中如一道閃電，畫過黑沉沉的夜空，讓人在悲喜入戲中眼睛為之一亮，喟然有所感覺，豁然有所感動。

　　大抵華人電影的口語，除了直訴感悟之外，同時表現出語言的藝術。讓淺白的獨白，白得很有意思；讓靈活的對話，對得生動有味；馳騁獨特的現代語感，折射華人電影「繪畫性、音樂性、意義性」[1]中的語言藝術之花。

1　參筆者：《實用修辭寫作學》(臺北市：萬卷樓圖書公司，2009 年)，頁 1-9。

二　繪畫性

電影中的蒙太奇，包括以鏡頭為主的蒙太奇和以口語為主的蒙太奇。在口語的蒙太奇中，突顯繪畫性時，最常見的修辭是譬喻、轉化、誇飾等，以下分別言之。

（一）譬喻

電影口語中的譬喻，往往據眼之所見，耳之所聞就地取材，信手拈來，充分展現生活經驗的感染與感悟。首先，就環境特色而言，如：

1. 「你們金門人，像反登陸樁，不讓人登陸！」「你們臺灣人像後面這一片草，佈滿地雷。」（《夏日練習曲》）
2. 緣分是意外嗎？人的生命相互關連，好像天上的雲和西湖的水，其實本來就沒有分開，冥冥中相互影響著。所謂緣份大概是光合作用下的奇蹟，時間到了，就是你的。（《抹茶之戀味》）

第一例中以金門特殊的戰略設備而言，來自臺灣的女主角質疑在金門長大的男主角戒備森嚴，拒人於千里之外；男主角則抨擊對方，看似一片平靜，然而危機四伏，不知何時會引爆傷人。第二例女主角的店開在西湖邊，西湖的波光瀲灩，雲水相映，自成女主角對男女關係的體會。原來，有緣的生命共同體，是雲和水的流轉變化，自有其「偶然的必然」的時機，必有其不可思議，驚呼連連的「奇蹟」。

其次，就生活經驗而言，如：

1. 「為什麼我要加入？」「因為五隻手指加起來，就是一個拳頭。」（《艋舺》）

2. 「山裡的人為什麼住在山裡？」「山裡的人住在山裡，像腳放入鞋裡，舒服。」（《那山那人那狗》）

3. 一顆切開的蘋果，容易氧化，男女分隔兩地很容易有問題。（《隱婚男女》）

第一例中的「拳頭」，既是實際描述，也是借喻，借以喻指五個人，五個人的合作團隊，更喻指強悍攻擊的力量。因此在電影《天堂口》中也有相似的敘述：

> 他是大剛，小虎的哥哥，因為他的拳頭，我們很少讓人欺負。

正是看誰「拳頭大，就是老大」。或許有人說「五隻手指加起來，就是一個巴掌」，「巴掌」的意象沒有「拳頭」來得強悍，來得鮮明。第二例中指出山裡的人住在山裡，情親意愜，如鞋對腳的保護，彼此如魚得水，和諧共處。在此「鞋」除了是交通工具外，「鞋」亦和「諧」雙關，指涉和諧相融的關係。第三例藉由「切蘋果」的經驗，略喻（少了喻詞「像」）男女分開的關係，容易產生變化。或許「小別勝新婚」，還沒出狀況；但時間一拖長，則「大別會離婚」，產生質變，越演越烈。似此鮮明略喻，淺顯易曉，言之有理，極具說服力。

（二）轉化

轉化是「境由心造」的感性顯現。藉由移情作用，藉由客觀對象

的混同（人性化、物性化、形象化）[2]，表現人物「心理的真實」，在獨白和對話中屢見不鮮。首先，在人物心理的表現上，如：

1. 自從她走了以後，家裡很多東西都很傷心，你知不知道你瘦了？以前你胖嘟嘟，你看你都扁了。（對肥皂說）我叫你不要哭，哭到什麼時候，做人要堅強一點嘛！（對濕毛巾說）（《重慶森林》）

2. 機車騎進隧道，沒有風，沒有雨，黃色的燈讓我感覺好溫暖，雖然我知道隧道不是盡頭，我將回到風雨裡，但我多感謝這一段短暫的溫暖，謝謝你，隧道，謝謝你，鐵男。（《關於愛》）

3. 「導演，那我們先休息一下，放飯好不好？」「放飯，餵狗！」（《茱麗葉還有一個茱麗葉》）

第一例中警員因空姐女友要求分手，自己傷心在家，於是在「投射作用」下，肥皂、濕毛巾均成為傷心人，形銷骨毀，淚眼婆娑，失去往日的英姿。第二例則是「一片心情，一片風景」。美好的記憶，包括「隧道」所提供短暫的遮風蔽雨，均值得感恩。在隧道的人性化中，表現人物的寬朗心態。至於第三例，導演如吃火藥般，講話帶刀帶刺，一句「放飯，餵狗！」無疑將工作人員醜化，表現導演的過度兇悍。

其次，電影口語中的轉化，在平白如話的獨白和對話中，往往出現深入淺出的警句，靈光乍顯，照向觀眾。如：

1. 「有一條路一定不能走？」「哪一條？」「放棄啦！」（《陣頭》）

---

2 參黃慶萱：《修辭學》（臺北市：三民書局，2002 年），頁 377-378。

2. 命運最瞧不起向他屈服的人。(《翡翠明珠》)

3. 我喜歡錢,但我的尊嚴,你買不起。(《美女食神》)

第一例是電影結尾,老爸對兒子的訓勉。將「放棄」形象化,即抗壓力的培成,韌性的發揮。若將「放棄」改成「死路」,則缺乏轉化的語言藝術。因「要走活路,不要走死路」已成固定的說法,宜再求生新變化。第二例將「命運」形象化,亦是擬人的鮮活律動。命運睥睨手下敗將,看不起他的俘虜。換言之,命運瞧得起和他抗爭的人,瞧得起屢敗屢戰的漢子,瞧得起突破困境的命運鬥士。似此警句,義顯理豁,深植人心。第三例將「尊嚴」形象化,「尊嚴」不賣,自然「尊嚴無價」,不能出價,不能打折,根本是獨一無二的「非賣品」。當然,「尊嚴」如果可以廉價收購,則是髒掉的尊嚴,不足為取。

(三) 誇飾

誇飾是「局部變形」的極其形容,藉由數量、時間、空間、情境的逸出常軌,呈現內心感受的強度,渲染超常的速率變化,突顯人物的呼之欲出的心理。其中數量的誇飾,最為普遍。如:

1. 世界上每椿感情都是千瘡百孔,她(畢媽媽)太要求全了,寧可玉碎。(《小畢的故事》)

2. 你不要管我,你這個殺千刀的老朱,你竟然拐我女兒。……不要臉,不要扶我,我要回去!錦榮,我們回去,我告訴你,我要還有一口氣在,你休想!(《飲食男女》)

3. 佛陀問:「有多愛那少女?」阿難說:「我願化身石橋,受五百年風吹,五百年日曬,五百年雨淋,等那少女從石橋上走過。」(《劍雨》)

第一例以全稱命題，誇指「每樁感情都是千瘡百孔」，自是負面印象的無限上綱，正是「幸福的婚姻都一樣，不幸的婚姻千百樣」的強烈對比。問題是能不能轉轉念，接受「感情的殘缺，原本不可或缺」，一定要「寧為玉碎，不為瓦全」，最後只好走上絕路。第二例中「殺千刀」是罵人的狠話，恨不得將對方「碎屍萬段」，而「一口氣」的宣稱，則是「抵死不同意」，沒有商量的空間。第三例藉由「五百年」的極其形容，形容內心的無限愛意，在等待中不淡化，在漫長守候中不枯萎，在承受任何風吹日曬雨淋，真愛不變；此心昭昭，無怨無悔，甘之如飴。

其次，電影口語中的誇飾，往往和譬喻相結合，形塑突梯滑稽的趣味。如：

1. 我沒說你，你不算長得順眼的。……用順眼這個詞，算低估了你啦。你得算是秀色可餐，人潮中驚鴻一瞥，嫁到皇室都不輸給黛安娜那種。有的人，情人眼裡才是西施，不過分的說，你是仇人眼裡都是西施。（《非誠勿擾1》）
2. 「等賭神叔叔中馬票，才買真的（鮑魚）給你吃。」「五年前我媽離開我的那一天，你就用這句話來騙我的。再等下去，鮑魚都變成鹹魚了。」「不是我騙你，是馬票騙我。」（《我在政府部門的日子》）

第一例中最出色的誇飾，不是「秀色可餐」、「驚鴻一瞥」、「情人眼裡出西施」，而是「仇人眼裡都是西施」，可說艷冠群芳，無與倫比。而整段敘述由「你不算長得順眼」，到最後的「仇人眼裡都是西施」，正是開低走高，層層翻疊，難怪女主角笑笑最後都忍俊不住，笑逐顏開。同樣第二例，所謂「鮑魚都變成鹹魚」，正是曠日彌久，不知何

年何月，真正等到的時候，恐怕連鮑魚的風味都走樣了。這樣的誇
飾，除了呈現可感的畫面，並兼及類字（「魚」）的音樂美，出自一個
小孩純真的嘴裡，看在觀眾的眼裡，聽在觀眾的耳朵，不禁對大人的
誇誇其談，會心一笑。

三　音樂性

　　電影的音樂美，來自配樂，來自歌謠、歌曲的挹注。而電影口語
的音樂美，最常見的是押韻；信手拈來，比比皆是，如：

1.　練拳不練功，到頭一場空。（《精武家庭》）
2.　心若冰清，天塌不驚。（《風雲雄霸天下》）
3.　人的一生直叫累，酒不醉人人自醉；愛與恨，名與利，人生就
　　像一場戲，魔術師，有一套，能變洋錢老頭票，能變銀，能變
　　金，變不回來女人心。（《大魔術師》）

藉由「功」、「空」（第一例），「驚」、「情」（第二例），「銀」、「金」、
「心」（第三例最後三行）的押韻，入耳流利，悅耳動聽。此外，綜
合妙用類疊、頂真、回文、雙關等，可以共譜音樂性的複音妙旨，分
述如下：

（一）類疊

　　就類字而言，關鍵字的間隔重現，聲音的重出強化，最能音義俱
顯，留下深刻印象。如：

1. 不把敵人當敵人，你就天下無敵。(《趙氏孤兒》)
2. 「你的夢想是我的夢想。」「你為什麼偷我的夢想？」「偷？」「你是你，我是我，你為什麼要把我的夢想放在你身上。」(《聽說》)
3. 「這是你做的最難吃的一餐，但我最感動的一次。」「抱歉，做不到最完美的一餐給你。」「感動就是完美。」(《全城熱戀熱辣辣》)

第一例若只注重意義的表達，即「仁者無敵」四個字。但經由類字「敵人」與最後「敵」的重出，更加流利上口，令人印象深刻。第二例若只注重意義的說明，即「我以你的夢想為主」即可。但藉由「夢想」類字，對話中一再重出，讓人凝視其中所謂「夢想」的差別。畢竟，姊妹各有不同，各有各的路要走，不必要把對方的夢想加在自己身上，即使姊姊是聽障。第三例最後一句，一般會接說：「不完美沒關係。」但藉由類字「感動」、「完美」的前後銜接照應，「感動就是完美」既窩心，音節又響亮，前後呼應，無疑動人心魄。

其次，類字的充分運用，可以彰顯電影中人物的認知與特質。如：

1. 聖經說：「天下萬物皆有定時，笑有時，哭有時，生有時，死有時。」「通血管有時，割膽石有時。」「吃奶嘴有時，賣鹹鴨蛋有時。」(《桃姐》)
2. 我幹天！幹地！幹命運！幹社會，你不是我老父，你管我那麼多？(《父後七日》)

第一例中牧師先引聖經的話，住養老院的桃姐自我調侃，而從小她帶

大的小主人（劉德華飾）也跟著戲說一番。自兩人的戲仿、類字中，流露樂天知命的態度，坦然接受，毫不迴避。至於第二例中道士揭示他所寫的新詩，藉由四次「幹」的類字（採用臺語，而不用國語的「怨」），分明自強悍的方言色彩中呈現他憤世嫉俗「反社會」人格傾向。

最後，欲描摹人物神態，靈活露現，則在類字之餘，兼用疊字，豐富音效。如：

1. 你這個肖查某肖犁犁，肖到脫衫脫褲在地上挫，挫到流血兼脫皮。（《雞排英雄》）

2. 你爸到底那邊得罪你，還是你的車比你爸卡大台，你老是搶你爸的位！你給你爸下來，你給你爸下來，給你爸講清楚！你爸讓你一次，你就把你爸當笨蛋。（《小孩不笨》）

第一例口語精采（三次「肖」類字、「犁犁」疊字，再加上「挫」的頂真，「犁」和「皮」押韻），把夜市人生女攤販的靈牙利嘴，生動傳神的描繪出來。第二例為新加坡電影，兩人為加油「插車」吵架。肉乾王平日講話就大聲大氣，此時更是火冒三丈，在八字「你爸」類字和「你給你爸下來」的疊句中，將內心積壓的不滿，在這一大段臺語發音的口白中淋漓盡致的發洩爆開。

（二）頂真

頂真善於讓句間音節流暢，並自流暢的音節中帶出更深一層的體會。電影口語中，不乏頂真的緊湊開展。如：

1. 談戀愛一定不能太投入，太投入受的傷害就越大。(《硬漢》)
2. 死亡並不可怕，可怕的是死在遺憾裡。(《七天愛上你》)
3. 「老百姓活得沒有尊嚴。」「尊嚴不是別人給的，而是自己爭取的。」(《錦衣衛》)

第一例強調「多情多風波」，太投入則感情放得深，感情放得深就容易受傷，容易流淚。第二例強調人應盡其在我，但求無憾；淋漓盡興，全力以赴，不必瞻前顧後，畏畏縮縮，只有心動，沒有行動。第三例藉由「尊嚴」頂真，進而提出「活得有尊嚴」的應有心態，勇銳積極才是「靠自己最好」的生存法則。

值得注意的是，在纍纍如貫珠的聲音流轉中，宜掌握意義的衍申變化。如：

1. 永遠有敵人，敵人來自你的心。(《彌勒日巴》)
2. 蛙兄，你別回頭，回頭只有失望。(《單身男女》)
3. 她打扮得艷艷麗麗，不是不美，而是美得很俗。(《紅玫瑰白玫瑰》)

第一例即一般所謂「心是你最大的敵人」、「心是人生最大的戰場」，借由頂真，讓音節緊湊流利，讓意義加深一層。第二例即一般所謂「回不去了」，再回頭凝視，終究物是人非，何必再傷口灑鹽？往前看才有希望，回憶是惘然的迷失。第三例即一般所謂「打扮得俗不可耐」，藉由頂真，先揚後抑，讓直接的批評變成陡轉的反諷。

（三）回文

　　回文藉由「相同語彙，不同語序」的顛倒組合，自一順一逆、一正向一逆向的往返中，展現聲音的回環和諧與意義的嶄新視野。如：

1. 有時你不找麻煩，麻煩也會找你。(《翻滾吧！阿信》)
2. 有的女人可以當點心，有的女人你要當心點。(《澀女郎》)
3. 資源放錯位置就是垃圾，垃圾放對位置就是資源。(《小孩不笨2》)

第一例點出「人生就是麻煩」，因此不必閃躲，兵來將擋，水來土掩：不怕麻煩，麻煩越來越不能煩你，困住你。第二例自「當點心」、「當心點」的雙向對照中，揭示有的女人逆來順受，有的是「致命的黑寡婦」，少惹為妙。第三例自「資源」、「垃圾」的情境對照中，指出小孩的天分遭扼殺，自然其笨也愚；反之，小孩的能量得到充分釋放，必能大放異彩。只要給小孩適當的機會，寬廣的舞臺，將會看見眾多小星星，閃耀天空。

　　無可置疑，在回文節奏的波動中，同中有異的語序裡，帶出饒富深意的反思。如：

1. 我不想讓我進入你的世界，但我已準備好讓你進入我的世界。(《遊龍戲鳳》)
2. 以前當警察總以為可以改變世界，改來改去，結果什麼都沒變，都不知道自己在幹嘛。後來才知道可能是這個世界在改變我。(《傷城》)

第一例中在電影最後，女主角（舒淇飾）提出自己的意見。第一句看似拒絕男主角（劉德華飾），但第二句峰回路轉，實則接受對方，並宣示「我說了算」的主導權，已今非昔比。第二例藉由「我」和「世界」的對待關係，道出主觀意志和客觀環境的變化。原來以為自己是必勝的莊家；弄到最後，才發現「世界」才是永遠的莊家，自己根本跳不出時代的手掌心，最終向客觀環境舉白旗。

（四）雙關

電影口語中的雙關，不勝枚舉。尤其在語言系統的互換改變之際，自然迸發「一音多字」、「一字多義」的現象，形成「諧音」或「諧義」的雙重趣味。如：

1. 「你無恥！」「她五尺，我七尺！」（《暗戀桃花源》）
2. 「姓簡的！」「簡！簡！簡！那麼大聲幹什麼？」（《嫁妝一牛車》）
3. 聽到救護車的鳴笛有兩種，一種是「有醫！有醫！」要快讓路；一種是「沒醫！沒醫！」你就不用理它。（《父後七日》）

第一例中漁夫誤入桃花源，看見貌似和他老婆勾搭的男人出現，開口大罵。對方以為漁夫在講身高，形成諧音的笑點。第二例阿好一直向萬發提及「姓簡」的事，萬發不耐煩，自然在「簡」（臺語發音）、「幹」（國語發音）的諧音中，產生「另有所指」的發洩意味。至於第三例，運用救護車「嗚咿！嗚咿！」聲音，聯想出「有醫」、「沒醫」（臺語發音）的兩種狀況。電影中父親異想天開的諧音，形成黑色幽默，在女兒記憶中留下深刻印象。

　　大抵電影中人物獨白或對話時。靈光乍顯，感觸良多時，往往激發精采的雙關。如：

1. 改良，改良，越改越良，冰涼。(《茶館》)
2. 什麼？心靈改革？心，零改革。(作手勢)(《拒絕付帳》)

第一例老舍《茶館》中，針對清末民初的時代改變，提出雙關的批判。表面說是改良，實則越改越不行，只見動盪，讓人心「冰涼」，看不見溫暖的希望。第二例賴聲川導的舞台劇中，警察（唐從聖飾）針對政府宣揚的口號，提出反思。藉由多一個逗點，「靈」和「零」的雙關，批判口號喊得震天價響，大伙還是我行我素，依然故我，毫無作為。

四　意義性

　　華人電影口語的意義性，主要環繞在「人與自己」、「人與社會」、「人與自然」的經驗與感悟上。藉由生活困境的揭示、反思，生命形態的比較、抉擇，生命真相的洞悉、透視；輻射最具人間煙火的亮點。其中最常見的手法是設問、映襯、層遞、反諷、悖論等。

（一）設問

　　設問是思考的起點，提出問題是解決問題的前奏。藉由提問與激問，讓思維有了定勢，有了進一步的理解，由感性而走向知性，出常識而走向見識。如：

1. 人為什麼要吸毒？自從他們死後，我才知道一切的原因都是空虛，是空虛恐怖，毒品恐怖？我真的搞不懂。(《門徒》)

2. 為什麼心裡最重要的話，反而要藏在心裡最深的地方，都要讓它變成一種遺憾？為什麼要這樣？(《人間條件》)

第一例提問，臥底警察（吳彥祖飾）在影片最後提出他的思考，指出問題癥結在「空虛」。而「空虛」和「毒品」互為因果，飲鴆止渴，當然一步一步走入死蔭幽谷。第二例是激問，阿嬤附身在孫女身上（黃韻玲飾），指出人的盲目無知，矛盾可笑，這中間的理由是「好面子」？還是「人們不習慣講真話」？雖未明白，卻呼之欲出。

相較而言，電影口語中的激問多於提問。激問所顯現的強烈質疑或反思，無疑讓問題或衝突更尖銳突顯。如：

1. 上帝創造世界，每件事都有它的意義，你跟我說，你這個人的意義是什麼？(《龍飛鳳舞》)

2. 有英雄可做，誰願意做土匪？(《1895》)

3. 幾十億的生意能容下多少良心？(《逆戰》)

第一例中對於團員的遊手好閒，不好好把戲練好，團主自然聲色俱厲，提出批評。第二例則為土匪頭目的心聲。走上這條明知不對的不歸路，也是迫於無奈。如果有好的機時，時勢造英雄，誰願意下甘墮落。第三例則在激問中諷指「道義放兩旁，利字擺中間」，牽涉到幾十億的龐大利益，其中自然藏汙納垢，不言可喻。

(二) 映襯

映襯可以經由比較、對照，將道理客觀的呈現出來。電影口語中，特別能掌握「正反」、「有無」、「人我」、「大小」等的對比，明白說理。如：

1. 她不是啞狗，她是聽障人士；我們是聽人，她是聾人。(《聽說》)
2. 劍法的最高境界，則是手中無劍，心中有劍，是以大胸懷，包容一切，一那便是不殺，便是和平。(《英雄》)
3. 如果你們的文明是叫我們卑躬屈膝，那我就帶你們看見野蠻的驕傲。(《賽德克巴萊》)
4. 年輕或許只有一次，可是夢想卻可以一輩子。(《混混天團》)

第一例藉由一反一正，比較出「啞狗」有輕蔑意味，「聽障人士」是中性的尊重。第二例藉「手中無劍，心中有劍」，在「有無」相對中指出「止戈為武」的最高境界。第三例藉由「你們」、「我們」的對立關係，指出不和諧的傲慢霸凌，只有引起不滿的反抗，即使手無寸鐵，不惜玉石俱焚。第四例藉由「一次」和「一輩子」的「大小」對比中，強調人不可以沒有夢想，尤其人生苦短，年輕稍縱即逝，更應好好把握夢想的羽翼。

至於更細微的映襯，能兼及音義之美，觀察入微。如：

1. 你講道理，我講義理。(《天行者》)
2. 大燕戰士，可以被打死，不可被打倒。(《江山‧美女》)

3. 爹！我們欠他的恩情，我們用恩情還他，但你絕對不能用我的愛情。（《武俠梁祝》）

第一例中比較「道理」、「義理」的差別，「道理」是冷的，「義理」是暖的；「道理」只講通性，「義理」講究「人性」。第二例比較「打死」、「打倒」的差別，除非「打死」（戰死），否則我們一定視死如歸往前衝。至於第三例，明白比較「恩情」與「愛情」的差異，一碼歸一碼，不可混同。猶如「愛情」也不應是「同情」，各有各的情感領域，不能隨便替代。

（三）層遞

層遞是層層深入的說明或推論，讓原本兩層的敘述，有了更加一層的開展。如：

1. 但我身上流的是先祖的血，我絕不負祖、負國、負民。（《江山・美女》）
2. 我不會哄人，只會踩人，踩在人頭上，再踩三下，踩成一堆屎。（《美女食神》）

第一例指出自己不辜負祖先、國家、所有人民，正是由近而遠，自我期許。第二例在「一反一正」的映襯後，再加油添醋，正是「踩人、踩傷、踩死」的傷害三部曲。

然而華人電影口語中最令人深思，最發人深省的層遞，在於能剖析因果的微妙變化。如：

1. 「你父母同意？」「同意？我要等他們同意，我就不用南下；我不用南下，也就不去朝鮮；不去朝鮮，我怎麼認識你，不認識你，我今天坐在這裡幹什麼！」（《雲水謠》）

2. 廢物因權力而產生，掌握權力，產生幻覺，進而造就廢物。（《公主徹夜未眠》）

第一例中說明烽火中男女主角千絲萬縷的因緣。女主角（李冰冰飾）述說這一路以來的巧合，成就彼此今日的相聚。似此層層遞進的時空發展，情感交流，彷彿冥冥中自有安排，令人慨嘆。至於第二例，剖析「權力」、「幻覺」、「廢物」三者的演變關係，說明「權力使人腐化」的遞降過程，在自我感覺良好的無限上綱中，自然名實不符，超出自己能力，不再是充滿寶藏的礦物，而成百無一用的廢物。

（四）反諷

反諷是生命不和諧的體現。人事中的表裡不一，人生中的事與願違，最容易讓人反思，也讓人有進一步的思索與成長。電影口語中的反諷體悟，處處可見。如：

1. 人生本來就有很多事是徒勞無功。（《那些年，我們一起追的女孩》）

2. 事與願違就是人生。（《電哪吒》）

所謂「徒勞無功」、「事與願違」就是「心想事不成」的寫照。「勞而有功」、「事事如意」並非人生的真相，往往是令人難堪的反諷，尤其造化弄人，非戰之罪，夫復何言？

其次，電影口語中的反諷，往往在前後語意的變化上形成嘲弄。如：

1. 爸爸他太愛你了，但是他太不會愛你了。(《小孩不笨2》)
2. 「我今天一定要打敗霍家拳！」「我給你一個機會─輸。」（《霍元甲》）
3. 你的面相，壞在這個狗鼻，勤吃儉做，努力開，一是無成。（《第四張畫》）

第一例中指出「愛之適以害之」的反諷，過度期待，強迫主導，全面控制，反而讓小孩沒有「適性適才」發展。第二例霍元甲（李連杰飾）的回答，開高走低。「我給你一個機會」，一般後面是接「贏」；但霍元甲故意停頓，轉成「輸」字，充滿「挑釁而自信」的反諷語調。至於第三例，算命者指對方長相（納豆飾）其貌不揚，「勤吃儉做」只會揮霍，不知「勤做儉吃」開源節流，將來只會每下愈況，毫無前途可言。

（五）悖論

悖論（paradox）[3]是生命的深刻洞悉，洞悉「對立的統一」（雙襯）的複雜，照見「相反相成」（反襯）的奧妙變化。以「對立的統一」的複雜為例，最能刻畫情理的幽微兩難。如：

1. 十三歲的我們，其實十分脆弱，十三歲的我們，其實也十分堅

---

3 參顏靄珠、張春榮：《英語修辭學》(臺北市：文鶴出版社，2002年)，頁127-165。

強，在獨自面對這殘酷的世界前，請大人溫柔的對待我們。
（《星空》）

2. 媽媽對得起你，因為媽媽是慷慨無私的。我的苦命的兒子，媽媽又對不起你，因為你要艱難的活著。（《我的母親趙一曼》）

3. 人生就是個鞋字，半邊難，半邊佳。（《歲月神偷》）

第一例指出十三歲的孩子，既脆弱又堅強；沒有我們想像中的脆弱，也沒有我們想像中的堅強。如何細心呵護，正考驗著大人的智慧。第二例是獻身革命的一位母親的心聲。為了大愛，媽對得起你；為了小愛，媽對不起你。這是時代的悲劇，大時代的女兒誰都無法逃避。第三例藉由「鞋」的字形，指出人生就是「難」加上「佳」，既是枷鎖，也是美好，交織成「甜蜜的苦楚」，熬出一杯酸甜苦辣的特調滋味。

至於在「相反相成」的奧妙變化上，不同領域卻有共同的體會與印證。如：

1. 桃花盛開時十分美麗，但是你要知道，花之所以美麗，正因為時間短暫。（《旅行者與魔術師》）

2. 你有四招劍法沒學會：藏拙於巧，用晦而明，寓清於濁，以屈為伸。（《劍雨》）

第一例點出因為瞬間，所以絕美；因為短暫，特別值得珍惜珍視。美之所以為美，即在於瞬間消失，無法長存。同樣第二例劍法的高妙，不在於拙，也不在於巧，而在於拙與巧的絕佳組合。看似昏暗，卻生機無限；看似混濁，卻能清明上揚；看似退後，原來向前（橄欖球亦如是）；呈現神明莫測的精妙造詣，自能戰無不勝，攻無不克。

五　結語

綜上所述，可見華人電影口語的特色有二：

第一　用靈活的語言，道出深刻的體會

無可置疑，從內心深處流出來的感動：從生活深處湧現的感悟，最能感動人心，照亮人心，一新耳目。如：

1.　「我們是紹興酒瓶！」「很強，還不是會打破？」（《翻滾吧！阿信》）
2.　當你看見你沒有的東西，欲望就來了。（《新宿事件》）
3.　現在的小男孩，情意千斤不及胸前四兩。（《失戀 33 天》）
4.　我是個瞎子，不是眼睛瞎，而是心裡瞎。（《八星報喜》）

第一例運用譬喻，提出「強出頭」、「硬碰硬」的反思。第二例運用轉化，指出欲望的前身是「不滿足」、「不知足」，是「想要」的向外擴張。第三例運用誇飾，諷指小男生只看見胸部，只喜歡「奶奶」。第四例運用映襯，批評自己有眼無珠，看不見深層的東西。凡此對話或獨白，猶如山泉清音，暮鼓晨鐘，讓吾輩塵封的內心活絡起來，有所啟發，有所借鏡，有所感動。

第二　用簡單的語言，說出習焉而不察的道理

許多習焉而不察的道理，聽在耳裡，早已耳朵生繭，熟極無感。藉由電影故事的開展，人物對話的機鋒，獨白的別有感觸，往往靈光乍顯，一句一精采。如：

1. 自卑是用別人的標準來衡量自己。(《自從他來了》)
2. 一個人懂得照顧自己,叫成長。(《賭城大亨之新哥傳奇》)
3. 錯過了的,不要再缺席。(《新天生一對》)
4. 剛開始小鳥依人,到後來老鷹吃人。(《夏日樂悠悠》)

第一例指出「自卑」是比較下的陰影,用自己的標準衡量自己,可以找到「知足」、「自信」。第二例指出成長的檢驗標準,一旦到懂得照顧別人,則叫「成熟」。第三例一般的講法是「錯過了的,就不再錯過」。但就將「錯過」改成「缺席」,化音樂性為繪畫性,更能讓人有感覺。第四例指出對人要多觀察。人是會變的,不要被玩弄於股掌之中。凡此種種,綻放「世事洞明,人情練達」的光芒,展現電影口語藝術的素樸與真淳,值得吾人挖掘探究。

修辭手法與章法

蔡宗陽

國立臺灣師範大學國文學系兼任教授

摘要

　　陳望道《修辭學發凡》所謂消極修辭，側重文（語）法；積極修辭，則側重修辭。一般分為字句修辭、篇章修辭。劉勰《文心雕龍·章句》：「夫人之立言，因字而生句，積句而為章，積章而為篇。」字句修辭，側重修辭手法；篇章修辭，則側重章法。因此，修辭手法與章法，是息息相關，密不可分的。

關鍵詞：修辭手法、章法、譬喻、比喻、設問、映襯

一 前言

　　修辭手法，即修辭方法、修辭技法、修辭技巧、修辭方式、表現手法、語格，都是「修辭格」的異稱，簡稱「辭格」。[1]一般認為字句修辭是側重修辭手法，篇章則側重文章作法，簡稱章法。其實，修辭手法也是文章作法，修辭手法與文章作法是相輔相成，相得益彰的。誠如《文心雕龍·知音》云：「是以將閱文情，先標六觀：一觀位體，二觀置辭。」所謂置辭，即修辭。茲以修辭手法為經，章法為緯，詮析修辭手法與章法是攸關的。

二 譬喻

　　譬喻，又叫比喻。「譬喻」一詞，最早見於漢朝王符《潛夫論·釋難》：「夫譬喻也者，生於直告之不明，故假物之然否以彰之。」「比喻」一詞，最早見於明朝謝榛《四溟詩話》：「比喻多而失于難解，嗟然頻而流于不平。」大陸多採用「比喻」，臺灣多採用「譬喻」。陳望道《修辭發凡》採用「譬喻」一九八〇年以來，大陸修辭專家採用「比喻」，如一九八〇年六月倪寶元《修辭》，一九八一年四月鄭頤壽《比較修辭》，十二月王希杰《漢語修辭學》等等[2]。譬喻運

1　陸稼祥：《辭格的運用》（瀋陽市：遼寧出版社，1989 年 6 月初版），頁 1-3；沈謙：〈修辭格辨異〉，見國立空中大學人文學系編：《人文學報》，1992 年 4 月初版，頁 1；蔡宗陽：《文法與修辭探驪》（臺北市：萬卷樓圖書公司，2009 年 6 月初版），頁 426-427。

2　蔡宗陽《修辭學發凡》對臺灣修辭學界的影響，詳見二〇一〇年十二月四日上海復旦大學、中國修辭學會主辦「陳望道誕辰一百二十周年暨中國修辭學會成立三十周年國際學術研討會」論文，頁 15-16。

用在文章開頭、中段、結尾。譬喻有四項效用：（一）論證哲理，以已知闡述未知。（二）說明理，使深奧的、抽象的事理變得更淺顯、更明白。（三）描繪形象，使平淡變得更生動、更活潑。（四）增強表現力、感染力，產生歡悅的感覺，具有審美的功效。[3]譬喻在章法中，運用最多。因此，修辭學專書將「譬喻」排在第一個修辭格蔚多，如陳望道《修辭學發凡》、張弓《現代漢語修辭學》、沈謙《修辭學》、董季棠《修辭析論》、黃麗貞《實用修辭學》、蔡宗陽《應用修辭學》、陳正治《修辭學》、黃民裕《辭格滙編》、王希杰《修辭學導論》、黎運漢‧張維耿《現代漢語修辭學》等等。以「譬喻」（比喻）為書名者，如袁暉《比喻》、李濟中《比喻論析》、李遠益主編《漢語比喻大辭典》。陳滿銘說：「譬喻是辭格王。」旨哉斯言。

譬喻運用在文章開頭者，如南一書局（以下簡稱南一版）《國語》國小六上第五課〈翠玉白菜〉：

> 玉是一種半透明、具有光澤的美石，中國人極愛玉石的雅致和溫潤，喜歡拿玉來比喻美麗或尊貴，更將玉石巧雕成各式各樣的吉祥造型。

將具體的「玉石」，比喻抽象的「美麗」、「高貴」；這是運用章法中變化律的「虛實法」[4]。又如康軒文教事業股份有限公司（以下簡稱康軒版）《國語》國小五上第二課馬景賢〈秋江獨釣〉：

> 秋風由江面吹來，捲起一道道的波浪；白茫茫的蘆花，像巨龍

---

3 陸稼祥、池太寧主編：《修辭方式例解詞典》（杭州市：浙江教育出版社，1900年9月初版），頁208-209。

4 陳滿銘：《篇章辭章學》上冊（福州市：海風出版社，2005年2月初版），頁181。

在秋風中翻滾。

將較小的「蘆花」，比喻較大的「巨龍」；這是運用章法中變化律的「大小法」[5]。又如翰林出版社（以下簡稱翰林版）《國語》國小五下第四課〈臺北一〇一大樓〉：

它以前的名稱是「臺北國際金融中心」，又稱為「一〇一摩天大樓」，所謂「摩天」是形容很高，彷彿穿入雲霄一般。

將具體的「穿入雲霄」，比喻抽象的「一〇一大樓」很高；這是運用章法中變化律的「虛實法」。如國立編譯館主編國中「國文」劉禹錫〈陋室銘〉：

山不在高，有仙則名；水不在深，有龍則靈。斯是陋室，唯吾德馨。

「斯是陋室，唯吾德馨」，當作「室不在雅，有德則馨」。將「山」、「水」比方作「陋室」，「仙」、「龍」比方作「德」。抽象的「德」，是「虛」；具體的「仙」、「龍」，是「實」；這是運用章法中變化律的「虛實法」。又如國立編譯館主編高中「國文」魏徵〈諫太宗十思疏〉：

臣聞求木之長者，必固具根本；欲流之遠者，必浚其泉源；思國之安者，必積其德義。

5　陳滿銘：《篇章辭章學》上冊，頁181。

將「木」、「流」比方作「國」;「根」、「流」比方「德義」。具體的「木」、「流」,是「實」;抽象的概念「國」,是「虛」;具體的「根本」、「泉源」,是「實」;抽象的「德義」,是「虛」;這是運用章法變化律的「虛實法」。

譬喻運用在文章中段者,如南一版國小「國語」六上第〈成功的背後〉:

> (吳寶春)一有空閒,他就看書、上網學習,像海綿一樣,不斷吸收食品科學方面的專業知識。

將抽象的「看書、上網學習」,比喻具體的「海綿」,「不斷吸收食品科學的專業知識」,是「喻旨」。朱自清《略讀指導舉隅》稱為「意旨」,大陸黎運漢、張維耿《現代漢語修辭學》稱為「喻解」,黃慶萱、蔡宗陽稱為「喻旨」。這是運用章法中變化律的「虛實法」。又如康軒版「國語」四上第三課〈野柳風光〉:

> (野柳)這些奇形怪狀的岩石,因為長期受到風化和海水的侵蝕,每一顆石頭都有它獨特的造型:有的像燭臺,有的像野菇,有的像正在戲水的小象,有的則像一盤剛切好、準備出售的豆腐。

將較小的「岩石」,比喻較大的「燭臺」、「野菇」、「小象」、「豆腐」。這是運用譬喻中的博喻,作者聯想力豐贍,想像敏銳,連用四個喻體,比喻「本體」。這也是運用章法中變化律的「大小法」。又如翰林版「國語」四上第三課林良〈阿里山上看日出〉:

　　我轉過頭去，向旁邊一看，山邊白雲湧起，像千堆雪，又像成
　　群的綿羊，更像朵朵的浪花。

將較小的「白雪」，比喻較大的「千堆雪」、「成群的綿羊」、「朵朵的
浪花」；這是運用章法變化律的「大小法」。又如國立編譯館主編高中
「國文」荀子〈勸學〉：

　　積土成山，風雨興焉；積水成淵，蛟龍生；積善成德，而神明
　　自得，聖心備焉。

將「土」、「水」比方作「善」；「風雨」、「蛟龍」比方作「聖心」。
「土」、「水」、「風雨」、「蛟龍」比方作「聖心」。「土」、「水」、「風
雨」、「蛟龍」，是具體的「實」；「善」、「聖心」，是抽象的「虛」；這
是運用章法中變化律的「虛實法」。又如國立編譯館主編國中「國
文」林良〈父親的信〉：

　　朋友能增長你的知識，擴充你的生活經驗，所以朋友真像是一
　　本一本的好書。

將「朋友」比方作「好書」。不肯定何種「朋友」，是「虛」；肯定
「好書」，是「實」；這是運用章法中變化律的「虛實法」。
　　譬喻運用在文章結尾者，如南一版「國語」國小四下第五課徐仁
修〈野薑花〉：

　　野薑花啊
　　突然顯得寂寞起來

就像那麼空洞洞的村舍
少了村童此起彼落的笑鬧聲
一下子就變得暮氣沉沉

將抽象的「寂寞的野薑花」，比喻具體的「空洞洞的村舍」，「少了村童此起彼落的笑鬧聲，一下子就變得暮氣沉沉」，是喻旨；這是運用章法中變化律的「虛實法」。又如康軒版「國語」六上第六課〈單車日記・七月二十九日〉：

這裡（指關原）的雲特別濃厚，像一團團的棉花，團團圍住青山。

將較小的「雲」，比喻較大的「棉花」，「團團圍住青山」是喻旨；這是運用章法中變化律的「大小法」。又如翰林版「國語」五下第十課〈良言一句三冬暖〉：

一個人的言語，可以像優美的歌曲，也可以像傷人的利劍。

將抽象的「言語」，比喻具體的「優美的歌曲」、「傷人的利劍」，運用兩個喻體是博喻；這也是運用章法變化律中的「虛實法」。又如國立編譯館主編高中「國文」歸有光〈項脊軒志〉：

庭有枇杷樹，吾妻死之年所手植也；今已亭亭如傘矣。

「亭亭」，形容枝葉茂盛的樣子。將「傘」比方作「亭亭」。具體的「傘」，是「實」；抽象的「亭亭」，是「虛」；這是運用章法中變化律

的「虛實法」。又如國立編譯館主編夏承楹〈運動最補〉：

> 現代的人應將運動列為日常生活的要項，像吃飯喝茶一樣。

將「運動」比方作「吃飯喝茶」。不肯定何種「運動」，是「虛」；日常生活的「吃飯喝茶」，是「實」；這也是運用章法中變化律的「虛實法」。

三　設問

設問經常運用在文章的開頭、中段、結尾。設問法，又叫問答法。「問」，是「虛」；「答」，是「實」；這是運用章法中變化律的「虛實法」。設問運用在文章開頭者，如南一版「國語」國小三下第三課〈超級人民保母〉：

> 被稱為「人民保母」而保護大家的人，是誰？是英勇的警察。

「人民保母」，是抽象的「虛」；「警察」，是具體的「實」；這是運用章法中秩序律的「虛實法」[6]又如康軒版國小「國語」五上第十三課席慕容〈筆記四則・理想〉：

> 我知道，我把這個世界說得太理想了。可是，我並沒有錯，如果沒有理想，這世界將會是一種什麼樣的面貌呢？

6　陳滿銘：《篇章辭章學》上冊，頁 174。

這是運用「問而不答」的「設問」，表面上沒有答案，但讀者可以聯想自己理想的答案：如有理想的世界，是光明的彩色世界；沒有理想的世界，是昏暗的黑白世界。這是運用章法中變化律的「虛實法」。又如翰林版國小「國語」五下第四課〈臺北一〇一大樓〉：

> 臺北一〇一大樓位於臺北市的信義計畫區，在臺北盆地周邊的山上，都可以看到它。為什麼稱它為「一〇一大樓」？理由很簡單，因為它共有一百零一層。

作者「自問自答」的提問，是抽象的「虛」；答案是具體的「實」；這是運用章法中的「虛實法」。又如國語日報主編《古今文選》的范壽康〈發揚臺灣精神〉：

> 甚麼是臺灣精神？簡單明白地講，就是鄭成功的精神。

「臺灣精神」，是抽象的「虛」；「鄭成功精神，是具體的「實」；這是運用章法中變化律的「虛實法」。又如國立編譯館主編國中「國文」梁啟超〈最苦與最樂〉：

> 人生什麼事情最苦呢？貧嗎？不是。失意嗎？不是。老嗎？死嗎？都不是。我說人生最苦的事，莫若身上背著一種未了的責任。

作者運用多種連問連答，闡明人生最苦不是「貧、失意、老、死」，而是「身上背著一種未了的責任」。抽象的「問」，是「虛」；具體的「答」，是「實」；這也是運用章法中變化律的「虛實法」。

　　文章中段運用設問者，如南一版「國語」四上第十課〈快樂志工〉：

　　　　一走進醫院大廳，我就看到一個熟悉的身影——那不是爺爺嗎？他怎麼也在醫院？難道他也不舒服？原來，爺爺每個星期都會安排一天到醫院當志工，協助病患就診、做檢查，或向病患的家屬說明如何辦理各項手術。

作者連用三個「設問」描繪「爺爺」，是具體的「實」；答案是「爺爺到醫院當志工」，「志工」係抽象的「虛」；這是運用章法秩序律中的「虛實法」。又如康軒版國小「國語」三上第三課〈奇奇趕作業〉：

　　　　奇奇好高興，向時光小精靈道謝以後，就拿出筆開始畫圖。這次主題是「最有趣的地方」。奇奇想：「什麼地方最有趣？一定要出去玩一玩，我才會知道啊！

作者運用自問自答的「設問」。自問「什麼地方最有趣呢」，是抽象的「虛」；自答「一定要出去玩一玩，我才會知道啊」，是具體的；這是運用章法變化律中「虛實法」。又如翰林版國小「國語」六下第四課王溢嘉〈永遠不會太晚〉：

　　　　想當一位優秀的醫生，要幾歲讀醫學院才不會太晚？史懷哲為了實現他到非洲從事醫療傳道的理想，而去讀醫學院時，已經三十歲。

這是「自問自答」的「提問」，是抽象的「虛」；答案「三十歲」，是

具體的「實」；這是運用章法中變化律的「虛實法」。又如國立編譯館主編國中「國文」蔣介石〈我們的校訓〉第二段：

什麼是做人的道理？簡單地講，就是我們共同的校訓禮義廉恥。

抽象的「問」「做人的道理」，具體的「答」「禮義廉恥」，這是運用章法中變化律的「虛實法」。又如國立編譯館主編國中「國文」孫文〈立志做大事〉：

什麼事叫做大事呢？大概地說，無論那一件事，只要從頭至尾徹底做成功，便是大事。

抽象的「問」「大事」，具體的「答」「只要從頭至尾徹底做成功，便是大事」，這也是運用章法中變化律的「虛實法」。又如國立編譯館主編高中「國文」荀子〈勸學〉：

學惡乎始？惡乎終？曰：其數則始乎誦經，終乎讀禮。

學從何處始、終？都是抽象的「問」。「始乎誦經，終乎讀禮」，是具體的「答」，這也是運用章法中的「虛實法」。

文章結尾運用設問者，如南一版國小「國語」五下第三課〈開卷有益〉：

你想知道海底探險的滋味嗎？你想認識非洲的動物嗎？你想了解全球暖化的嚴重性嗎？只要走一趟圖書館，找出相關的書來讀，你的尋寶之旅，一定會滿載而歸的。

作者連用三個提問，是抽象的「虛」；答案是「走一趟圖書館，找出相關的書來讀」，係具體的「實」；這是運用章法中變化律的「虛實法」。又如康軒版國小「國語」二上第三課〈第一次做早餐〉：

> 這是我第一次為家人做早餐。等一下，當爸爸、媽媽看到了，不知道他們會說什麼呢？

作者提問「爸爸媽媽看到了早餐」，答案是「不知道他們會說什麼呢」。「提問」是抽象的「虛」，「答案」不論是否讚美，係具體的「實」；這是運用章法中變化律的「虛實法」。又如翰林版國小「國語」五下第六課〈與櫻花有約〉：

> 你是不是也很想體驗這賞櫻的雅趣呢？請在櫻花綻放的季節，和櫻花來個相見歡吧！

這是「自問自答」的「設問」，問的是「體驗賞櫻的雅趣」，係抽象的「虛」；答的是「櫻花季節去賞櫻」，係具體的「實」；這是運用章法中變化律的「虛實法」。又如國立編譯館主編高中「國文」范仲淹〈岳陽樓記〉：

> 嗟夫！予嘗求古仁人之心，或異二者之為，何哉？不以物喜，不以己悲。居廟堂之高，則憂其民；處江湖之遠，則憂其君。是進亦憂，退亦憂；然則何時而樂耶？其必曰：「先天下之憂而憂，後天下之樂而樂」乎！噫！微斯人，吾誰與歸！

「或異二者之為，何哉」，是抽象的「問」。「不以物喜，不以己悲」，

是具體的「答」,這是運用章法中變化律的「虛實法」。「然則何時而樂耶」,是抽象的「問」;「先天下之憂而憂,後天下之樂而樂」,是具體的「答」;這是運用章法中的「虛實法」。又如國立編譯館主編國中「國文」梁啟超〈最苦與最樂〉的結尾:

> 有人說:「既然這苦是從負責而生的,我若是將責任卸卻,豈不是就永遠沒有苦了嗎?」這卻不然,責任是要解除了才沒有,並不是卸了就沒有。

「我若是將責任卸卻,豈不是就永遠沒有苦了嗎?」是假設的「問」,屬於「虛」;「責任是要解除了才沒有苦」,肯定的「答」,屬於「實」;這也是運用章法中變化律的「虛實法」。

四 映襯

映襯,又叫對比。文章無論開頭、中段、結尾,都有運用映襯。文章開頭運用映襯者,如南一版國小「國語」六上第八課〈機智過人‧等級不同〉:

> 晏子是齊國的宰相。他雖然長得矮小,卻聰明機智、能言善辯,春秋時代有名的外交官。

「長得矮小」,是缺點;但「聰明機智、能言善辯」,是優點;這是運用修辭的映襯,也是運用章法中秩序律的「正反法」[7]。又如康軒版

---

7 陳滿銘:《篇章辭章學》上冊,頁174。

國小「國語」六上第五課〈神秘的海底古城〉：

> 當天氣晴朗的退潮時分，從虎井海岸往海底觀看，真的可以看
> 見類似城牆的建築，映著海水浮浮沉沉，若隱若現。

「類似城牆的建築，映著海水浮浮沉沉，若隱若現」的「若隱若
現」，這是修辭的映襯，也是運用章法中秩序律的「正反法」。又如翰
林版國小「國語」五下第十課〈良言一句三冬暖〉：

> 在日常生活中，如果說不加留意，有了疏失，就會使人產生誤
> 會；相反的，如果出語謹慎，態度誠懇，可以使我們得到更多
> 的友誼。

「說不加留意，有了疏失」與「出語謹慎，態度誠懇」，是「正反」
的「對比」。在修辭上運用「映襯」，在章法上運用秩序律的「正反
法」。又如國立編譯館主編國中「國文」朱自清〈匆匆〉：

> 燕子去了，有再來的時候；楊柳枯了，有再青的時候；桃花謝
> 了，有再開的時候。

「去」、「來」與「枯」、「青」及「謝」、「開」，都是正反對比，這是
章法中秩序律的「正反法」。又如國立編譯館主編國中「國文」彭端
淑〈為學一首示子姪〉：

> 天下事有難易乎？為之，則難者亦易矣；不為，則易者亦難
> 矣。人之為學有難易乎？學之，則難者亦易矣；不學，則易者

亦難矣。

就整體而言，是設問中自問自答的提問，這是運用章法中秩序律的「虛實法」。就部分而言，是正反對比，屬於映襯，這是運用章法中秩序律的「正反法」。「天下事有難易乎？」是抽象的「問」，屬於「虛」。「為之，則難者亦易矣；不為，則易者亦難矣。」是具體的「答」，屬於「實」。「人之為學有難易乎」，是抽象的「問」，屬於「虛」。「學之，則難者亦易矣；不學，則易者亦難矣。」是具體的「答」，屬於「實」。「難」與「易」、「為之」與「不為」、「學之」與「不學」是正反對比，屬於映襯。

　　文章中段運用映襯者，如南一版國小「國語」六上第〈如何說話〉：

　　　　所謂「言者無心，聽者有意」，我們常看到有人因一句玩笑而耿耿於懷；也有人因一言不合，心存芥蒂而產生隔閡。

「言者無心，聽者有意」的「無心」、「有意」，是「正反」的強烈「對比」。在修辭上運用「映襯」，在章法上運用秩序律的「正反法」。又如康軒國小「國語」四上第一課徐魯〈大地巨人〉：

　　　　天空的太陽，
　　　　是他手上的紅氣球。
　　　　早晨，讓它緩緩的升起；
　　　　黃昏，又讓它緩緩的下沉。

「早晨」與「黃昏」、「升起」與「下沉」，是「正反」的強烈「對

比」。在修辭上運用「映襯」，在章法上運用秩序律的「正反法」。又如翰林版國小「國語」四下第十四課〈踩著月光上山〉：

> 我們眺望山下，靜的燈，動的燈，交織成一片閃閃爍爍的燈海。

「靜的燈」與「動的燈」，是「正反」強烈的「對比」。在修辭上運用「映襯」，在章法上運用變化律「正反法」。又如國立編譯館主編國中「國文」岳飛〈良馬對〉：

> 臣有二馬：日啖芻豆數斗，飲泉一斛，然非精潔即不受；介而馳，初不甚疾，比行百里，始奮起，自午至酉，猶可二百里，褫鞍甲而不息不汗，若無事然。此其受大而不苟取，力裕而不求逞，致遠之材也。不幸相繼以死，今所乘者，日不過數升，而秣不擇粟，飲不擇泉，攬轡未安，踴躍疾驅，甫百里，力竭汗喘，殆欲斃然，此其寡取易盈，好逞易窮，駑鈍之材也。

「此其受大而不苟，力裕而不求逞，致遠之材」的「良馬」，與「此其寡取易盈，好逞易窮，駑鈍之材」的「劣馬」，是正反對比。就修辭手法而言，是映襯。就章法而言，是秩序律的「正反法」。又如國立編譯館主編國中「國文」彭端淑〈為學一首示子姪〉：

> 吾資之昏，不逮人也；吾材之庸，不逮人也。旦旦而學之，久而不怠焉；迄乎成，而亦不知其昏與庸也。吾資之聰，倍人也；吾材之敏，倍人也。屏棄而不用，其昏與庸無以異也。然則昏庸聰敏之用，豈有常哉？

「昏庸」與「聰敏」，是正反對比。就修辭手法而言，是映襯。就章法而言，是秩序律「正反法」。

文章結尾運用映襯者，如南一版國小「國語」六下第九課林良〈和諧人生〉：

> 林肯說：「不要對任何人懷有惡意，應該對所有的人懷善心。」像挖掘金礦似的去挖掘別人的優點，有了人跟人的和諧當基礎，我們也會擁有內心的和諧，這才是真正的和諧人和。

「對任何人懷有惡意」與「對所有的人懷善心」，是「正反」強烈的「對比」。在修辭上運用「映襯」，在章法上運用秩序律的「正反法」。又如康軒版國小「國語」五上第十二課〈我，不是現在的我〉：

> 一個人的一生，都在不斷的改變，可能變得更好，也可變得更壞，是好是壞全由自己負責，怪不得別人，因為每一次改變，都掌握在自己的手中。

「可能變得更好」與「可能變得更壞」、「是好」與「是壞」，是「正反」強烈的「對比」。在修辭上運用「映襯」，在章法上運用「正反法」。又如翰林版國小「國語」六下第四課王溢嘉〈永遠不會太晚〉：

> 抱怨自己想做什麼事已經「太晚」，通常只是不想努力的藉口。一個人只要有強烈的自我期許，對自己想做的事充滿熱情，就「永遠不會太晚」；因為他只會往前看，整個心思都專注於如何按部就班去實現目標，而不會想到「晚不晚」的問題。

「抱怨自己做事已經太晚」與「對自己想做的事充滿熱情，就不會太晚」，是「正反」強烈的「對比」。在修辭上運用「映襯」，在章法上運用秩序律的「正反法」。又如國立編譯館主編國中「國文」陳之藩〈失根的蘭花〉：

> 不是有人說：「頭可斷，血可流，身不可辱」嗎？我覺得應該是：「身可辱，家可破，國不可亡。」

「頭可斷，血可流」，是「正面」；「身不可辱」，是「反面」。就修辭手法而言，是映襯。就章法而言，是秩序律的「正反法」。「身可辱，家可破」，是「正面」；「國不可亡」，是「反」面。就修辭手法而言，是映襯。就章法而言，是秩序律的「正反法」。又如國立編譯館主編高中「國文」蔣經國〈生存與奮鬥的啟示〉：

> 我們是在做事，而不是演戲；所以人人應該實事求是，埋頭苦幹，絕不能徒求表現而無補實際。……我們應該厚以待人，嚴以律己，以貢獻代替占有，以力行代替空言，以冷靜抑制虛妄，以理智克服衝動。這樣，我們必能黑夜如白晝，歷萬劫而彌堅。

「是在做事」與「不是演戲」、「厚以待人」與「嚴以律己」、「貢獻」與「占有」、「力行」與「空言」、「冷靜」與「虛妄」、「理智」與「衝動」、「黑夜」與「白晝」，皆是正反對比。就修辭手法而言，是映襯。就章法而言，是秩序律的「正反法」。

五　結語

　　修辭手法的「譬喻」、「設問」，相當於章法的「虛實法」。修辭手法的「映襯」，相當於「正反法」。此外，尚有修辭手法的「引用」，相當於章法的「今昔法」[8]。《文心雕龍・事類》：「事類者，蓋文章之外，據事以類，援以古以證今者也。」「援古以證今」，即章法的「今昔法」，如國立編譯館主編國中「國文」洪醒夫〈紙船印象〉：「童年舊事，歷歷在目，而今早已年過而立，自然不再是涎著臉要求母親摺紙船的年紀。」又有修辭手法的「層遞」的「遞升」與「遞降」，相當於章法的「大小法」，如《論語・為政》：「吾十有五而志於學，三十而立，四十而不惑，五十而知天命，六十而耳順，七十而從心所欲，不踰矩。」又有原因和結果互相「借代」的修辭手法，相當於章法的「因果法」。如張愛玲《五四遺事》：「老太太發誓說，她偏不死，先要媳婦直著出去。」「直著出去」，是「離婚」的結果。又有修辭手法的「諧音雙關」，如唐朝劉禹錫〈竹枝詞〉：「東邊日出西邊雨，道是無晴還有晴」，其中的「晴」與「情」，是雙關。就內容而言，情景交融，相當於章法中變化律的「情景法」[9]。一言以蔽之，修辭手法與章法，是息息相關，親同手足，密不可分的。

8　陳滿銘：《篇章辭章學》上冊，頁174。
9　陳滿銘：《篇章辭章學》上冊，頁181。

論姜夔詞的懷舊意識與「文學性」
——一個符號學的考察

胡其德

健行科技大學教授

摘要

姜夔是南宋一大詞家，他的詞風被歸為「典雅派」。本文一方面探討姜夔詞的懷舊對象和意識，另一方面試圖從西方「符號學」和「文學性」的角度切入，分析姜夔詞的結構。前者乃就「內容」而言，後者乃就「形式」（或「結構」）而言。

姜夔的懷舊對象和意識可分成兩大類：一是懷念江南友人，一是懷念合肥的戀人。前者以「梅」為隱喻，後者以「柳」為隱喻；「梅」與「冷香」、「雪」呈現一種轉喻關係，「柳」則與「冷月」、「鶯鶯燕燕」、「鷗」呈現一種轉喻關係。

以羅蘭巴特的符號學來說，姜夔的幾闋詞的上片宛如羅蘭巴特所講的第一系統，下片就像羅蘭巴特所講的第二系統。而每一系統的符號，正是詞心之所在。例如《踏莎行》和《點絳唇》上片的「相思」，《卜算子》上片的「心事」，《浣溪沙》上片的「愁」，《卜算子》下片的「寂寞」。

以「文學性」來說，姜夔在兩宋詞家當中是最具現代性的作家。他除了擅長虛擬全新的、陌生的、不確定的「現實」之外，也擅長在既定的結構之下，活用舊的語彙，以營造新的意象。

關鍵詞：姜夔、清空、懷舊意識、符號、文學性

一　前言：古今詞家學者對姜夔詞風的評價

　　姜夔字堯章，別號白石道人[1]，祖籍江西鄱陽，生於紹興二十五年（1155），卒於端平二年（1235）（一說卒於 1221 年）。姜白石通曉音律，能自度曲，為兩宋大詞家之一。在南宋諸多詞家之中，姜夔的詞被學者列為「典雅」派[2]，有別於蘇東坡、辛棄疾的「豪放」派和周邦彥、李清照的「婉約」派。這三派剛好代表了兩宋詞家的鼎足而立，雖然姜夔的詞亦有豪放和婉約之處[3]。

　　清代錢裴仲《雨華盦詞話》對姜夔推崇備至，說他自己「談古人詞，惟心折於張姜二家而已。」[4]這個說法雖有個人的喜好在內，但是錢裴仲在兩宋上百位知名詞家當中，唯獨心儀張先、姜夔二人，可見此二人之詞風必有獨到之處。現撇開張先不說，單就姜夔而論，歷代詞話家、詞評家對於姜夔的詞是褒多貶少。張炎尤其對姜夔讚美有加，他在《詞源》一書中把姜夔和吳夢窗的詞風作了一個對比：

> 詞要清空，不要質實；清空則古雅峭拔，質實則凝澀晦昧。姜
> 白石詞如野雲孤飛，去留無跡。吳夢窗詞如七寶樓台，眩人耳

1　根據姜夔自己的說法，當他寓居苕溪（在今吳興武康）時，與白石洞天為鄰，友人潘德久給他取了「白石道人」的字號，並以詩相贈，姜夔也以長句報既。說見姜夔《白石道人詩集》（台灣商務印書館印《四部叢刊集部》）頁 21。

2　劉少雄：《南宋姜吳典雅詞派相關詞學論題之探討》，《臺大文史叢刊》，1995 年，頁 106-107。將姜白石的詞列為「典雅」派，其意如同前人所云「樂府派」、「古典詞派」、「典情詞派」，但較妥。

3　例如惠淇源：《婉約詞全解》（上海市：復旦大學，2007 年）就把姜夔的五闋詞〈淡黃柳〉、〈暗香〉、〈鷓鴣天〉、〈點絳脣〉、〈小重山令〉列於其中，很顯然惠淇視此五闋詞具有婉約風格。

4　唐圭璋：《詞話叢編》（臺北市：新文豐出版社，1988 年）第 4 冊，頁 3011。

目，碎拆下來，不成片段。此清空質實之說。……白石詞如
〈疏影〉、〈暗香〉、〈揚州慢〉、〈一萼紅〉、〈琵琶仙〉、〈探
春〉、〈八歸〉、〈淡黃柳〉等曲，不惟清空，又且騷雅，讀之使
人神觀飛越[5]。

張氏又說姜夔的詞「清空中有意趣」，張炎此說，雖然將「清空」與
「騷雅」、「意趣」並列，但是「清空」實為後二者之前提，因此它可
說是張炎對姜夔詞的主要論斷。張炎又在「清空」之外又加上「騷
雅」，把姜白石的詞境連上了《離騷》和《詩經》，可說是對姜白石詞
的無上讚美。

那麼張炎所謂「清空」該作何解？今人劉少雄認為「所謂清空
者，蓋指酌理修辭時，能有清勁靈巧的手法，使作者氣脈貫串，自然
流暢，寫情而不膩於情，詠物而不滯於物，呈現一種空靈脫俗、高曠
振拔的神氣，而一切筆法技巧卻又脫落無跡，渾然不可覓[6]。劉少雄
將「清空」分開解讀為「清勁靈巧」、「空靈脫俗」，其論點不涉及姜
白石的人品與風格的關係。劉漢初〈姜夔詞的情性與風度〉一文，視
姜夔用意常在虛處為「空」，以白石善寫閒雅、幽寂、明淨、清冷、
瘦硬等感覺為「清」[7]。劉漢初以姜夔的筆法和獨特詞風入手，來解
釋張炎所云「清空」，的確抓到要旨；劉氏又言姜夔「詠物即詠人」，
又以梅花為自我之表徵[8]，其論點實高人一等。按「清」乃針對
「濁」而言，不僅言文氣之清，亦言格調之高、人品之高；「空」乃

5　張炎：《詞源》，收於唐圭璋：《詞話叢編》第一冊，頁259。

6　劉少雄前引書，頁117。

7　劉漢初：〈姜夔詞的情性與風度──從卜算子梅花八詠說起〉，《彰化師大國文學誌》
　（彰化師大國文學系出版）第12期，頁213。

8　劉漢初前引文，頁210、219。

對「實」而言，指的是「實」的對立面──「虛」。因此，「清空」言人品清高，作品的境界空靈，筆法則從虛處下手，不拘泥於實物與繁綺之詞，即使詠實物，其意仍在言外。姜白石詞之所以被張炎推崇為「清空」，不僅因為姜氏能詩，以詩入詞，也與他的人品以及詞章風格、結構有關。

業師陳滿銘教授認為「清空」主要是指「風格」，「騷雅」是「另有寄託」，又引劉揚忠《唐宋詞流派史》，指出「清空」是介於婉約與豪放之間的一種風格[9]。陳師的說法雖然沒有針對「清空」這種「風格」作進一步的解釋，但指出了此種風格之與「婉約」、「豪放」鼎足而立，是一種宏觀。羅立剛《宋元之際的哲學與文學》一書把「清空」解釋為「字詞或實像所激起的作品以外的審美感受，它不存在於主體，它又不隸屬於文本，……張炎的『空』與佛教的『空』存在著深度的契合。」[10]羅立剛這番話強調「審美感受」，他的主張明顯受到西方結構主義者的影響，因為結構主義者不強調作者，但是他把張炎的『空』與佛教的『空』連在一起，卻解過了頭。陳廷焯《白雨齋詞話》卷二云「南渡以後，國勢日非，白石目擊心傷，多於詞中寄慨。……特寄慨全在虛處，無跡可尋。」[11]陳氏所謂「虛處」指的是意在言外，不落於實景的描繪，也指涉姜白石善用虛字以為轉折。用現代美學的觀點而言，「虛處」正好產生了審美距離，引讀者更多的遐思。陳廷焯又言「白石詞以清虛為體，而時有陰冷處，格調最高。」[12]陳氏所謂「清虛」正是張炎所謂「清空」。而白石的詞「時有陰冷處」，正是清虛所致，而所謂「陰冷」並非鄭文焯《夢窗詞跋》

9　陳師滿銘：《唐宋詞拾玉》（臺北市：萬卷樓圖書公司，2010 年），頁 312-313。

10　羅立剛：《宋元之際的哲學與文學》（上海市：復旦大學出版社，2009 年），頁 330。

11　唐圭璋：《詞話叢編》第四冊，頁 3797。

12　同前註。

所云，「詞固宜清空，而舉典尤忌冷僻」（因為姜白石從來不用冷僻之典故），而是劉熙載所云「姜白石詞幽韻冷香」[13]。

劉熙載的《詞概》承襲前人之說，仍主張「詞尚清空妥溜」又說「惟須妥溜中有奇創，清空中有沉厚，才見本領」[14]。劉氏在張炎「清空」之外又加上了「沉厚」，一方面可能受到姜白石「詩自有氣象，……氣象欲其渾厚」[15]的啟發，在「渾厚」之上加了「沉鬱」，構成了「沉厚」；另一方面是因為清空沒有厚實的意蘊作基礎，過度唱高調，則詞語、詞意容易滑失。此厚實的基礎一部份來自後天的努力，但主要來自天賦。陳廷焯說的好「稼軒求勝於東坡，豪邁或過之，而遜其清超，遜其忠厚。玉田追蹤於白石，格調亦近之，而遜其空靈，遜其渾雅。故知東坡、白石具有天授，非人力所可到」[16]，陳氏之言指出了天授之可貴。譚獻的《復堂詞話》也指出天賦的重要性。〈評姜夔詞〉條云「白石稼軒，同音笙磬。但清脆與鏜鎝異響，此事自關性分。石湖詠梅是堯章獨到處」[17]。譚獻指出了天賦的不同使兩大詞家風格有異。

前人對姜詞亦有所批評，沈義父《樂府指迷》指出「姜白石清勁知音，亦未免有生硬處」[18]。王國維對姜白石有讚美之處，亦有非議之處，他說「白石暗香疏影，格調雖高，然無一語道著」又云「白石寫景之作，雖格韻高絕，然如霧裡看花，終隔一層」[19]。王國維欣賞

---

13 劉熙載《詞概》，收入《詞話叢編》第四冊，頁 3694。

14 劉熙載《詞概》，收入《詞話叢編》第四冊，頁 3706。劉熙載所云「妥溜」，意近姜白石詩說所云「自然高妙」（《白石道人詩說》見臺灣商務印書館所印《四部叢刊集部》，頁 38）。

15 語見《白石道人詩說》，頁 37。

16 《白雨齋詞話》卷八，收入《詞話叢編》第四冊，頁 3969。

17 《復堂詞話》，收入《詞話叢編》第四冊，頁 3994。

18 收入《詞話叢編》第一冊，頁 278。

19 王國維：《人間詞話》，見《詞話叢編》第五冊，頁 4248-49。

有血的、不隔的「痛苦文學」，對於姜白石用「側寫」、「虛寫」的手法，不以為然，因此王氏之說只能說是個人的偏好，實在無損於姜白石作品之偉大與獨到。詞學大師葉嘉瑩批評「姜白石清空缺乏感發的力量，他完全用思想來安排，而吳文英卻不然」[20]。葉氏所謂「缺乏感發的力量」，正與陳廷焯所謂「陰冷」相通；而所謂「用思想來安排」卻與西人所云「文學性」若合符節。可是西人所重視者，到了葉氏口中，卻是一個貶詞。

　　本文從符號學、結構主義語言學下手，探討姜夔懷舊詞的「文學性」。結構主義語言學源自索緒爾（Saussure）的符號學（semiology），他將語言學視為符號學的分支，將語言視為一種符號（signe），也是一種結構，一切符號都具有「能指」（le signifiant）和「所指」（le signifié）雙重屬性，「能指」和「所指」的關係相當於「語言」（langue）和「言語」（parole）的關係[21]。結構主義強調，不能只用機械的因果關係去認識事物，而要從「結構」（分為深層結構與表層結構）去認識，即從結構的整體上去認識。皮亞杰（Piaget）認為結構有「整體性」、「轉換性」和「自調性」三種特性[22]，將索緒爾的觀點往前推進了一步。所謂「文學性」（literaturnost），就是使特定的作品成為文學作品的東西[23]，亦即先有「文學性」，才有文學作品。「文學性」是由俄國形式主義學派的雅各布森（Jacobson）所提出，而為該學派成員所服膺，強調「陌生化」（ostranenie），亦即對於受日常生活感覺方式

---

20 葉嘉瑩：《唐宋詞十七講》（北京市：北京大學出版社，2007 年），頁 391。

21 谷風出版社編輯部著：《結構的時代——結構主義論析》（臺北縣：谷風出版社，1986 年），頁 6-7。

22 倪連生：〈關於皮亞杰的結構主義〉，收入谷風出版社編輯部著：《結構的時代——結構主義論析》，頁 164-15-65。

23 Terence Hawks 著，瞿鐵鵬譯：《結構主義和符號學》（上海市：上海譯文出版社，1987 年）頁 60。

支持的習慣化過程起反作用[24]；也強調文學作品本身的獨立性，文學作品的結構只能在作品本身（而非在作者身上）找到；詩的真諦在於詩歌語言的獨特使用，而不在於作品中任何獨特的主題。[25]

　　本文擬從西方文學理論入手，試圖對姜夔的懷舊詞作一番新的詮釋。當然，並非所有姜夔的懷舊詞都可用西方文學理論加以解析，本文只是取其可行者加以析論。因為姜夔承江西詩派之餘緒，又以詩入詞，所以本文雖以姜夔的詞為主要探究對象，仍不免要引用一些姜夔的詩作。

二　姜夔詞的懷舊對象與懷舊意識

　　懷舊與鄉愁是人類共有的自發情緒，不論古今中外，多愁善感的文人擅長以文字來抒發懷舊之情，來排遣濃濃的鄉愁。騷人表現的手法有同有異，相同處在於多半採用借景抒情的手法，相異處在於所謂「鄉愁」之「鄉」究竟何所指：是指出生的故鄉，還是久待的故鄉，或指文化的故鄉？因為「鄉愁」指涉的對象不一，遂使騷人的鄉愁或懷舊意識或內容有很大的差異。

　　姜夔祖籍是鄱陽，一生未仕，卻經常訪問友人，留下不少與詩友酬酢的篇什。從《白石道人歌曲》與《白石道人詩集》[26]所載的作品當中，我們可以勾勒出姜夔數十年的生涯當中哪些地區經常出現在他的詩詞當中，也可以蠡測他如何表現他的鄉愁與懷舊。

　　在姜夔傳世的八十四闋詞當中，竟無一闋提及他的祖籍，這是相

24　Terence Hawks 著，瞿鐵鵬譯：《結構主義和符號學》，頁 61。
25　Terence Hawks 著，瞿鐵鵬譯：《結構主義和符號學》，頁 60-61。
26　《白石道人歌曲》與《白石道人詩集》俱見於臺灣商務印書館所印《四部叢刊集部》，又見於夏承燾校輯的《白石詩詞集》，華正書局出版。

當罕見的，反而有三闋提到淮南（今安徽合肥一帶），兩闋提到合肥或肥水，另一闋提及淮楚。這六闋詞都涉及到他與合肥愛人譜出戀曲的地方。提到淮南的三闋詞當中，一是《踏莎行》之「淮南皓月冷千山，冥冥歸去無人管」[27]，一是《江梅引》的序提到「丙辰之冬（1196）予留梁溪，將詣淮南不得，因夢思以述志」，詞云：「人間離別易多時，見梅枝，忽相思。幾度小窗幽夢手同攜。今夜夢中無覓處，漫徘徊，寒侵被，尚未知。　濕紅恨墨淺封題，寶箏空，無雁飛。俊游巷陌，算空有、古木斜暉。舊約扁舟，心事已成灰。歌罷淮南春草賦，又萋萋。飄零客，淚滿衣」[28]，一是《點絳唇》，詞云「金谷人歸，綠楊低掃吹笙道。數聲啼鳥，也學相思調。　月落潮生，掇送劉郎老。淮南好，甚時重到？陌上生春草」[29]。提到合肥的兩闋詞，一是《鷓鴣天》：「肥水東流無盡期，當初不合種相思」[30]；一是《淒涼犯》序「合肥巷陌皆種柳」。「淮楚」一語則見於《杏花天影》一闋詞中[31]

　　姜白石另一個鄉愁對象是他度過少年時光的沔鄂漢陽。《法曲獻仙音》[32]是姜夔於杭州觀梅賞楓所引起的鄉愁，他自稱楚客。詞云：「虛閣籠寒，小簾通月，暮色偏憐高處。……奈楚客，淹留久，砧聲帶愁去。　屢回顧，過秋風未成歸計，誰念我、重見冷楓紅舞。喚起淡妝人，問迸仙今在何許？」視沔鄂為故鄉。

---

27 姜夔：《白石道人歌曲集》（臺北市：臺灣商務印書館四部叢刊集部，下同），頁51；劉乃昌：《姜夔詞新釋輯評》（北京市：中國書店，2001年），頁35。

28 姜夔：《白石道人歌曲》，頁48；劉乃昌：《姜夔詞新釋輯評》，頁137。

29 姜夔：《白石道人歌曲》，頁49；劉乃昌：《姜夔詞新釋輯評》，頁89。

30 姜夔：《白石道人歌曲》，頁50；劉乃昌：《姜夔詞新釋輯評》，頁153-155；夏承燾：《姜白石詞校註》認為白石懷念合肥諸詞中以此首最為顯露。

31 姜夔：《白石道人歌曲》，頁51；劉乃昌：《姜夔詞新釋輯評》，頁37。

32 姜夔：《白石道人歌曲》，頁56；劉乃昌：《姜夔詞新釋輯評》，頁212-214。

　　姜白石有一個文化鄉愁之地，那就是揚州（維揚），這種文化鄉愁是與杜牧相關的。《揚州慢》這闋詞提到維揚和杜郎，《琵琶仙》有「十里揚州，三生杜牧」之句，在詞作中也多處點化杜牧的詩句（《揚州慢》的「荳蔻」、「二十四橋」；《月下笛》的「揚州夢覺」；《水龍吟》的「十年幽夢」與《側犯》的「紅橋二十四」）。這些詞句的安排將揚州、杜牧和姜夔綰合在一起，揚州是姜夔和杜牧親臨之地，姜夔儼然是杜牧的化身。

　　姜白石的懷念舊遊的意識在他的〈昔遊詩〉的序言當中表露無遺。他說：「夔蚤歲孤貧，奔走川陸數年以來，始獲寧處。秋日無謂，追述舊遊，可喜可愕者，吟為五字古句」[33]。舊遊的追述成了姜夔排遣寂寞的良方。《探春慢》所云「飄零久，漫贏得、憂懷難寫」以及《清波引》所云「故人知否，抱幽恨難寫」，都
見其懷舊意識。尤其是姜夔在每一闋詞前面寫的序言，幾乎都提到記遊或感懷，他念舊、懷舊之情十分明顯。

　　姜白石懷想的對象除了心愛的合肥女子外，主要是他所交遊的文人學士、騷人墨客，范石湖、潘德久（潘檉）、曾三聘、張鑒、張鎡，錢良臣皆屬之。另外還有一些姜白石追思慕想的古代文人，例如杜甫、杜牧、庾信、林逋皆是。對於最後一種人的懷想（尤其是對林逋的懷想），可說是一種文化的符碼，為後人寫作之所資。

　　在姜夔所交遊的文人學士、騷人墨客當中，以和范石湖的交情頗深，姜夔小他二十九歲，兩人算是忘年之交。姜夔不僅常詣石湖在太湖流域的別墅與之詩酒酬酢，曾次韻石湖書扇，也曾賦《石湖仙》給范成大祝壽，《雪中訪石湖》歌頌范氏之豐功偉蹟，《玉梅令》、《暗香》、《疏影》三闋詞都作於范宅。在石湖仙逝之後，姜夔又寫詩三首

33　姜夔：《白石道人詩集》，《四部叢刊本》，頁18。

悼之[34]，足見兩人交情之深。姜夔和潘德久的交情亦非淺，潘德久給姜夔「白石道人」的封號，潘姜兩人亦時常詩詞酬酢。姜夔與曾三聘交遊不密，但是對他卻很景仰。根據姜夔自己的序言，他的《卜算子》八闋詠梅的詞，皆為次韵曾三聘的梅花八詠而作。當時曾三聘已賦閒在家，而姜白石的次韵八首不是「即事即景」而是在「造事造景」的情況（亦即曾三聘不在場的情境）之下完成[35]，而此可見姜白石對於曾三聘清高人品之尊重，乃藉詞以美之，兼以自況也。

從姜夔現存作品來論他的懷舊意識，我們會發現與他交情深厚的不必然是達官貴人，反而是一些宦途不得意的文人。根據姜夔自己的說法，他與北宋名臣張俊的後代張鑒交情十分深厚：「舊所依倚，惟有張兄平甫，其人甚賢。十年相處，情甚骨肉。而某（姜夔）亦竭誠盡力，憂樂同念。」[36]兩人的交情到了「情甚骨肉」、「憂樂同念」的地步。吾人檢視《白石道人歌曲》，發現《鶯聲繞紅樓》這闋詞就是姜夔回憶與張鑒同詣孤山賞梅聽笛而作；《鷓鴣天》記兩人同遊西山玉隆宮，兼以祝壽；《阮郎歸》也為了給張鑒祝壽而作；《少年游》為戲平甫之作。《白石道人詩集》也收錄了姜夔三首與張鑒有關的詩：《平甫見招不欲往》兩首和另一首《陪張平甫遊禹廟》[37]。姜夔又因蕭德藻的引介，認識了楊萬里[38]，與楊萬里亦有翰墨往來。楊萬里頗為賞識姜夔的文采，與他結為「忘年友」（這根據〈姜堯章自敘〉）。

---

34 姜夔：《白石道人詩集》，收入〈次石湖書扇韵〉、〈雪中訪石湖〉（此詩有范石湖次韻回贈）、〈悼石湖三首〉等詩，《白石道人歌曲》收錄之《玉梅令》、《暗香》、《疏影》皆於范宅作。見四部叢刊本，頁 18、24、27。

35 劉漢初前引文，頁 204。

36 周密：《齊東野語》卷 12〈姜堯章自敘〉條（收於《唐宋史料筆記》，北京市：中華書局，1997 年），頁 211-212。

37 姜夔：《白石道人詩集》，頁 28、31。

38 這是根據劉乃昌的考證，見劉乃昌：《姜夔詞新釋輯評》，頁 45。

《白石道人詩集》收錄了姜夔次韻楊萬里送達的作品，姜夔也寫了一首詩讚揚楊萬里詩的造詣之高、氣勢之雄：「翰墨場中老斲輪，真能一筆掃千軍」[39]，觀乎此，則兩人的交情必定匪淺。《白石道人歌曲》收錄的《喜遷鶯慢》，則為張鎡（功父）新第落成而作。

姜夔的懷舊詞亦有三闋與他的姻親蕭德藻有關，可是，現存八十四闋詞中卻只有《浣溪沙》（著酒行行滿袂風）這一闋詞言及其姊及其外甥，無一語言及子女。不同於潘安仁的《懷舊賦》[40]之以親舊為對象，姜白石的懷舊詞似乎重友情與愛情，而輕親情（相較之下，杜甫詩中家人有明顯的地位）。但我們不能因此說他沒有親族之情，而是作為一個四處漂泊的騷人，姜夔的思緒自然而然地流露到友人或與他有相同遭遇的古人，而這也是姜夔作品中一再引用杜牧詩句的緣故（尤其在他自度的曲子當中）。在姜夔的詞中，「劉郎」與「杜郎」形成了一組懷舊意識的主客體。

有時候姜夔懷舊的對象是不特定的古人，《點絳脣》一詞所云「今何許，憑闌懷古，殘柳參差舞」，是一個典型的例子。姜夔的詞中也有故國之思（《惜紅衣》、《淒涼犯》、《永遇樂》、《漢宮春》、《八歸》與《揚州慢》諸詞中均見之），但是採用作者不在場的方式表達，由「廢池喬木」、「啼鴂」發聲，而不像辛稼軒那麼慷慨激昂。這一方面是因為姜夔一生未仕，另一方面也是情性使然吧。正如劉熙載《詞概》所云：「白石才子之詞，稼軒豪傑之詞」。

姜夔詞的懷舊情緒是與「傷別（離）」相表裏，因為傷別，所以懷念（或「回憶」）；因為懷念，所以造訪；而造訪又是另一個離別的

---

39 姜夔：《白石道人詩集》，《次韵誠齋送僕往見石湖長句》，頁 23；《送朝天續集歸誠齋時在金陵》，頁 24。

40 潘安仁：《懷舊賦》，見《六臣注昭明文選》（臺北市：華正書局，1974 年），頁 297-298。

開始，於是「傷別」、「懷舊」和「造訪」就構成了一種循環，在姜夔
的詞中，形成一種迴環複沓的效果。雖然這三種思緒或行為的對象有
時不完全一致，但是在姜夔心中自然形成一種循環，發而為詞章，這
應是姜夔詞的一大特色。在姜夔現存的詩詞當中，以針對范石湖而寫
的篇什，最能夠反映此種思緒的迴環複沓。進一步言之，此種迴環複
沓的表現手法，適用的對象僅限於姜夔的詩友，無法及於他的合肥戀
人，因為友人與情人在性質上有很大的差異。

三 姜夔懷舊意識所資的符碼

劉漢初在〈姜夔詞的情性與風度〉一文中，已隱隱約約點出了梅
花是姜白石作品中的「特殊語碼」[41]，可惜沒有就此入手，做符號學
的考察。本文擬在前賢的基礎之上，作進一步的分析。

(一) 梅花（紅萼、綠萼、橫枝）

葉嘉瑩秉夏承燾之說，謂凡是姜白石寫梅花的詞，像《江梅引》
《隔溪梅令》都是懷念他在合肥的人，《暗香》《疏影》二詞亦懷念合
肥女子[42]。葉氏又說姜白石的長詞、詠梅的詞、詠柳的詞，都是藉梅
柳作一些點染，而不明言他心愛的女子[43]，這個說法是十分正確的。
白石詠梅詞有十八首[44]，在姜白石傳世的八十四闋詞中，接近四分之

---

41 劉漢初前引文，頁 194。
42 葉嘉瑩：《唐宋詞十七講》，頁 395-400。
43 葉嘉瑩：《唐宋詞十七講》，頁 386-387。
44 劉乃昌：《姜夔詞新釋輯評》，頁 201。劉漢初：〈姜夔詞的情性與風度──從卜算子
梅花八詠說起〉一文，提到姜夔非專屬詠梅卻提到梅花的詞作，仍有十首之多。
（頁 194）則姜夔 84 闋詞當中，詠梅與言梅的作品合計 28 首，剛好佔了他全部詞

一。姜夔詠梅詞之所以如此眾多，除了他喜歡梅花，遊處多植梅之外，主要的原因是他藉著詠梅來歌詠人物。除了前文所提到的劉漢初的觀點之外，我們可從姜白石的作品中，得到強有力的證據。姜夔有一首詩是送給陳玉的，詩云：「筆陣無功汗左輪，而今老去不能軍。水邊白鳥閑於我，窗外梅花疑是君。欲向江湖行此語，可無朋友託斯文。新篇大是相料理，因憶西山揚子雲。」[45]在這首七律中，姜夔遂把陳玉比作梅花。

　　姜夔二十八闋詠梅或提到梅花的詞之具有懷舊意識的，除了葉嘉瑩提到的四闋之外，再舉數例如下：

　　《探春慢》：「無奈苕溪月，又照我扁舟東下。甚日歸來，**梅花零亂春夜**」。[46]這闋詞是為告辭鄭次皋、辛克清、姚剛中諸君而作。

　　《小重山令》序云：賦潭州紅梅。詞云「人繞湘皋月墜時，**斜橫花樹小**，浸愁漪。一春幽事有誰知，東風冷，**香遠茜裙歸**」[47]此詞作於長沙，詠梅兼以思人。

　　《鶯聲繞紅樓》：「十畝梅花作雪飛，冷香下、攜手多時。兩年不到斷橋西，長笛為予吹。　　人妒垂楊綠，春風為染作仙衣。**垂楊卻又妒腰肢，近前舞絲絲。**」[48]這闋詞中，姜夔回憶與張鑒同詣孤山賞梅聽笛。梅花如雪，以此起興，引發作者想像穿著柳黃衣的歌妓為垂楊，兩者互比腰細。

　　《浣溪沙》：「**春點疏梅雨後枝，剪燈心事峭寒時。**」[49]此詞作於

作的三分之一。

45　姜夔：《白石道人詩集》，四部叢刊本，頁 25。

46　姜夔：《白石道人歌曲》，四部叢刊本，頁 57。

47　姜夔：《白石道人歌曲》，四部叢刊本，頁 48；劉乃昌：《姜夔詞新釋輯評》，頁 21。

48　姜夔：《白石道人歌曲》，四部叢刊本，頁 48；劉乃昌：《姜夔詞新釋輯評》，頁 115。

49　姜夔：《白石道人歌曲》，四部叢刊本，頁 52。

吳興，寫元宵燈會，兼寫友會之期盼。

《卜算子》序云：「吏部梅花八詠，姜夔次韻」詞云：「江左詠梅
　　人，夢繞青青路。因向凌風台下看，心事還將與。憶別庾郎
　　時，又過林逋處。萬古西湖寂寞春，惆悵誰能賦？」[50]

《卜算子》：「家在馬城西，今賦梅屏雪。梅雪相兼不見花，月影
　　玲瓏徹。　前度帶愁看，一晌和愁折。若使逋仙及見之，定
　　自成愁絕。」

《卜算子》：「綠萼更橫枝，多少梅花樣。惆悵西村一塢春，開遍
　　無人賞。」

《玉梅令》：「疎疎雪片，散入溪南苑。春寒鎖、舊家亭館。有玉
　　梅幾樹，背立怨東風，高花未吐，暗香已遠。　　公來領
　　略，梅花能勸，花長好、願公更健。便揉春為酒，翦雪作新
　　詩，拚一日、繞花千轉。」[51]此詞寫於吳興，為勸石湖出門
　　賞梅而作。

《浣溪沙》兩首（「花裡春風」與「剪剪寒花」）[52]，皆詠梅兼以
　　思人。

　　以上所引詠梅詞，其場景都設在江南（潭州除外），這一方面是
因為江南多植梅（尤其是太湖、杭州、餘杭一帶），另一方面也是因
為姜夔遊歷的地區和思念的友人居處多半在江南。

50　《卜算子》梅花八詠，見姜夔：《白石道人歌曲集》，頁 64-65；劉乃昌：《姜夔詞新
　　釋輯評》，頁 193-200。

51　姜夔：《白石道人歌曲》，頁 51；劉乃昌：《姜夔詞新釋輯評》，頁 94-95。

52　姜夔：《白石道人歌曲》頁 52；劉乃昌：《姜夔詞新釋輯評》，頁 143。

(二) 柳

　　自從《詩‧小雅》〈采薇〉唱出了「昔我往矣，楊柳依依；今我來思，雨雪霏霏」[53]之後，三千年來，楊柳一直是離別的象徵。春天柳絲千條，柳絮紛飛，更顯得離情依依。庾信《枯樹賦》所記桓大司馬所云「昔年種柳，依依漢南；今看搖落，淒愴江潭」，撫今追昔，更是千古長嘆。而灞橋折柳一直是中國古代文人常用的典故。在姜白石的詞中，也常見「柳」這種象徵意象，有時單用，有時梅柳俱見，有時柳燕、柳鷗合用。試舉數例如下：

　　《淡黃柳》：「空城曉角，吹入垂楊陌，馬上單衣寒惻惻。看盡鵝
　　　　黃嫩綠，都是江南舊相識。　　　正岑寂，明朝又寒食。強攜
　　　　酒，小橋宅。怕梨花落盡成秋色。燕燕飛來，問春何在，唯
　　　　有池塘自碧。」[54]

　　此闋詞是姜夔客居合肥南城自度之曲子，思念江南友人。

　　《驀山溪》：「與鷗為客，綠野留吟屐。兩行柳垂陰，是當日、仙
　　　　翁手植。一亭寂寞，煙外帶愁橫。……才因老盡，秀句君休
　　　　覓。萬綠正迷人，更愁人、山陽夜笛。百年心事，唯有玉闌
　　　　知。吟未了，放船回，月下空相憶。」[55]此詞詠柳，兼思故
　　　　人錢良臣。

　　《點絳唇》：「燕雁無心，太湖西畔隨雲去。數峰清苦，商略黃昏

53　《詩‧小雅》〈采薇〉引自阮元：《十三經注疏》（臺北市：大化書局），頁 881-884。

54　姜夔《白石道人歌曲》，頁 59；劉乃昌：《姜夔詞新釋輯評》，頁 71。姜白石另有一
　　詩〈戊午春帖子〉亦言及淡黃柳。詩云：「情窗日日擬雕蟲，惆悵明時不易逢，二
　　十五絃人不識，淡黃楊柳舞春風。」

55　姜夔：《白石道人歌曲》，頁 48；劉乃昌：《姜夔詞新釋輯評》，頁 168-169。

雨。　第四橋邊，擬共天隨住。今何許，憑闌懷古，殘柳參差舞。」[56]此詞雖作於吳松，卻意在言外。

《點絳唇》：「金谷人歸，綠楊低掃吹笙道。數聲啼鳥，也學相思調。　月落潮生，掇送劉郎老。淮南好，甚時重到？陌上生春草。」[57]此詞為姜夔惜別合肥之作，劉郎為姜夔自喻。

《惜紅衣》：「簟枕邀涼，琴書換日，睡餘無力。細灑冰泉，并刀破甘碧。牆頭喚酒，誰問訊、城南詩客。岑寂。高柳晚蟬，說西風消息。　虹梁水陌，魚浪吹香，紅衣半狼藉。維舟試望，故國眇天北。可惜渚邊沙外，不共美人游歷。問甚時同賦，三十六陂秋色。」[58]此詞寫於吳興，為思念友人（美人）之作。

《琵琶仙》：「千萬縷，藏鴉細柳。」[59]此詞寫於吳興，為姜夔與蕭時父載酒春遊之作。

《解連環》：「為大喬能撥春風，小喬妙移箏，雁啼秋水。柳怯雲鬆，更何必、十分梳洗。」[60]此篇是姜夔離開合肥後，在驛館追憶合肥戀人之作。

《杏花天影》詞云：「綠絲低拂鴛鴦浦。想桃葉、當時喚渡。又將愁眼與春風，待去，倚蘭橈更少駐。　金陵路，鶯吟燕舞。算潮水、知人最苦。滿汀芳草不成歸，日暮，更移舟向

---

56 姜夔：《白石道人歌曲》，頁 49。劉乃昌：《姜夔詞新釋輯評》，頁 47-50。《白石道人詩集》（臺北市：臺灣商務印書館四部叢刊本，頁 28）收錄的〈三高祠〉一詩，亦言及「天隨子」，可見在姜夔的心目中，天隨子是清高的象徵。

57 姜夔：《白石道人歌曲》，頁 49；劉乃昌：《姜夔詞新釋輯評》，頁 89-91。

58 姜夔：《白石道人歌曲》，頁 60；劉乃昌：《姜夔詞新釋輯評》，頁 39-41。

59 姜夔：《白石道人歌曲》，頁 56；劉乃昌：《姜夔詞新釋輯評》，頁 54。

60 姜夔：《白石道人歌曲》，頁 57；劉乃昌：《姜夔詞新釋輯評》，頁 91-93。

甚處。」[61]這闋詞因思念合肥愛人而作。

《長亭怨慢》:「漸吹盡，**枝頭香絮**，是處人家，**綠深門戶**。……日暮，望高城不見，只見亂山無數。韋郎去也，怎忘得玉環分付。第一是早早歸來，怕紅萼無人為主。算只有并刀，難剪離愁千縷。」[62]這首詞寫於宋紹熙二年白石離合肥時，與戀人的惜別之作[63]。

除了上引諸闋詞之外，《醉吟商小品》、《淒涼犯》（綠楊巷陌）、《角招》、《少年遊》和《玲瓏四犯》也提到楊柳。值得注意的是：姜白石詠梅時，心念的是江南友人；用柳時想的是淮南合肥的戀人（《鬲山溪》是少數的例外之一），這種佈局有一種類似西方結構的成分。質言之，梅之於柳，猶江南之於淮南。

(三) 冷月、冷香

前文引陳廷焯評姜白石之詞，說「白石詞以清虛為體，而時有陰冷處，格調最高。」劉熙載也曾說「姜白石詞幽韻冷香」，可見古代詞家早已注意到姜白石詞風之「冷」。而此「冷」風，吾人可於下列十闋詞中找到：

《揚州慢》:「波心蕩、冷月無聲」[64]
《踏莎行》:「淮南皓月冷千山，冥冥歸去無人管」。

---

61 姜夔：《白石道人歌曲》（台灣商務印書館四部叢刊），頁 51，劉乃昌《姜夔詞新釋輯評》，頁 37-39。

62 姜夔：《白石道人歌曲》，頁 59。劉乃昌：《姜夔詞新釋輯評》頁 75「只有」寫成「空有」。

63 這是夏承燾的考證，轉引自劉乃昌：《姜夔詞新釋輯評》頁 76。

64 姜夔：《白石道人歌曲》，頁 58。

《解連環》:「念唯有、夜來皓月，照伊自睡」[65]

《翠樓吟》:「月冷籠沙，塵清虎落」[66]

《湘月》「月上汀洲冷」[67]

《暗香》:「但怪得、竹外疏花，香冷入瑤席」[68]

《疏影》:「等恁時、重覓幽香，已入小窗橫幅」[69]

《念奴嬌》:「嫣然搖動，冷香飛上詩句。」[70]

《鶯聲繞紅樓》:「十畝梅花作雪飛，冷香下、攜手多時」

《小重山令》:「東風冷，香遠茜裙歸。」[71]

　　姜白石詞中之所以經常出現「冷月」或「冷香」，古代詞家並未解釋。詞中經常出現「冷」字，(「冷月」或「冷香」)，一方面得到蘇東坡詞「寂寞沙洲冷」的啟發，暗寓仕途之悲涼：另一方面此字頗得梅花之情狀。此雖然是姜白石填詞的一種慣性，一種「自然高妙」，但是，如果就羅蘭巴特「零度書寫」的文學理論而言，作者不介入場景，不替讀者預設目的，也無政治社會立場[72]，則姜詞一再出現「冷」字，就不足為奇了。在詞中所出現的「冷月無聲」、「皓月冷千山」、「香冷入瑤席」、「冷香飛上詩句」等句，都是以冷香或冷月為主角，作者（即姜白石本人）並未介入。

65　姜夔:《白石道人歌曲》，頁 57；劉乃昌:《姜夔詞新釋輯評》，頁 92。此處雖未明言「月冷」或「冷月」，但是對照詞首之「西窗夜涼雨霽」以及另一闋詞《踏莎行》，則此皓月亦是冷月。

66　姜夔:《白石道人歌曲》，頁 63；劉乃昌:《姜夔詞新釋輯評》，頁 30。

67　姜夔:《白石道人歌曲》，頁 63；劉乃昌:《姜夔詞新釋輯評》，頁 12。

68　姜夔:《白石道人歌曲》，頁 60；劉乃昌:《姜夔詞新釋輯評》，頁 97。

69　姜夔:《白石道人歌曲》，頁 60；劉乃昌:《姜夔詞新釋輯評》，頁 101。

70　姜夔:《白石道人歌曲》，頁 55。

71　姜夔:《白石道人歌曲》，頁 48；劉乃昌:《姜夔詞新釋輯評》，頁 21。

72　董學文主編《西方文學理論史》(北京市：北京大學出版社，2010 年)，頁 412-414。

從結構主義的觀點（強調語詞與語詞的關係）來看，梅／柳、江南／淮南、冷香／冷月是三個對照組。這三個對照組當中，梅與柳、冷香與冷月都是「隱喻」（垂直關係）；梅花、冷香與江南三者、柳絲、冷月和淮南三者都呈現「轉喻」關係（水平關係）。

（四）鶯燕與雁鷗

姜白石現存歌曲中經常出現「鶯」、「燕」和「雁」、「鷗」四種飛禽，前二種與春天有關，故常與柳絲一起出現（如《杏花天影》）：「雁」象徵「書信往返」，「鷗」象徵「盟約」或「友誼」。這也不是姜白石首創，在他之前的騷人墨客就已用之。前二種飛禽勾起了懷想，後二種飛禽則隱含了一種憧憬。

（五）林逋（逋仙）

姜夔的詞中一再出現林逋（逋仙）、孤山、橫枝，一方面是梅花的聯想，另一方面，林逋和梅花也是高潔的象徵。姜夔於所深切懷想之人，率以「仙」字稱之。在姜夔留下的詩詞當中，以「逋仙」出現的次數最多（三次），此外尚有「石湖仙」（指范石湖）、「琵琶仙」（指合肥女子）。這種對於仙逝者或在世者都以「仙」稱呼，已超乎「仙」字本身的意義，而構成了另一個符碼，指涉衷心景仰或深切懷想之人。如果我們思考姜夔一生廣闊的交遊當中，被稱為「仙」者卻寥寥無幾，就可以印證姜夔作品中「仙」字的特殊意涵（signification）了。

更值得注意的是：林逋（逋仙）在姜夔詞中出現的地方（《法曲獻仙音》以及兩闋《卜算子》），都落在下片，而非上片。這多少反映

了林逋在姜夔心目中崇高的地位，用羅蘭巴特符號學的觀點來看，他
是第二系統的符號（詳下文）。

（六）複合符碼

所謂「複合符碼」是指同一闋詞中同時出現兩三個符碼，符碼與
符碼之間的關係，有的是「隱喻」，有的是「轉喻」，前者是聯想式
的，探討語言的「垂直」關係；後者是橫向組合式的，探討語言的
「水平」關係[73]。前引《長亭怨慢》、《一萼紅》和《鶯聲繞紅樓》這
三闋詞都是「梅」、「柳」俱見；《驀山溪》柳、鷗同見；《解連環》、
《淒涼犯》和《點絳脣》這三闋詞柳、雁同出；《淡黃柳》柳、燕俱
出；《杏花天影》柳、鶯、燕互映。俱見於同一闋詞或單獨出現的
「梅」「柳」，皆具隱喻的性質；柳、鶯、燕互映，則是一種轉喻，因
為鶯鶯燕燕經常匿於柳樹之中。「梅雪相兼」以其「相似性」（兩者皆
白），可視為隱喻，以其「鄰近性」（雪落梅花上），故也可視為一種
轉喻。

四　姜夔懷舊詞的符號學考察

符號學（semiology, semiotics）是對語言的和非語言的「符號」和
「意指作用」（signification）所作的分析研究。索緒爾把「符號」視
為「能指」與「所指」之間的關係，又說符號是「形式」（form）而非
物理實體，法國的結構主義者則把符號視為「意義關係的主體」[74]。

---

73 此處所云「隱喻」和「轉喻」是 Jacobson 的觀點，說見 Terence Hawks 著，瞿鐵鵬
　　譯：《結構主義和符號學》，頁 77-78。
74 Broekman 著，李幼蒸譯：《結構主義》（臺北縣：谷風出版社，1987 年），頁 182-183。

羅蘭巴特（Roland Barthes）又把索緒爾的符號學更往前推進了一步，主張「能指」與「所指」兩者不是「相等」（equal）而是「對等」（equivalent）的關係；從「能指」到「所指」，也不是一條平坦的路，亦即一個「能指」可以有許多「所指」，而從一個「能指」到達其中一個「所指」，其安排是武斷任意的[75]。羅蘭巴特又把索緒爾的符號學擴大成兩個系統：第一個系統的「能指」與「所指」產生了一個符號，而此符號又成為第二系統的能指，此「能指」與另一「所指」產生了第二個符號。圖示如下：

1.能指	2.所指	語
3.符號 1.能指	2.所指	言 神
3.符號		話

下文試以羅蘭巴特這一套符號學理論，剖析姜夔的幾闋詞。宋詞的上下兩片正好給此種分析提供了一些方便，尤其是在《點絳唇》、《踏莎行》、《浣溪沙》、《卜算子》這些歌曲上：

（一）《踏莎行》：「燕燕輕盈，鶯鶯嬌軟，分明又向華胥見。夜長爭得薄情知，春初早被相思染。　　別後書辭，別時針線，離魂暗逐郎行遠。淮南皓月冷千山，冥冥歸去無人管。」[76]

在這闋詞中，上片的鶯鶯燕燕是「能指」，姜白石所戀的女子是「所指」，兩者引出「相思」這個符號（第一個符號）。這個符號又作為第二個「能指」，離魂是第二個「所指」，兩者引出「無人管」這第

75 Terence Hawks 著，瞿鐵鵬譯：《結構主義和符號學》，頁 117、123、132-135。羅蘭巴特把文學作品分成「作家的文學」與「讀者的文學」兩種，前者才是真正的文學，在此種文學中，「能指」自由發揮作用，不鼓勵也不自動提及「所指」。

76 姜夔：《白石道人歌曲》，頁 51；劉乃昌：《姜夔詞新釋輯評》，頁 35。

二個符號。這闋詞的句子的主角雖然迭換，但是皓月當空，無人欣賞或共賞，任它冷千山，正是此詞哀感頑豔之處，也是王國維於白石眾詞中，何以「最愛」此「淮南皓月冷千山，冥冥歸去無人管」二句之故。

（二）再引《卜算子》梅花八詠第一闋為例。詞云：「江左詠梅人，夢繞青青路。因向凌風台下看，心事還將與。　　憶別庾郎時，又過林逋處。萬古西湖寂寞春，惆悵誰能賦？」

這闋詞上片的「詠梅人」是第一個能指，曾三聘是第一個所指，引出「心事」這個「符號」；這個「符號」又成為第二個能指，「憶別庾郎」、「過林逋處」是第二個所指，引出「寂寞」、「惆悵」這個符號。姜白石在這闋詞中，用「詠梅人」這個「能指」，將曾三聘、庾信、林逋三個人連在一起，寂寞因此無限擴張。如果再考慮到庾信寫過《哀江南賦》，則姜夔詞中提到「庾郎」，益增其惆悵之情懷。

（三）《點絳唇》：「金谷人歸，綠楊低掃吹笙道。數聲啼鳥，也學相思調。　　月落潮生，掇送劉郎老。淮南好，甚時重到？陌上生春草。」

這闋詞上片的「綠楊低掃吹笙道」是第一個能指，「金谷人」是第一個所指，引出「相思」這個符號。此符號又成為第二個能指，淮南戀人和劉郎是第二個所指，引出了「淮南何時重到」（與戀人重見遙遙無期）這個符號。姜白石在此點化了鮑照的詩「池塘生春草」以及白居易《賦得古原草送別》一詩，「相思」不斷隨著春草的生長而延伸而膨脹。

（四）《淡黃柳》：「空城曉角，吹入垂楊陌，馬上單衣寒惻惻。看盡鵝黃嫩綠，都是江南舊相識。　　正岑寂，明朝又寒食。強攜酒，小橋宅。怕梨花落盡成秋色。燕燕飛來，問春何在，唯有池塘自碧。」

這闋詞上片的「空城曉角」是第一個能指,「馬上單衣」是第一個所指(邊城的角聲讓人想起征衣的單薄),兩者引出「回憶(江南)」這個符號;此符號又轉為第二個能指,梨花和燕燕都是第二個所指,引出「不知春何在」這個符號。而「池塘自碧」雖然是作者可以設想得到的風景,與《點絳唇》的「陌上生春草」異曲同工,但這也正是令人難過之處,因為生春草的池塘不知在何處?佳人也不知在何處?

(五)《浣溪沙》:「剪剪寒花小更垂,阿瓊愁裡弄妝遲,東風燒燭夜深歸。 落蕊半粘釵上燕,露黃斜映鬢邊犀,老夫無味已多時。」

這闋詞上片的「寒花」是第一個能指,「阿瓊」是第一個所指,引出「愁」這個符號;此符號又轉為第二個能指,「東風燒燭」、「落蕊半粘」、「露黃斜映」都是第二個所指,最後引出「(老夫)無味」(老夫因寂寞而覺得人生乏味)這個符號。

從以上所舉的例子,吾人可以管窺姜白石擅長以「相思」、「寂寞」、「心事」、「愁」、「無聊(無味)」作為「符號」,摛筆以賦,景象繞著這個符號而敷衍開來。

五 姜夔懷舊詞的「文學性」

前文提到所謂「文學性」,就是使特定的作品成為文學作品的東西。換言之,「文學性」不注重作品的內容是甚麼,而注重作品如何形成。文學分析重點不在於意象的存在與否,而在於如何使用這些意象[77]。文學性也強調「陌生化」,它是對慣性的一種反動,「創造性地

---

77 Terence Hawks 著,瞿鐵鵬譯:《結構主義和符號學》,頁 61。

破壞」習以為常的、標準的東西,以便注入新的、生氣盎然的要素。詩的真諦在於詩歌語言的獨特使用,詩人意在瓦解「常備的反應」,創造一種昇華了的意識,重新建構另一個新的「現實」[78]。

　　上述俄國形式主義者的文學理論很像中國人講的「推陳出新」,但比後者語意更精確,更有理論基礎。中國人所謂「推陳出新」,在於創造新的語彙、新的意象或新的表現手法,而俄國形式主義者所講的「陌生化」雖然也講創新,但是更重要的是關注語詞與語詞、意象與意象之間的關係,以及這些語詞、這些意象如何構成一篇完整的作品。吾人如果從上述俄國形式主義者的文學理論入手,來解析姜夔的詞,將有新的領悟、新的解讀。底下試舉數例加以分析:

　　在《點絳唇》:「燕雁無心,太湖西畔隨雲去。數峰清苦,商略黃昏雨。第四橋邊,擬共天隨住。今何許,憑闌懷古,殘柳參差舞。」這闋懷古的詞中,作者姜夔盡量隱去自己的身份,除了「擬共天隨住」和「憑闌懷古」讓我們感受到作者的存在之外。整闋詞是在一種漂泊蕭散、虛無不確定的氛圍之下進行的:北地飛來的雁是無心的,雲的漂泊也是無心的;山峰(擬人化)是清苦的,黃昏的雨會不會降落,是不確定的,「擬共天隨住」也是不確定的;「今何許」是時空的不確定,「殘柳參差舞」將飄向何方也是不確定的。這些物質性的東西的無心與不確定,正烘托出作者生涯的漂泊不定和襟懷的蕭散。這種從「虛處」下手的方法,正是姜夔擅長的,一如在《暗香》、《疏影》的表現手法。姜夔在這闋《點絳唇》中,營造了一個新的「現實」,一個陌生的、不確定的情境。另一首《點絳唇》的下片也營造了同樣的陌生、不確定的情境:「月落

---

78 Terence Hawks 著,瞿鐵鵬譯:《結構主義和符號學》,頁 61-62。

潮生，掇送劉郎老。淮南好，甚時重到？陌上生春草。」《淡黃柳》的下片：「正岑寂，明朝又寒食。強攜酒，小橋宅。怕梨花落盡成秋色。燕燕飛來，問春何在，唯有池塘自碧。」也設想了一個「池塘自碧」的春色，擔憂一個「梨花落盡」的秋色，這兩種景色都是作者想像的，他本人並不在場，也是一個陌生的情境。

在《玉梅令》這闋詞中，姜夔營造的是「先鎖後放（生）」的雰圍：「疎疎雪片，散入溪南苑。春寒鎖、舊家亭館。有玉梅幾樹，背立怨東風，高花未吐，暗香已遠。

公來領略，梅花能勸，花長好、願公更健。便揉春為酒，翦雪作新詩，拚一日、繞花千轉。」詞中的「春寒鎖舊家亭館」和「高花未吐」都處於封鎖的狀態（姜夔以此比喻范石湖畏寒足不出戶），而「梅花能勸」、「揉春為酒」、「翦雪作詩」卻有一種生意盎然的期盼，後二者的表現手法更具有「文學性」。

《踏莎行》下片所云「別後書辭，別時針線，離魂暗逐郎行遠。淮南皓月冷千山，冥冥歸去無人管。」營造的則是「眾物遠離」的環境：愛人不在、情郎遠離、冷月歸去無人理會的情境。《惜紅衣》表現的也是類似的情境，寫的是一種美人不在、音訊渺茫，也無人問訊作者的孤寂清涼狀態（「簟枕邀涼，琴書換日，睡餘無力。細灑冰泉，并刀破甘碧。牆頭喚酒，誰問訊、城南詩客。岑寂」），此狀態只能藉晚蟬、西風和魚浪來打破（「高柳晚蟬，說西風消息。

虹梁水陌，魚浪吹香，紅衣半狼藉。」）詞中的「高柳晚蟬，說西風消息」以晚蟬來報訊，不同於人之報訊，正是一種高度「文學性」的表現手法。

在《鶯聲繞紅樓》這闋詞中，姜夔回憶與張鑒同詣孤山賞梅聽笛，梅花如雪，以此起興。笛聲又引發作者的聯想，將穿著柳黃衣

的歌伎比喻為垂楊,由於垂楊枝條很細,因此作者設想它與歌伎比
腰細:「人妒垂楊綠,春風為染作仙衣。垂楊卻又妒腰肢,近前舞
絲絲。」在這裏「垂楊」和「歌妓」化而為一,歌伎之舞即柳絲之
舞,而垂柳又隱喻了合肥戀人,故柳絲(歌伎)之舞即合肥戀人之
舞。姜夔又用「妒」字,將「觀者」、「垂楊」和「歌伎」三者串連
起來。

綜觀以上所舉的例子,我們發現姜夔除了擅長虛擬全新的、陌
生的、不確定的「現實」之外,也擅長活用舊的語彙(例如「簟枕
邀涼,琴書換日」、「揉春為酒,翦雪作新詩」以及「老魚吹浪」、
「幽香已入小窗橫幅」等等),以營造新的意象,這使得他的歌曲
頗具現代性。

六 結論

大致說來,姜夔傳世的八十四闋詞泰半是懷舊之詞。不同於潘
安仁的《懷舊賦》之以親舊為對象,姜夔懷舊的對象卻是合肥戀人
與詩友,後者尤以懷念范石湖為最。姜夔懷念詩友的諸多作品之
間,呈現一種「傷別―懷舊―造訪」的迴環複沓的關係。這是就一
闋詞與另一闋詞之間的關係而言,如果就同一闋詞本身而論,則姜
夔的懷舊詞中,經常出現梅、柳、鶯、燕、雁和「逋仙」等符號。
「梅」隱喻江南友人;「柳」隱喻淮南愛人。梅與柳之間、冷香與
冷月之間都呈現「隱喻」(垂直關係);梅花、冷香與江南三者之
間,柳絲、冷月和淮南三者之間都呈現「轉喻」關係(水平關
係)。柳、鶯、燕互映,也是一種轉喻。圖示如下:

梅	江南	冷香	雪		
柳	淮南	冷月	鷺	燕	鷗
雪					

隱 ↑ 喻 ↓

← 轉　　　　　　喻 →

　　若以羅蘭巴特這一套符號學理論，來剖析姜夔的幾闋詞，我們會發現有些詞曲的上片宛如羅蘭巴特所講的第一系統，下片就像羅蘭巴特所講的第二系統。而每一系統的符號，正是詞心之所在。例如《踏莎行》和《點絳唇》上片的「相思」，《卜算子》上片的「心事」，《浣溪沙》上片的「愁」，以及《卜算子》下片的「寂寞」等等。

　　就俄國形式主義者所講的「文學性」和「陌生化」而言，姜夔在兩宋詞家當中是最具現代性的作家。他除了擅長虛擬全新的、陌生的「現實」之外，也擅長在既定的結構之下，活用舊的語彙，以營造新的意象。「數峰清苦，商略黃昏雨」，「淮南皓月冷千山，冥冥歸去無人管」，「高柳晚蟬，說西風消息」，「今何許，憑闌懷古，殘柳參差舞」等句，都是千古絕唱。葉嘉瑩說姜夔「完全用思想來安排」，一語中的。然而，就現代性而言，姜夔這種手法卻不是缺點，反而是風格之所在、用心之所在，與張炎所云「清空」亦有相通之處。

論李白詩俯視空間景象

黃麗容

真理大學語文學科專任助理教授

摘要

李白對宇宙生命有著豐富想像與聯想。李白詩篇對三次元的俯視空間摹寫與三度空間視角選擇，透顯李白具有無限宇宙空間概念，由其詩中呈現立體之不同面向視角的感官知覺能力，特具太白在作品中獨特之視覺角度拓新，顯見詩人具驚人的想像力和觀察力。故本文試分析李白詩篇三次元之俯視空間景象與情思意蘊。

本文研究文本是以明刊本四部叢刊集部《分類補註李太白詩》為底本，並且採用瞿蛻園校注本與王琦註本為輔助底本。本文研究方法是以史料、詩學理論、視覺感知理論、物理學等為旁證資料。

李白詩篇摹寫其一生在大江南北的遊歷經驗，此藉由探究詩篇觀察視角與情思的關係，分析太白藉摹寫或改造之空間景象，超脫現實困境；或進一步地以投身仙界，展現新的理想生命樣態，並回顧俯看凡塵，流露對輔世與濟世之堅持。故本文由詩篇特殊的俯視空間景象與表徵，展現李白對宇宙、生命之聯想與關照。

關鍵詞：李白、空間、記遊詩、三度空間

一 前言

　　在李白記遊詩中，三度空間景象出現次數十分多，成為太白詩中相當引人注意的詩篇空間景象。

　　詩歌空間景象把過去詩人眼中所見所感的視覺和觸覺經驗，用文字保存下，讀者藉由自己的感官知覺將之還原呈現，從物理學相對論觀點言之，羅素《相對論 ABC》：「我們探索地球世界，要用到自己所有的感官知覺，尤其是觸覺和視覺。……人們學會以目視判定大概的距離，但要拿捏得精準，還是要靠觸覺。」[1]說明了近代物理和幾何學科學之空間理論，即是由知覺感官而產生。[2]若由文學藝術與視知覺關係理論言之，「『觀看』就是通過一個人的眼睛來確定某一件事物在某一特定位置上的一種最初級的認識活動。」[3]也可說透過詩人的特定視覺角度，展現事物或景象的風貌。心理學家經由實驗發現，這些視覺角度在傳達時，是可以通過語言來形容自己的知覺經驗，將那個與自己經驗到的圖像景物表現出來，雖不完全相同，而且會有簡化、改造與繁複等之情形，總是會以知覺經驗中適合於先前得到的經驗的記憶痕跡。[4]

　　李白詩篇時見富有想像力的空間景象，其驚人的創造力是源自太白現實生活與主觀想像的結合，李元洛《詩美學》：「包括詩歌在內的

1　參見羅素（Bertrand Russell）著，薛絢譯，郭中一審閱：《相對論 ABC》（*ABC of Relativity*）（臺北市：臺灣商務印書館公司，2009 年），頁 11-12。

2　同前註，13-16。

3　參見〔美〕魯道夫・阿恩海姆（Rudolf Arnheim）著，滕守堯、朱疆源譯：《藝術與視覺》，（*Art and Visual Perception*）（成都市：四川人民出版社，1998 年），頁 47。

4　參見〔美〕魯道夫・阿恩海姆（Rudolf Arnheim）著，滕守堯、朱疆源譯：《藝術與視覺》，（*Art and Visual Perception*），頁 80、87。

藝術，不僅是客觀現實生活的再現，而且也是作者主觀審美心理的表現。因為藝術不是一般如哲學、邏輯學、倫理學等社會意識形態，它不是對客觀現實生活作機械的照相式的反映，或是原封不動的複製，它是一種特殊的審美藝術形態，是藝術家對客觀現實生活的主觀能動的審美反映，是客觀現實生活的再現與主觀審美體驗的表現的統一，是審美對象和審美主體的統一。」[5]詩人將現實經驗所見所感與依個人化之想像世界交織，改造或增刪成具個人化魅力的空間景象，此即為藝術美之來源，也是李白獨特視覺空間語言。

李白詩的視覺空間安置，除了現實經驗的呈現，部分詩篇空間景象，藉各種視角，或自我為中心，或以他人為中心，或自我與他人並具之角度，透過空間景象布構，來構造理想的人生與世界。因為在現實中仕途發展不順遂，現實藩籬無法突破，李白藉空間景象來跳脫塵俗之壓力，更進一步地，建構可供心靈安頓的虛構想像空間景象。李白因不遇困境、遭賜金放還、四處干謁無著，心中充滿焦慮無助感，自持不凡超群的太白漸漸失去信心和人生方向，不知自己該何去何從。或許唐代宮觀興建風潮、道教之興盛，在環境與友人的薰陶下，李白興起了對仙境的嚮往。經常四海漫遊的李白，自然在遊歷高山清幽的景地，透過罕見人跡之高遠景觀，暫時忘掉塵俗之不如意，遠離現實困境，將超越生命現實的局限和藩籬，作為新的理想人生方向。

二　李白詩中三種俯視空間景象與意涵

李白在記遊詩中，一面觀覽暢遊摹寫現實景象，一面藉實景或經主觀想像改造之空間景象，希望投入自我生命，乘著幻遊的空間，可

5　參見李元洛：《詩美學》（臺北市：東大圖書公司，1990 年），頁 371-372。

以遠離凡俗，超脫現實困難，進一步地投身仙界；期待仙人接引至仙界，轉換至一新的理想生命樣態。這一由現實空間至仙界空間之轉換，常可由記遊詩之空間視角來分析。此轉換視角可見三步驟，第一，登上高聳景點，或思考，或期待，呈現高遠曠闊視覺景象，第二為在高度實景空間，仙人迎接，一同昇仙界呈現由上而下視角景象。第三是詩人飛脫塵地，破除生命局限和現實藩籬，可自由地升天與半空駐留，呈現解構人類三度空間視覺感知，由上空而向下之視角，此尤見太白對宇宙生命之豐富想像與聯想。[6]此三度的俯視空間摹寫與三度空間視角選擇，透顯李白具有無限宇宙空間概念，由其同一時刻看到立體之不同面向之視角之感官知覺能力，特具個人化之獨特視覺角度之拓新，顯見李白驚人的想像力和觀察力。以下分析三種俯視空間景象：

（一）理想生命尋找：登高廣遠視角

李白漫遊自然山嶺與人文建物，時以登覽之姿摹寫居高遠眺時所見之廣遠景物，此見太白專注高度空間遠眺，與藉廣遠視野渲洩己情，時而迷惘何去何從，時而流露飄泊四方尋找人生方向之苦悶，此外，寄寓理想抱負高展之志願。

試舉詩例分析：

6　按：太白具有「同一時刻看到一個地球儀的全部形象」之視知覺能力。此能力可稱為「接觸視力」，此指「能夠在同一時刻見到一個立體的不同的形象。」參見〔美〕魯道夫・阿恩海姆（Rudolf Arnheim）著，滕守堯、朱疆源譯：《藝術與視覺》，（*Art and Visual Perception*），頁128。另在繪畫領域，畢卡索在其畫作中，也能呈現同一時刻見到一個立體的不同方面的形象之表現。

我本楚狂人，鳳歌笑孔丘。手持綠玉杖，朝別黃鶴樓。五岳尋
仙不辭遠，一生好入名山遊。廬山秀出南斗旁，屏風九疊雲錦
張，影落明湖青黛光。金闕前開二峰長。銀河倒挂三石梁，香
爐瀑布遙相望。迴崖沓嶂凌蒼蒼。翠影紅霞映朝日，鳥飛不到
吳天長。<u>登高壯觀天地間</u>，大江茫茫去不還。黃雲萬里動風
色；白波九道流雪山。好為廬山謠，興因廬山發。閑窺石鏡清
我心，謝公行處蒼苔沒。早服還丹無世情，琴心三疊道初成。
遙見仙人綵雲裏，手把芙蓉朝玉京。先期汗漫九垓上，願接盧
敖遊太清。（〈廬山謠寄盧侍御虛舟〉）

「登高壯觀天地間，大江茫茫去不還。」摹寫太白登高一覽頓覺天地
壯觀，大江浩浩蕩蕩一去不還。此處高山指廬山西北香爐山，《藝文
類聚》云：「香爐峰在廬山西北，其峰尖圓，雲煙聚散，如博山香爐
之狀。」，陳舜俞《廬山記》：「次香爐峰，此峰山南山北皆有，其形
圓聳，常出雲氣，故名以象形。」[7]詩篇前三聯描述太白個性，寫詩
人以楚接輿自況，唱「鳳兮」歌嘲諷孔丘，以及不辭路遙遍遊五嶽尋
仙之性情，一生最喜歡到山中遊歷。在結構上，其中首段雖屬情語，
自述自己與高山間關聯，但詩人以楚狂自喻，楚狂云：「天下有道，
聖人成焉；天下無道，聖人生焉。」不受楚王之聘治江南，變名易
姓，遊諸名山，終生隱居峨眉山。[8]此知太白願同楚狂生命樣態之理
想溢於言表。此乃藉楚狂與孔子間互動，「朝別黃鶴樓」漫遊隱居，
比喻詩人所懷楚狂般豪放瀟灑之生命情調。這是全詩的序，也點出了
全詩的基調。但中間與後面幾聯呈現的卻是登高遠眺，一片半空俯瞰

7　參見詹鍈主編：《李白全集校注彙釋集評》冊四，第十二卷（天津市：百花文藝出
　版社，1996年），頁2003-2004。
8　同前註，頁2001。

江海黃雲湧動之自然景象，與服食金丹棄世情之抉擇。尤其「好為廬山謠，興因廬山發。閑窺石鏡清我心。謝公行處蒼苔沒。」數聯，將詩人內心自然開闊豁遠之情因高山得以興發，呈現尋幽名山隱居之嚮往。後數聯則另敘一志：尋清幽名山隱居之樂，還不如服食金丹，學仙求仙。此為兩種人生方向，沈德潛《唐詩別裁集》卷六：「先寫廬山形勝，後言尋幽不如學仙。」[9]乃二種理想生命樣態之比較與思考。李白在詩中正是要作人生理想目標的抉擇，以一尋幽隱居一服丹尋仙並陳，展現太白登高俯視之高遠視角所興發之複雜與掙扎心情。因此，高遠之空間景象不只形塑高度空間，也透顯出太白個人生命方向選擇，把登高覽景，摹寫三度廣遠視覺畫面，帶入了更個人化、特殊化的人生方向與自覺之主題。

試舉詩篇論之：

> 登高丘，望遠海。六鼇骨已霜，三山流安在？扶桑半摧折，白日沉光彩。銀臺金闕如夢中，秦皇漢武空相待。精衛費木石，黿鼉無所憑。君不見！驪山茂陵盡灰滅，牧羊之子來攀登。盜賊劫寶玉，精靈竟何能？窮兵黷武有如此，鼎湖飛龍安可乘？（〈登高丘而望遠海〉）

「登高丘，望遠海」指詩人登高山遙望遠海。這篇是太白引秦皇、漢武巡海求仙之事諷諫唐明皇。全詩八聯，其中景語與情語分敘，但詩中之高空景象含有神話傳說，故不能獨立存在。從半空俯視之景象刻劃中，太白對眼前之高空景象是懷有審查態度。李白描繪半空俯視之景「登高丘，望遠海。六鼇骨已霜，三山流安在？」藉著神話傳說中

---

9 同前註，頁 2008。

的六龍化骨、神仙消失不見，抒寫反對過度追求神仙仙域、廢離現實生活之行徑，這也是太白登高遠望，見唐室皇朝強烈長生求仙之期盼，發覺神仙神山踪跡今皆不存，思考求仙退想之不可信，若天子過於沈浸投注，恐怕失去對現實人生努力的心態，兩相交互作用下，追尋不到長生成仙之夢，國家與個人生命或毀於一旦。這是太白縱觀古往今來神話傳說之存續，與皇朝貴族求仙下場得到的結論，已點出太白反對之見，也為其登高俯瞰塵世，縱覽古今仙跡今皆不在而提出的中肯之見。從這兒亦可品味出太白作品現實思考層次，與其所處之混亂惡劣之政治環境。

再舉詩例申論之：

紫閣連終南，青冥天倪色。憑崖望咸陽，宮闕羅北極。（〈君子有所思行〉）

另見一首詩例：

我昔釣白龍，放龍溪水傍。道成本欲去，揮手凌蒼蒼。時來不關人，談笑遊軒皇。獻納少成事，歸休辭建章。十年罷西笑，覽鏡如秋霜。閉劍琉璃匣，鍊丹紫翠房。身佩豁落圖，腰垂虎盤囊。仙人借綵鳳，志在窮遐荒。戀子四五人，徘徊未翔翔。東流送白日，驟歌蘭蕙芳。仙宮兩無從，人間久摧藏。范蠡脫句踐，屈平去懷王。飄颻紫霞心，流浪憶江鄉。愁為萬里別，復此一銜觴。淮水帝王州，金陵繞丹陽。樓臺照海色；衣馬搖川光。及此北望君，相思淚成行。朝雲落夢渚，瑤草空高唐。帝子隔洞庭，青楓滿瀟湘。懷歸路縣邈；覽古情淒涼。登岳眺百川，杳然萬恨長。卻戀峨眉去，弄景偶騎羊。（〈留別曹南群官之江南〉）

「憑崖望咸陽」摹寫太白站在終南山山崖北望長安城，俯瞰一片宮闕羅列，長安城里巷街道四通八達，繁華不止息。「憑崖」描寫太白依憑山崖邊，登高俯視而下，除了寫半空視角之外，所見所感的皆為長安繁榮昇平之景象。「咸陽」指今陝西咸陽，亦代表唐朝京城長安。也是天子之居所，李白描摹長安城之秀麗，太白一生除了天寶時期在長安供奉翰林外，後遭讒被賜金放還，不遇之際遇使其四處干謁求用，這依憑山崖俯視半空景象——長安城；天子居所，也正反映李白理想境遇之目標。太白冀望返回長安城，發揮一己理想抱負。

〈留別曹南群官之江南〉「登岳眺百川」摹寫太白心懷南歸路途遙遠，雖登上高山，遠眺百川流水滔滔，但這些半空廣遠景象使太白萬恨悠悠。末聯「登岳眺百川，杳然萬恨長。卻戀峨眉去，弄景偶騎羊」，即點出李白一生追求之仕途發展不如意，至今已離開京城數年了，登山一望，連天子所在之長安城也看不到，只見洶湧百川長流，這半空俯瞰之空間景致，原是欲藉遊覽山水而沖洗內心不遇之恨，登高一見百川流去，這萬事已休、流浪四方，一事無成之憾，湧上心頭，雖曾在翰林供獻己力，卻很少機會發揮，被迫離開朝廷之苦，仕途之路就此告一段落。人生唯一施展抱負之機會難尋，詩篇尾聯則抒寫因從政之不如意，使得太白另尋人生目標「卻戀峨眉去，弄景偶騎羊」，託喻思仙求仙的新理想抱負。此詩作於天寶十二年（西元 753年），李白離開朝廷已十年，[10]李白仍心懷重返咸陽，再度發揮一己抱負之志向，但是登高見百川流逝，時光不再，「十年罷西笑，覽鏡如秋霜」，重返朝廷，侍從皇帝之理想似已隨百川遠去，煉丹學仙志在仙境之方向，似乎也不明確，從政之途與求仙成仙之徑皆無所適從，「仙宮兩無從」之苦悶與掙扎，在半空俯瞰之空間景象中，已洩露其

---

10 參見安旗主編：《李白全集編年注彙・上》（成都市：巴蜀書社，2000 年），頁 952。

理想抱負飄泊無著落，與茫然無所適從之恨。

　　試再舉一首〈古風五十九首之三十九〉：

> 登高望四海，天地何漫漫！霜被群物秋，風飄大荒寒。榮華多
> 流水，萬事皆波瀾。白日掩徂輝，浮雲無定端。梧桐巢燕雀，
> 枳棘棲鴛鸞。且復歸去來，劍歌行路難！（〈古風五十九首之
> 三十九〉）

全詩十二句，全詩寫登高之半空俯視空間景象。詩篇首二聯「登高望
四海」沒有指出登高之地點名稱，運用方位，標示詩人站在高聳之高
樓，遠眺四海。詩歌次聯則以實景來抒情：「霜被群物秋，風飄大荒
寒。」乃是詩人遠望一片廣闊寂寥之景，遍地覆滿白色秋霜，萬物凋
蔽，荒涼曠野一片空蕩，詩人站在高處位置所見所感的半空景象：視
覺和觸覺形塑之空間感知，[11]白色「秋霜」與「風飄」、風「寒」。此
亦形成了半空俯視視角，使三度空間感知具象呈現出來。[12]詩篇呈現
詩人立足高樓遠眺之視野，由高樓望過去，秋至、白霜、寒風、曠闊
荒野，這一片空曠的廣遠視角，帶來的是人生抱負和理想閑置與落空
之悲哀，太白萬種思緒混雜，「梧桐巢燕雀」之恨，使李白迫於無奈
離開朝廷，焦慮又迷惘地尋找人生去向。

11　按：羅素認為人類視覺和觸覺可以感知空間，依人類所站的位置和感官知覺，形塑
　　了心理、生理和物理的條件，產生物理學空間原理。參見羅素（Bertrand Russell），
　　薛絢譯，郭中一審閱；《相對論 ABC》（*ABC of Relativity*）（臺北市：臺灣商務印書
　　館公司，1999 年），頁 11-13、17-18、20-23。

12　按：依相對論研究，「觀看者的觀點必須列入考慮，空間距離產生差異感，是因觀
　　看時所站的位置使然」。參見羅素（Bertrand Russell），薛絢譯，郭中一審閱：《相對
　　論 ABC》（*ABC of Relativity*），頁 21、23。

(二)仙人下視迎接：神仙視角體驗

　　李白記遊詩對視角的經營可謂匠心別具，主要乃是以太白自我為中心的視覺角度摹寫，此類氣勢磅礡、雄狀豪邁，空間景象之構思是十分自然，彷彿依眼所見援筆立就，流轉自然，以觀察者（詩人）站之位置之視角，詩篇產生高遠空間景象。[13]部分記遊詩之視角，是以物體或他人為中心的視覺角度摹寫，此類視角摹寫，形成沒有約束的方向參照系。李白對不同視角的摹寫法想像力驚人，極富開創性與大膽浪漫奇想之風格。太白開拓新記遊遊歷視角之寫作模式，取用他人（仙人）或他物之視覺感知，形塑出神遊八方，超脫出天地凡塵之外的空間，仔細研讀，太白取天地廣闊、高遠同時盡收眼裏之空間視覺角度，此正如皮日休論李白「言出天地外，思出鬼神表，讀之則神馳八極，測之則心懷四溟，磊磊落落，真非世間語者，有李太白。」[14]若依李白自我為中心之實際視角，李白描寫「神馳八極」、「出天地外」、「懷四溟」等空間景象，實屬困難，或云此為想像空間造境，是虛擬視角。詩人視角可以他人（神仙）或環境（宇宙）為中心參照系，想像且表現出突破三維空間之新視覺角度。

　　李白採用神仙視角，摹寫出由上空而下的俯瞰世界，以仙人（他人）為中心之視覺感知，跳脫塵世人類觀察角度。此形塑出空間布構，十分特殊，呈現出李白拓新、創造力之新視角，建構一個擺脫塵

---

13 按：據羅素在相對論方面之研究，人類所站的位置與視覺知覺，可以形成心理、生理和物理的條件，產生空間感知。參見羅素（Bertrand Russell）著，薛絢譯，郭中一審閱：《相對論 ABC》（*ABC of Relativity*）（臺北市：臺灣商務印書館公司，1999年），頁 17-21。

14 參見瞿蛻園引皮日休：〈劉棗強碑文〉，《李白集校注》，附錄五・叢說（臺北市：里仁書局，1980 年），頁 1857。

俗困境的空間，創造心靈安頓之輕盈超塵理想世界。

　　試舉詩篇研析之：

　　　　昔余聞姮娥，竊藥駐雲髮。不自嬌玉顏；方希鍊金骨。飛去身
　　　　莫返，<u>含笑坐明月</u>。紫宮誇蛾眉，隨手會凋歇。(〈感遇四首之
　　　　三〉)

另一首詩篇，如下：

　　　　嘗聞秦帝如，傳得鳳凰聲。是日逢仙子，當時別有情。人吹彩
　　　　簫去；<u>天借綠雲迎</u>。曲在身不返，空餘弄玉名。(〈鳳臺曲〉)

「飛去身莫返，含笑坐明月」摹寫仙女嫦娥食西王母仙藥，飛離人間
一去不返，坐在明月宮中含笑俯視下界。詩篇末聯「紫宮誇蛾眉，隨
手會凋歇。」的空間轉向凡塵中皇帝皇宮，皇宮中嬪妃自誇美貌，爭
相向皇帝邀寵，這一切人事物在天上明月宮中端坐之仙人眼中，皆會
轉瞬消滅凋落。由上而下之視角，乃是端坐明月宮之仙人所見所感。
在天上觀察塵世地球的仙人眼中，世事如白馬過隙，改朝換代、青春
衰老和死亡等人事，如過眼雲煙般，即生即滅，什麼也留不住，任何
榮華名利物質都會凋零消失。從在明月宮向地球觀望的仙人眼中，凡
塵世事瞬變。此由上而向下俯瞰之景象，也正是明月宮仙人高空位置
之觀察視角。

　　〈鳳臺曲〉之「天借綠雲迎」摹寫仙人蕭史因秦穆公女兒弄玉會
吹奏鳳凰鳴叫聲調，產生特別情感，結成連理，並且騎鳳昇天，在天
空中「綠雲」迎接蕭史與弄玉，進入仙境。「綠雲」表徵仙界、仙人
們。在太白詩篇中，凡塵俗世之人欲昇天成仙，需要仙人或仙界指

引、迎接，才可能列位仙界，成為仙界一員。蕭史是秦穆公時人，在《列仙傳》中，因穆公之女弄玉學得吹奏鳳鳴音調，引得鳳凰下凡，[15]兩人乘鳳凰而飛天，天上綠雲接引二人超脫塵世。此見太白借雲、鳳凰、仙子，作為由凡入仙之媒介，李白運用神仙視角，來摹寫仙界仙子挑選凡間有才能者，派仙人或仙境之使者迎接這些有才者，使之可同列仙班一員。

　　試舉詩篇析論仙人向下俯瞰，挑選有才者，誘使學習仙界事物，促其可成仙境一員：

> 來日一身，攜糧負薪。道長食盡，苦口焦脣。今日醉飽，樂過千春。<u>仙人相存，誘我遠學</u>。<u>海淩三山，陸憩五嶽</u>。乘龍天飛，目瞻兩角。授以神藥，金丹滿握。螻蛄蒙恩，深愧短促。思填東海，強銜一木。道重天地，軒師廣成。蟬翼九五，以求長生。下士大笑，如蒼蠅聲。（〈來日大難〉）

另一詩篇例子，如下：

> 元丹丘，愛神仙。朝飲潁川之清流，暮還嵩岑之紫烟。三十六峰常周旋。長周旋，<u>躡星虹</u>。身騎飛龍耳生風，橫河跨海與天通。我知爾遊心無窮。（〈元丹丘歌〉）

〈來日大難〉之「海淩三山，陸憩五嶽」摹寫仙人下凡，並且已挑選了有才者，站住五嶽之高山頂端，人煙罕至之空間，向下俯視關照李白，勸引學習仙界事物，欲幫助太白為仙界一員。詹鍈《李白全集校

注彙釋集評》云：「三山，蓬萊、方丈、瀛洲也。」「五嶽，東曰岱宗，南曰衡山，西曰華山，曰恆山，中曰嵩高山。」[16]太白以神仙視角，立足五嶽高空之頂端，任意向四面地表環視，三山五嶽皆在足下，形成沒有約束的開闊視角，仙界仙人下凡，站在三山五嶽高峰頂點，為了太白學習仙界一事，指導李白飛天練習，給予神仙之藥與金丹，希望待其學習仙界之事完成，接引太白上登仙境。此處仙人視角向下俯看，除了三山五嶽立於足下之曠闊，亦有挑選有才者、指引有能力的凡人，以便未來可迎接至仙界之寓意，自然此一俯視之高空景象，給予人一種關照、關心與企圖指導天地間萬中選一的人間精英，以便同登仙界之仙凡聯繫感。〈元丹丘歌〉「攝星虹」則摹寫了仙人足踏流星和虹霓，駐足空中星霓一會兒，即飛離。詩篇末聯「身騎飛龍耳生風，橫河跨海與天通。我知爾遊心無窮。」描寫仙人下視之廣角景象，自由地觀覽「海」，有視覺上享受，也感到「耳生風」，有觸覺上涼意，這些視覺和觸覺上空間感知，[17]呈現一個神仙下視之開闊俯瞰視野。

（三）仙境宇宙關照：李白視角體驗

在李白記遊詩俯瞰空間之視角，有些詩篇是採用他人（仙人）或物體為中心的視覺角度摹寫，多數詩篇取李白（觀察者）之觀察位置進行摹寫組合，形成李白遊歷視角之書寫模式。在此類記遊作品中，李白嘗試以自我為中心，摹寫由上而下視的空間景象，這種視角是別

---

16 參見詹鍈主編：《李白全集校注彙釋集評》冊二，第五卷，頁717。

17 按：據羅素相對論研究，人類視覺和觸覺可以形成心理、大腦、物理的條件，因而產生空間屬性和概念。參見羅素（Bertrand Russell）著，薛絢譯，郭中一審閱：《相對論 ABC》（*ABC of Relativity*），頁 12、19、20、26、27。

出新裁的，尤具李白個人特色。李白用一人類角度，是無法由空中往下視，摹寫俯瞰大地地球之視野。李白想像力和理解世界的方式是很奇特的，或許李白認為宇宙是沒有中心的，若突破塵世原有的規則和藩籬，是可以有新的視角和新的視野。這由上而俯瞰之半空視角，是摹寫景物和空間的一種提升，一種開拓，更可稱是一以驚人的想像力，不受三維世界束縛，想像出一四維世界之視角。[18]

　　李白運用其驚人想像力和思考力，在詩篇中，描繪出以上空向下俯瞰之視野，在沒有飛行與飛機等工具輔助下，太白超凡想像力，解構了人類三度空間之視角，新增觀察事物模式。除視覺空間摹寫方位之拓新，李白以跳出地球之外，站在更開闊的宇宙中，來摹寫與流露對於宇宙、地球和生命之聯想與關照。此類視角之摹寫法，部分詩篇或許以李白成仙飛昇後之觀覽世界的角度摹寫。重要的是，部分詩篇之由上而下之俯瞰視角，是以李白自我身分來觀覽與摹寫，突顯的是李白視角與對宇宙世界之觀照。此類詩作跳脫個人遊仙求仙之範圍，昇華至對世界對地球和宇宙生命之思考，顯露太白想像力與思維之深邃，以及浪漫主義之奇絕幻想，超越了時空限制，這類想像力和思維力是如此前衛且是無窮潛力。

　　試舉詩篇分析：

> 衡山蒼蒼入紫冥，<u>下看南極老人星</u>。迴飆吹散五峰雪，往往飛花落洞庭。氣清岳秀有如此，郎將一家拖金紫。門前食客亂浮雲，世人皆比孟嘗君。江上送行無白璧，臨歧惆悵若為分？
> （〈人與諸公送陳郎將歸衡陽并序〉）

---

18 參見愛因斯坦、英費爾德（Albert Einstein, 1879-1955）、（Infeld, Leopold, 1898-1968）著，郭沂譯：《物理學的進化》（The Evolution of Physics, 1938）（臺北市：水牛圖書出版事業公司，2004 年），頁 156。

「下看南極老人星」指太白向下俯視可見南極老人星。「南極老人星」是星宿名，《史記・天官書》云：「狼北地有大星，曰南極老人。老人見，治安；不見，兵起。常以秋分時候之於南郊。」[19]詩篇首聯「衡山蒼蒼」摹寫三度空間景象衡山，高聳峰頂沒入雲空，此表示三次元之立面景象，一座高山峰頂進入雲端，突顯了衡山高遠空間之形象，也表徵陳郎將身居要職，地位高貴，可直達天聽。除了居朝廷要職外，陳郎將任官風格，為人稱頌，是「世人皆比孟嘗君」，詩篇後段據此而抒太白情思：「世人皆比孟嘗君」、「江上送行無白璧」寫出李白關懷世上有才者之心，贊美陳郎將以高貴顯要職位，禮遇招攬天下有才者。李白以「下視南極老人星」託喻也稱讚陳郎將關照天下有才之士，具有才思和義風。詩歌末句「臨歧惆悵若為分？」呼應詩首二聯，李白飽嘗求仕不遂、前途茫茫之挫折，可嘆的是自己無法在求仕之途，遇見陳郎將般的伯樂能識己才。在漫遊和自我流放中，李白苦於前途發展機會緲茫，人生陷入混亂失序的痛苦。李白曾四處干謁，卻沒有成功，心情之忙茫和前途之盲，正如同詩篇首二聯之變化瞬移的視覺空間景象，與發出時過而人生境景瞬變之嘆。太白漫遊天地以求干謁之旅途上，歷盡人生冷暖風景，直至今日，唯有如同衡山峻秀般的陳郎將值得讚賞，李白心中帶著一己求仕之途錯過賢者提拔之惆悵，與太守陳郎將別離。

若純以空間景象來論，首先言衡山，其次言在天上星宿之上往下看，視角順序不是一層層推高而上，而是狀似失序。「下看南極老人星」客觀地勾勒出太白取凌駕於南極老人星宿之上的位置，向下俯瞰南極老人星。本句「下」為方位詞。從中文語法方位詞空間系統論之，「上」、「下」均可呈現立體空間之方位系統。「下看」呈現觀察者

19 參見〔漢〕司馬遷著：《史記三家注》，〈天官書〉，卷二十七（臺北市：七略出版社，1991年），頁514。

之位置在上方，是一立面狀態。若以觀察者之觀察位置來論，首先詩人觀看衡山山峰入雲頂，呈現高度空間景象，或可能是立足於衡山，可見山頂沒入雲間。其次，詩人忽然一躍，取比天上星宿還要高之位置，往下看南極老人星，進一步地摹寫出詩人順著俯瞰視野，再往下看到衡山七十二峰中最大的五峰：祝融、紫蓋、雲密、石廩、天柱等。處在南極老人星之上方的詩人，看見旋風吹散了此五峰上積雪。詩篇首二聯「衡山蒼蒼入紫冥，下看南極老人星。迴飈吹散五峰雪，往往飛花落洞庭。」寫出詩人視角由高山躍至宇宙中，視野包含見峰頂「入紫冥」、「南極老人星」、「五峰雪」，流露出跳躍式視角。實際上，詩人不可能忽在山中，忽躍至宇宙，時而見衡山頂，時而向下俯看南極老人星。詩人運用景象瞬移動態描述法。

愛因斯坦認為語言文字中，所有動態（運動狀態）描述，均是指時刻在變化。每一段語言文字展現的時空狀態，均自成一系統。[20]太白取動態之空間景象瞬移變化，呈現俯看之空間感知，故同時太白視覺看到衡山、衡山山頂、向下俯瞰南極老人星、旋風吹散五峰頂上積雪。此流露出李白具驚人想像力和奇特思維，形塑具創新之視覺空間造形。這類忽上忽下、忽高忽低之觀察者位置視角，呈現了「行動空間」。[21]物理學家朋加萊（Henri Poincare）認為人類可以用視覺和對應肌肉的感覺（觸覺）來推理與體驗表述空間，由視覺和觸覺來表述空間度。[22]詩人在作品中以李白自我為中心之視角，站在高度空間位置

---

20 參見愛因斯坦、英費爾德（Albert Einstein,1879-1955），（Infeld, Ceopold, 1898-1968），郭沂譯：《物理學的進化》（The Evolution of Physics, 1938），頁 15、88、145、146。

21 參見哲學教授亞瑟‧米勒（Arthur I. Miller）著，劉河北、劉海北譯：《愛因斯坦和畢卡索》（Einstein, Picasso: space, time, and the beauty that causes havoc），（臺北市：聯經出版事業公司，2005 年），頁 163。

22 參見〔法〕朋加萊（Jules Henri Poincare, 1854-1912）著，盧兆麟譯：《科學與假

俯瞰，表露出動態多面之衡山的視野。此種視覺瞬移之空間景象，突破三維世界人類視角，也解構了三度空間視覺感知，呈現超凡之觀察位置與模式，也表現李白對宇宙、地球和生命關照和個人化新穎視角。

舉一詩例分析：

> 敬亭一迴首，目盡天南端。仙者五六人，常聞此遊盤。谿流琴高水；石聳麻姑壇。白龍降陵陽；黃鶴呼子安。羽化騎日月；雲行翼鴛鴦。下視宇宙間，四溟皆波瀾。汰絕目下事，從之復何難？百歲落半途，前期浩漫漫。強食不成味，清晨起長嘆。願隨子明去，煉火燒金丹。（〈登敬亭山南懷古贈竇主簿〉）

另一詩例如下：

> 早行子午關，卻登山路遠。拂琴聽霜猿，滅燭乃星飯。人烟無明異；鳥道絕往返。攀崖倒青天，下視白日晚。（〈答長安崔少府叔封遊終南翠微寺太宗皇帝金沙泉見寄〉）

及另外一詩篇〈酬崔五郎中〉：

> 又結汗漫期。九垓遠相待。舉身憩蓬壺；濯足弄滄海。從此凌倒景，一去無時還。朝遊明光宮；暮入閶闔關。但得長把袂。何必嵩丘山？（〈酬崔五郎中〉）

說》，（La Science et l'Hypothese）（臺北市：協志工業叢書出版公司，1970 年），頁76-77。

另見一詩例如下：

> 人生燭上花，光滅巧妍盡。春風繞樹頭，日與化工進。只知雨
> 露貪，不聞零落近。我昔飛骨時，慘見當塗墳。青松藹朝霞，
> 縹緲山下村。既死明月魄，無復玻璃魂。念此一脫灑，長嘯祭
> 崑崙。醉著鸞皇衣，<u>星斗俯可捫</u>。(〈上清寶鼎詩二首之二〉)

〈登敬亭山南懷古贈竇主簿〉云：「下視宇宙間，四溟皆波瀾。」摹
寫竇子明棄官乘白龍成仙，黃鶴乘日月飛行，向下俯視茫茫宇宙，四
海皆為波濤狂瀾。「宇宙」指天地。許慎《說文解字注》云：「高誘注
淮南子曰：『……上下四方謂之宇，往古來今謂之宙。』……四方上
下實有所際而所際之處不可得到。」[23]觀察者由宇宙天地之上方位
置，往下俯視，呈現一片大海廣闊起波瀾景象。詩篇首聯「敬亭一迴
首，目盡天南端」為太白站在敬亭山頂，迴首一望，望盡天之南端。[24]
這是觀察者站在敬亭山頂位置與三度空間之視角，由山頂望去，呈現
一高遠廣闊之立面景象。從視覺與景觀之關係論之，「視覺力量通常
都表現於地形中——下降、隆起、凸起」，[25]山形之隆起形狀，或三角
錐狀，形狀系統在語文作品中屬於立「體」，具有長、寬、高三個維
度上的特徵。

太白站在敬亭山上俯視之高空景象，呈現天之極端處，描繪出寬
闊無邊際之空曠感。詩篇末聯「願隨子明去，鍊火燒金丹。」抒寫太

---

23 參見〔漢〕許慎撰，〔清〕段玉裁注：《說文解字注》（臺北市：黎明文化事業公
   司，1993 年），頁 342。
24 詹鍈主編：《李白全集校注彙釋評》冊四，第十一卷，頁 1853-1854。
25 參見 Simon Bell 著，張恆輔譯：《景觀中的視覺設計元素》（臺北市：六合出版社，
   1997 年），頁 83。

白希望追隨竇子明成仙，燒火鍊丹，求長生。雖然和詩篇首聯言凡塵
實景截然不同，但太白在經歷「百歲落半途，前期浩漫漫」不遇之
悲，對己壯志未酬之一生已萬念俱灰，也索然無味了。當今奸佞當
道，賢能者見疏，才思俱全的太白，功業無成，這種空忙的人生際
遇，滿腔抑鬱「強食不成味」，煩憂苦悶，日日「清晨起長嘆」，遂渲
染出一種焦慮、苦悶之情，順勢扣住詩篇首聯「目極天南端」一寂寥
空曠空虛之視覺境界。

　　詩篇中段數聯「仙者五六人，常聞此遊盤」，筆端出其不意的忽
然宕開，「羽化」、「騎日月」、「雲飛」、「下視宇宙間」，遂令詩境為之
一振，從苦悶寂寥轉向輕盈超凡之境界。太白的意思是：對凡塵之一
事無成，抑鬱寂寥之不遇境遇，已不再留戀，若能隨竇子明飛天成
仙，超凡脫塵，達到天仙仙境之際，驀然回首，俯身下視，塵世之不
如意如滔滔四海波瀾，雖一波起一波沒，但仙界的李白不必再沈溺浮
載在茫茫宦海中，前途難測。這波瀾起伏之四溟，象徵塵世宦海，曾
陷其中的太白，深知其中苦澀與迷惘。李白期待天界使者黃鶴在「雲
行翼駕鸞」也能關照世人，時能「下視宇宙」，詩人以此託諭關懷天
下沈溺在宦海中不幸的人。〈答長安崔少府叔封遊終南翠微寺太宗皇
帝金沙泉見寄〉云：「攀崖倒青天，下視白日晚」，與〈酬崔五郎中〉
云：「從此淩倒景」，皆取李白攀崖，遊憩神山之頂，在登高遊覽之
際，俯身下視，立於高聳之處，似乎青天與白日皆在山下。「倒景」
指倒影。顏師古之注語云：「在日月之上，反從下照，故其景倒。」[26]
此二篇皆以李白自我為中心的視角摹寫。由所站之高空位置，李白向
下俯視，形塑開闊、高遠之空間感知。

　　立足高處，迴身俯看「白日」、「倒影」，太白在詩篇中所立之觀

---

26 按：詹鍈注云：「倒景，道家指最高之地。」又引顏師古注語。參見詹鍈主編：《李
　白全集校注彙釋評》冊五，第十六卷，頁 2652。

察位置，是「在日月之上」，這在道家指最高之地、甚至是站在宇宙中，例如「下視宇宙間」、「攀崖倒青天，下視白日晚」、「凌倒景」、「星斗俯可捫」。李白以身在比日、月、地球更高之宇宙中位置，俯瞰日、月；俯看宇宙；俯視地球；俯身碰觸星星。或許對天文星象學略有涉獵之太白，已有宇宙天文星宿之知識。

在太白心中，現實仕宦之途未如人意，隱居自然山林中，修道煉丹求仙是一新生命歸宿。李白曾待詔翰林，為君王近臣，雖遭讒賜金放還，這欲重返長安城之心情，在太白心中始終不忘，那即便是隱逸或成仙的太白，不斷俯視宇宙地球，不停地回顧凡塵，這些俯看的行止，正深深流露太白對君國朝廷之留戀，與輔世濟世抱負之堅持，不論「君王朝廷」或「輔世濟世」，在詩篇中皆反映李白有濃厚宇宙蒼生關懷之情。

三　結論

杜甫〈春日憶李白〉云：「白也詩無敵，飄然思不群」，贊揚太白及其詩具奇特、驚人的思維與想像力。李白詩篇摹寫其一生漫遊大江南北的遊歷經驗，在作品中，藉由探究詩篇觀察視角與詩歌情思的關係，透露太白觀覽與摹寫實景時，也或經改造之空間景象，投入自我生命，乘著幻遊的空間，超脫現實困境，進一步地投身仙界，轉換新的理想生命樣態。李白觀察宇宙世界的方法，或許正保存其內心真正關注與看待天地生命的觀點。

由詩篇中特殊的俯視空間景象與意蘊，詩人以三種觀察的視角，摹寫現實景象，或想像改造之空間景象，表徵自我生命超脫與超越，或投身仙界，轉換新的理想生命樣態，或以李白跳出地球之外的新觀察視角，流露對於宇宙、地球和生命之關照。綜上論述，

李白以驚人想像力和思考力，在詩篇中，描繪出由上空向下俯瞰之視野，在沒有飛行與飛機等工具輔助下，太白超凡想像力，解構了人類三度空間之視角，新增觀察事物模式，反映太白詩的浪漫奔逸與奇之又奇的詩歌意境。

參考文獻（以作者姓氏筆畫順序排列）

一　中文書目

漢・司馬遷著　《史記三家注》　臺北市　七略出版社　1991 年

漢・許慎撰　〔清〕段玉裁注　《說文解字注》　臺北市　黎明文化事業公司　1993 年

安旗主編　《李白全集編年注彙》　成都市　巴蜀書社　2000 年

李元洛　《詩美學》　（臺北市　東大圖書公司　1990 年

詹鍈主編　《李白全集校注彙釋集評》　天津市　百花文藝出版社　1996 年

瞿蛻園　《李白集校注》　臺北市　里仁書局　1980 年

二　西文書目

（德）愛因斯坦、英費爾德（Albert Einstein, 1879-1955）（Infeld, Leopold, 1898-1968）著　郭沂譯　《物理學的進化》（The Evolution of Physics, 1938）　臺北市　水牛圖書出版事業公司　2004 年

（英）亞瑟・米勒（Arthur I. Miller）著　劉河北、劉海北譯　《愛因斯坦和畢卡索》（Einstein, Picasso: space, time, and the

beauty that causes havoc） 臺北市 聯經出版事業公司
2005 年

（英）羅素（Bertrand Russell）著 薛絢譯 郭中一審閱 《相對論
ABC》（ABC of Relativity） 臺北市 臺灣商務印書館公司
2009 年

（法）朋加萊（Jules Henri Poincare, 1854-1912）著 盧兆麟譯 《科
學與假說》 （La Science et l'Hypothese） 臺北市 協志
工業叢書出版公司 1970 年

（美）魯道夫‧阿恩海姆（Rudolf Arnheim）著 滕守堯、朱疆源譯
《藝術與視覺》 （Art and Visual Perception） 成都市
四川人民出版社 1998 年

（英）Simon Bell 著 張恆輔譯 《景觀中的（視覺設計元素》 臺
北市 六合出版社 1997 年

《全唐五代詞》簾意象之空間分隔藝術試探

黃淑貞

慈濟大學東方語文學系助理教授

摘要

中國建築屬於「框架」結構體系，任何作為「空間分隔」的構造和設施，都不會與房屋的結構發生力學上的關係，因而在材料的選擇、形式和構造等方面具有完全的自由，產生了多種多樣的「空間分隔」方式。據古代遺留下來的典籍文獻及圖畫，中國建築最早用於空間分隔的設施，就是可捲可垂、變化靈活的簾。簾，以其運用最為繁多、最顯靈活、最具成效，成為重要的軟裝飾，頻繁出現在詞中，其內涵與意義也遠比僅作為一個佈置深刻得多。由此，本文試以《全唐五代詞》中的「簾」意象為研究主題，分從「簾意象隔成的內外之別」、「簾垂所形成之完全隔斷」、「簾捲所形成之象徵性分隔」等三個面向，探索「簾」意象的空間分隔藝術及其文化意涵。

關鍵詞：《全唐五代詞》、簾捲、簾垂、內外、隔

一　前言

　　歐陽炯《花間集‧序》:「自南朝之宮體,扇北里之倡風。……有唐已降,率士之濱,家家之香逕春風,寧尋越豔;處處之紅樓夜月,自瑣常娥。」[1]以此,唐五代時期的文學趨勢,是兩晉「輕綺」[2]文風的進一步發展。先著、程洪《詞潔輯評》:「詞之初起,事不出於閨帷、時序。」王世貞《藝苑卮言》:「詞須宛轉緜麗,淺至儇俏,挾春月烟花於閨幨內奏之」[3];故陳弘治《唐五代詞研究》指其內容大都以女性為中心[4],女性所居的環境、所用的器物,因而成為詞中常見的題材。[5]

1　〔五代〕趙崇祚:《宋本花間集》(臺北市:藝文印書館,1975 年 12 月再版),頁 2。

2　劉勰《文心雕龍‧明詩》:「晉世群才,稍入輕綺。」陳弘治指其歷史環境為:儒學思想的衰微、文學觀念的進展、社會經濟的繁榮、君主貴族的荒淫等。《唐五代詞研究》(臺北市:文津出版社,1985 年 3 月再版),頁 63-66。

3　〔清〕先著、程洪《詞潔輯評》、〔明〕王世貞《藝苑卮言》,見唐圭璋編:《詞話叢編》(北京市:中華書局,1996 年 6 月 1 版 4 刷),頁 1347、385。

4　楊海明《唐宋詞主題探索》即指出:綜觀唐宋詞中描寫春景之作多為「傷春」,「傷春」之情通常屬於女性所特富,加上詞體本身(指婉約詞)又具有某種程度的女性化傾向,故此類「傷春」詞篇就偏多以女性口吻寫出,偏多以女性化的柔婉風貌呈現讀者面前(高雄市:麗文化公司,1995 年 10 月初版 1 刷,頁 81)。洪華穗《花間集的主題與感覺》也以為《花間集》雖可細分為浪漫的情愛、女性的姿態、怨曠與傷逝、離情與別恨、遊仙、詠物、入世的政治態度、出世的理想抱負、邊塞與地方風物等主題,但仍以詠閨閣之情為主,充滿柔性嬌態及閨房氣(臺北市:文津出版社,1999 年 12 月 1 刷初版,頁 48)。

5　陳弘治《唐五代詞研究》,頁 68、80-81。蔣曉城也指出:《花間》詞中的豔情題材,無論那一種類型,都與女性密切相關。用美人謝娘等直接點明女性身分的詞作並不多見,更多的是以具有女性特徵的對應物來暗示或指代。首先是女性的容貌體態,其次是女性的衣飾,再次是女性所用的器物,如繡帷珠簾等;最後是女性所處的環境。這些對應物散發著濃厚的女性氣息,具明晰的女性色彩,它們是確定女性身分的標誌。《流變與審美視閾中的唐宋豔情詞研究》(南昌市:江西人民出版社,

　　以其在思想內容及藝術表現方面，形成了以表現閨閣情思為基本主題、以刻畫人物心緒為抒情特徵的創作傾向，劉尊明《唐五代詞的文化觀照》指唐五代「創造並奠定了詞體文學以香豔綺麗、嫵媚柔婉、狹深幽細為特徵的新的美學境界和風格類型」。[6]而五代詞體重鎮南唐，位處江南，又為詞的審美意識抹上一層南方風情。所謂「東南嫵媚，雌了男兒」[7]，此種心理色彩折射至詞作中，充滿女性化情調，「簾」、「幃」、「屏」、「幕」、「帳」、「幄」、「幌」等與閨閣裝飾有關的意象，自然成為詞人援引的對象，以營造迷離曲折之詞境，訴說「無端哀怨」、「萬不得已」之情；同時形成唐五代詞「豔科」格局及「綺麗」風貌，予人獨特的審美想像與情感暗示。[8]其中，又以「簾」的運用最為繁多、最顯靈活、最具成效。[9]更為重要的，簾作為一個意象寫入詞中，其內涵與意義遠比僅作為一個佈置深刻得多。[10]

2009 年 8 月 1 版 1 刷），頁 71-72。

6　劉尊明：《唐五代詞的文化觀照》（臺北市：文津出版社，1994 年 12 月初版 1　刷），頁 110。

7　陳人傑〈沁園春〉「記上層樓」序：「泊回京師，日詣豐樂樓以觀西湖，因誦友人『東南嫵媚，雌了男兒』句，歎息久之。」陳植鍔：《北宋文化史述論》（北京市：中國社會科學出版社，1992 年 8 月），頁 465。

8　李若鶯：《唐宋詞鑑賞通論》（高雄市：復文圖書出版社，1996 年 9 月初版 1 刷），頁 18-19；宋秋敏：《唐宋詞與流行歌曲》（北京市：中國社會科學出版社，2009 年 8 月 1 刷），頁 129-133。

9　據譚偉良的統計，《全唐五代詞》中，「簾」共出現 199 次，若就物品類而言，僅次於「玉」；若就空間意象而言，排在「門」、「窗」之前。見〈唐宋詞「簾」意象的審美意蘊〉，《玉林師範學院學報》，2009 年 04 期，頁 44。

10　陳從周《說園》：「園之佳者如詩之絕句，詞之小令，皆以少勝多，有不盡之意，寥寥幾句，弦外之音猶繞梁間（大園總有不周之處，正如長歌慢調，難以一氣呵成）。」簾作為閨閣中重要的軟裝飾，亦復如是，予人不盡之致，故頻繁出現在詞中。趙純亞：〈李清照詞中的簾意象〉，《文學教育》（下），2010 年 04 期，頁 16；趙梅：〈重簾複幕下的唐宋詞──唐宋詞中的「簾」意象及其道具功能〉，《文學遺

它可把原本融通的空間分隔成「內」與「外」兩個層次，符合私密性、禮制性需求；又引人關注「全隔」或「半隔」外的空間，引戶外光、影、聲、色入內來，增強視覺印象及美感。[11]因此，宗白華〈中國詩畫中所表現的空間意識〉指出：「中國詩人多愛從窗戶庭階，詞人尤愛從簾、屏、欄干、鏡以吐納世界景物。」[12]兩岸三地與簾意象相關的研究文獻雖有單篇論文十六篇，但其中或鎖定單一詞人（如李清照、李商隱、蔣捷等）的簾意象作探討，或泛論《金瓶梅》、《花間集》中的簾意象，且篇幅短小；至於《全唐五代詞》[13]簾意象之分隔藝術研究，則尚付之闕如，故本文試以《全唐五代詞》中的「簾」意象為研究主題，探討其空間分隔藝術。

二 簾意象隔成的內外之別

中國傳統建築屬「框架」結構體系，在「框架」結構中，任何作為「空間分隔」的構造與設施，因不負擔承重等要求，不會與房屋結構發生力學上的關係，因而在材料選擇、形式與構造上等方面具有完全的自由，以滿足各種需求，並由此創造出極多且成功之「空間分隔」方式。依據典籍文獻及圖畫的記載，具裝飾效果、可卷可垂的簾幕，就是最早之空間分隔物。[14]馮桂芹〈簡析

產》，1997 年 04 期，頁 41。

11 王其鈞：《中國傳統民居建築》（香港：三聯書店，1993 年 3 月初版 1 刷），頁 15。

12 宗白華：《美學散步》（臺北市：洪範書店，2001 年 3 月 6 印），頁 48-49。

13 本文所舉詞作，以曾昭岷、曹濟平、王兆鵬、劉尊明等編撰：《全唐五代詞》（北京市：中華書局，1999 年 12 月）為主要文本。

14 李允鉌：《華夏意匠：中國古典建築設計原理分析》（臺北市：明文書局，1993 年 10 月再版），頁 295。

「簾」的文化象徵意義〉指出:「由於古人注重氣的流通以達到陰陽相和[15]，多建造寬房大屋，房內多用木柱支撐，用牆壁少，呈開敞的結構，故簾、幔、帷、屏、幕等被用來遮蔽視線或光線營造個人空間，而簾又以其隔而不隔（白天垂下簾來，屋子裡可以看到外面的情況，而外面看不到裡面的情況）、不隔而隔（白天垂簾，雖然能看到外面，卻又像是隔開的兩個世界）的特點得到詩人詞人們的青睞。」[16]可建構室內活動的私密性，符合「禮制」要求，又能幫助「氣場」形成的「簾」意象，成為重要的軟裝飾，頻繁出現詞中。[17]

徐明福《台灣傳統民宅及其地方性史料之研究》從建築的社會文化意義上指出，建築空間具有「保護」、「界定」、「自明」三種作用，滿足人類心理需求，提供心靈寄託。以此，人在建築「界定作用」所產生的領域感上，因「保護作用」而有安全感，因「自明作用」而區分「內」與「外」。[18]沈福煦《人與建築》也指出，人對居住空間的需求，大分為安全性、私密性與心靈陶冶，於是藉助簾等建築構件，分隔「內」與「外」，達成遮蔽、採

---

15 《周易‧繫辭上傳》:「《易》有太極，是生兩儀，兩儀生四象，四象生八卦，八卦定吉凶，吉凶生大業。」「太極」，是宇宙未分的混沌狀態，相當於「氣」。《朱子語類》卷七十七:「『立天之道曰陰陽。』道，理也;陰陽，氣也。」又《淮南子‧本經訓》:「天地之合和，陰陽之陶化萬物，皆乘人氣者也。」因此風水說深受儒道思想影響，以抽象的「氣」解釋自然。于希賢:《法天象地:中國古代人居環境與風水》（北京市:中國電影出版社，2008 年 5 月），頁 1-10。

16 馮桂芹:〈簡析「簾」的文化象徵意義〉，《黃山學院學報》，2007 年 02 期，頁 118。

17 趙欣:〈從宋詞「簾幕」意象看宋代詞人的文化心理〉，《瀋陽師範大學學報》（社會科學版），2011 年 04 期，頁 59。

18 徐明福:《台灣傳統民宅及其地方性史料之研究》（臺北市:胡氏圖書出版社，1993 年 12 月 3 版），頁 8-10。

光、通風與觀望等物質需求，進而滿足心理與倫理等精神需求。[19]
或張掛在門窗[20]：

> 隔簾櫳。……瑣窗中。（溫庭筠〈定西番〉）
> 風拂珠簾。還記去年時候。惜春心、不喜閑窗牖。（鍾輻〈卜算子慢〉）
> 碧窗望斷燕鴻。翠簾睡眼溟濛。（韋莊〈清平樂〉）
> 小檻日斜風悄悄，隔簾零落杏花陰。（張泌〈浣溪沙〉）
> 紅窗靜，畫簾垂。（孫光憲〈更漏子〉）
> 繡簾時拂朱門鎖。（馮延巳〈菩薩蠻〉）[21]

或「簾施於堂之前，以隔風日而通明」[22]：

> 捲簾直出畫堂前。（韋莊〈浣溪沙〉）
> 畫堂簾幕月明風。（韋莊〈浣溪沙〉）
> 寂寞畫堂空……月冷珠簾薄。（魏承班〈生查子〉）
> 畫堂開處遠風涼。高卷水精簾額。（張泌〈南歌子〉）
> 畫樓簾幕捲輕寒。（馮延巳〈臨江仙〉）[23]

---

19 沈福煦：《人與建築》（臺北市：臺北斯坦出版公司，1993 年 3 月初版 1 刷），頁 1-2。

20 也有或張掛於車上者，如：牛嶠〈菩薩蠻〉：「柳花飛處鶯聲急。晴街春色香車立。」（《全唐五代詞・正編》卷三，頁 510）；張泌〈浣溪沙〉「：晚逐香車入鳳城。東風斜揭繡簾輕。」（《全唐五代詞・正編》卷三，頁 519）。因僅見此二例，故不在本文中特別討論。

21 以上所引，見《全唐五代詞・正編》，頁 111、148、173、519、645、698。

22 〔東漢〕許慎著、〔清〕段玉裁注：《說文解字》（臺北市：黎明文化公司，1985 年 9 月增訂 1 版），頁 193。

23 以上所引，見《全唐五代詞・正編》，頁 150、151、487、524、668。

起遮蔽、禦寒、空間隔斷等作用，蘊含「庭院深深深幾許。楊柳堆煙，簾幕無重數」（馮延巳〈鵲踏枝〉）、「重門若掩」的意味，更滿足了私密性、禮制性等需求，區別男女與內外，具漢寶德《中國的建築與文化》所說的「秩序性」與「向內性」兩種特點。[24]

　　「秩序性」，為禮法觀念的具體反應，以尊卑長幼之序，為空間定「名分」。中國建築空間與「禮」的相融，反映在強調尊卑、主次、上下等倫理次序，反映在強調前後、高低、內外的秩序井然。所以程建軍《變理陰陽：中國傳統建築與周易哲學》指禮制秩序為中國建築體系獨特的設計邏輯與依據，同時也是中國建築體系最鮮明的特色。[25]於是通過具體形式的制定，明尊卑，別內外。生人、熟人、朋友、客人、親屬、家族成員等，依親疏關係形成一個有內外有層次的布局，再由此定出每一個家庭分子的軌道倫常。[26]

　　由此可知，簾掩於門窗之上，其原始意義在於分隔、障蔽，注重其自然防衛功能。《禮記・郊特牲》：「天子外屏，諸侯內屏，大夫以簾，士以帷。」[27]又孫逖〈簾賦〉：「智者創物，有以而然，簾之為用，博利存焉。若乃少婦重閨，王孫華館，映錦屏以猗猗，增繡戶之煥煥。瓊鈎上而齊女謳，珠影垂而楚妃嘆。」[28]故馮

---

24 漢寶德：《中國的建築與文化》（臺北市：聯經出版公司，2004 年 9 月初版），頁 150-155。
25 程建軍：《變理陰陽：中國傳統建築與周易哲學》（北京市：中國電影出版社，2008 年 5 月 1 刷），頁 135-137。
26 漢寶德：《中國的建築與文化》，頁 22-25。
27 〔清〕阮元：《十三經注疏・禮記》（臺北市：藝文印書館，1985 年 12 月 10 版），頁 487。
28 見《全唐文》卷三百八（上海市：上海古籍出版社，1995 年 11 月 3 刷），頁 1381。

桂芹〈簡析「簾」的文化象徵意義〉、曾艷紅〈簾幕意象與李商隱詩境詩風〉指其又具有一定附加的色彩，以符合古代社會尊卑等級的秩序要求。[29]所以孔子引「禮」歸「仁」，然後以「禮」作為父子、夫婦、兄弟、朋友等社會倫常秩序的準繩。[30]一如《全唐五代詞》中的簾幕，將女子分隔於深庭內院，成為男女之別、內外之別的顯性標誌。

次就「向內性」而言。由於家族的本質是以族內的獨立與完整為最高原則，故中國傳統民居構成獨特的向心性。如門廳「外」為鄰，「內」為家；正廳「外」為來客活動區，「內」為家人活動區；前為較具「開放性」之「堂」，後為較具「私密性」之「室」。[31]《禮記・內則》：「禮，始於謹夫婦，為宮室，辨外內。男子居外，女子居內；深宮固門，閽寺守之；男不入，女不出。」[32]《說文》：「㥯，帷也。」段玉裁引《釋名》加以說明：「㥯，廉也。自障蔽為廉恥也。」[33]故禮樂文化首重「簾」的倫理功能，阻隔旁人窺探的視線，保障簾內人的隱私，使其成為分隔內外空間與倫理行為轉換的場所，成為深閨女子與外界隔離的象徵，[34]也傳達了主人翁的生活逸趣或心境變化。如李白〈清平樂〉的「高卷簾櫳看佳瑞」；溫庭筠〈菩薩蠻〉的「珠簾月上玲瓏影。……春恨正關情」；韋莊〈應天長〉的「畫簾垂，金鳳舞。寂

---

29 馮桂芹：〈簡析「簾」的文化象徵意義〉，頁 119；曾艷紅：〈簾幕意象與李商隱詩境詩風〉，《青島大學師範學院學報》，2010 年 04 期，頁 31。

30 李澤厚：《華夏美學》（臺北市：時報文化出版公司，1989 年 4 月初版），頁 15-16。

31 王鎮華：《中國建築備忘錄》（臺北市：時報文化出版公司，1984 年 9 月 2 版），頁 92-98。

32 〔清〕阮元：《十三經注疏・禮記》，頁 533。

33 〔東漢〕許慎撰、〔清〕段玉裁注：《說文解字注》，頁 362。

34 馮桂芹：〈簡析「簾」的文化象徵意義〉，頁 119-120。

寘繡屏香一炷」；牛嶠〈菩薩蠻〉的「簾外轆轤聲。斂眉含笑
驚」；顧敻〈虞美人〉的「曉鶯啼破相思夢。簾卷金泥鳳」；孫光
憲〈浣溪沙〉的「四簾慵捲日初長」即是。[35]

門窗含「避外隱內之義」（計成《園治》），而不同質地色彩的
簾，除了展現女子閨閣的精巧華美，透露物質生活的優裕，也一致
指向一種「隔絕」作用。其「內」與「外」，「咫尺」而「天涯」：

> 咫尺宸居，君恩斷絕，似遠千里。望水晶簾外竹枝寒，守羊
> 車未至。（李白〈連理枝・黃鍾宮〉）
> 簾外論心花畔，和醉暗相攜。何事春來君不見，夢魂長在錦
> 江西。（魏承班〈黃鍾樂〉）
> 簾外有情雙燕颺，檻前無力綠楊斜。小屏狂夢極天涯。（顧
> 敻〈浣溪沙〉）
> 正憶玉郎遊蕩去。無尋處。更聞簾外雨蕭蕭。（顧敻〈楊柳
> 枝〉）[36]

既為深閨女子遮擋了與外界直接接觸的門與窗，分隔出一個無風
雨侵擾的空間，也強調了古代家庭倫理及禮制的內外之別。[37]

三　簾垂所形成之完全隔斷

「完全隔斷」，是視覺上的完全封閉、隔斷，多利用「實體」

---

35 以上所引，見《全唐五代詞・正編》，頁 11、104、156、512、550、637。
36 以上所引，見《全唐五代詞・正編》，頁 8、487、556、562。
37 袁天芬〈一重簾的世界──淺析《花間集》中的「簾」意象〉，《西昌學院學報》（社
　會科學版），2011 年 01 期，頁 23-25。

之「牆」或「簾」，劃分出廳堂、臥室、書房等不同功能空間。此時，簾、牆作為建築的一個構件，主要功能為「全蔽」，並藉由視覺心理上隔阻的作用，反映一種封閉、隔絕感。[38]於是「簾垂」所形成的完全隔斷，除了遮蔽、私密、保護，滿足各種功能需求；又孤立絕緣，自成一封閉、安靜的世界。

汪正章《建築美學》指一個房間，一個廳堂，一個院落，只要自成一隅，處於某種「封閉」、「圍合」狀態，具「私密感」、「安謐感」，即可呈現完整、單一、封閉、獨立的靜態空間美。[39]繆鉞《詩詞散論》：「若夫詞人，率皆靈心善感，酒邊花下，一往情深，其感觸於中者，往往淒迷悵惘，哀樂交融，於是借此要眇宜修之體，發其幽約難言之思。」[40]所以詞中常利用垂簾所起的分隔，截斷視線，造成距離，構築幽深意境。[41]

況周頤《蕙風詞話》：「詞境以深靜為至。韓持國〈胡搗練令〉過拍云：『燕子漸歸春悄，簾幕垂清曉。』境至靜矣，而此中有人，如隔蓬山。思之思之，遂由淺而見深。」[42]如溫庭筠〈菩薩蠻〉：「重簾悄悄無人語。深處麝煙長。」孫光憲〈風流子〉：「朱戶掩，繡簾垂，曲院水流花榭。」又如張曙〈浣溪沙〉：「枕障薰爐隔繡幃。二年終日兩相思。好風明月始應知。天上人間何處去，舊歡新夢覺來時。黃昏微雨畫簾垂。」[43]「繡幃」將空間靈活

---

38 金學智：《中國園林美學》（南京市：江蘇文藝出版社，1990 年 3 月初版），頁 442。

39 汪正章：《建築美學》（北京市：東方出版社，1997 年 4 月 2 刷），頁 177-178。

40 繆鉞：《詩詞散論・論詞》（上海市：上海古籍出版社，1982 年 11 月），頁 56-60。

41 宗白華：〈論文藝的空靈與充實〉，《美學全集》冊二（合肥市：安徽教育出版社，1996 年 9 月 2 刷），頁 346。

42 〔清〕況周頤著、孫克強導讀：《蕙風詞話》（上海市：上海古籍出版社，2009 年 8 月 1 版 1 刷），頁 25。

43 此三首，見《全唐五代詞・正編》，頁 103、631、180。

分隔為若干精雅的內部活動空間，又使其相互交流。「畫簾」阻隔
了旁人窺探的視線，更通過「隔」及層層「折進」方式，顯示一
種獨特魅力。而「內」與「外」、「我」與「你」、「人間」與「天
上」、「新夢」與「舊歡」的對比，又加深此種分隔；於是情感的
流動，就定格於「黃昏微雨畫簾垂」的深靜詞境中，為讀者留下
無限的想像。[44]

　　簾意象所出現的空間，以畫堂、閨房最常見。空間性質不
同，其情調與氛圍雖有所不同，然因隔斷而構成的某種微妙情感
指向，卻一致指向一種隔絕作用。張泌〈浣溪沙〉：「翡翠屏開繡
幄紅。謝娥無力曉妝慵。錦帷鴛被宿香濃。微雨小庭春寂寞，燕
子鶯語隔簾櫳。杏花凝恨倚東風。」[45]由詞中語彙可知女主人公
「謝娥」所處的居室為典型的閨房，經由「翡翠屏」、「繡幄」、
「錦帷」、「簾櫳」諸意象的層層分隔，深靜而幽微；庭院中的杏
花香及燕聲鶯語，又隔簾傳來，[46]簾遂成為人們接觸最多、感覺最
敏銳之視覺介面，室內外空間互相滲透、交融的場所。[47]以其
「隔」中有「透」，燕、風、雨、霜、雪、日、月、聲、香、色、
影與簾，靜中有動，實中有虛，共同引發人們無盡的遐想：

　　　　隔簾鶯百囀，感君心。（溫庭筠〈南歌子〉）
　　　　杜鵑聲咽隔簾櫳。玉郎薄幸去無蹤。（韋莊〈天仙子〉）
　　　　斜日照簾，羅幌香冷粉屏空。（歐陽炯〈鳳樓春〉）

---

44 譚偉良：〈唐宋詞「簾」意象的審美意蘊〉，《玉林師範學院學報》，2009 年 04 期，
　　頁 44-49。

45 見《全唐五代詞·正編》，頁 518。

46 袁天芬：〈一重簾的世界──淺析《花間集》中的「簾」意象〉，頁 23-24。

47 馮鍾平《中國園林建築研究》（臺北市：丹青圖書公司，1989 年），頁 136-139。

> 隔簾飛雪添寒氣。（歐陽炯〈菩薩蠻〉）
>
> 霜月透簾澄夜色。（魏承班〈謁金門〉）
>
> 暮雨輕煙魂斷，隔簾櫳。（薛昭蘊〈相見歡〉）
>
> 睡覺水精簾未捲。簷前雙語燕。（薛昭蘊〈謁金門〉）
>
> 香融。透簾櫳。（張泌〈河傳〉）
>
> 月影簾櫳，金瓊波面。（毛文錫〈鞓紅〉）
>
> 荷芰風輕簾幕香。（顧夐〈浣溪沙〉）
>
> 隔簾微雨雙飛燕。砌花零落紅深淺。（李珣〈菩薩蠻〉）
>
> 花露重，草煙低。人家簾幕垂。（馮延巳〈醉桃源〉）[48]

　　趙梅〈重簾複幕下的唐宋詞——唐宋詞中的「簾」意象及其道具功能〉指簾意象常以「淡月疏簾」、「雙燕重簾」、「幽夢曉簾」、「風雨秋簾」等時空模式出現，雙燕，落花，霜月，微雨，暈染一種幽婉、迷離、空靈的韻致，為詞情發展提供「典型的」和「特殊的」場景，構築窈深幽靜、曲折惝怳之詞境，描摹細微婉密、隱秘難言之心緒，提供別具一格的美感。[49]薛蕾〈《金瓶梅》中「簾子」意象的審美作用〉指中國古代建築通過門窗及附麗於其上的「簾」展現虛中映實的審美觀念。門窗以其「空」故可「望」，將天地縮為方寸。簾則於「空」中設「隔」，使門窗所攝之「有」又歸於「無」，而簾的靈動性、通透性又提供了「有」的可能性，產生以「空」攝「實」、「無」中生「有」、朦朧迷離的審美境界。[50]曾艷紅也指出，以其阻隔，簾後的一切讓人不可捉摸，

---

48 以上所引，見《全唐五代詞‧正編》，頁 116、165、455、466、490、500、502、521、542、557、606、694。

49 趙梅：〈重簾複幕下的唐宋詞——唐宋詞中的「簾」意象及其道具功能〉，頁 42-46。

50 薛蕾：〈《金瓶梅》中「簾子」意象的審美作用〉，《廣東技術師範學院學報》，2010

帶有神秘感；因隔絕而生的想像，寓「言有盡而意無窮」的蘊藉，構成意境的朦朧與多彩。而風、雨、夜、霧等令人視覺、觸覺受阻的意象，又是「隔」之心態的一種外化與物化，象徵著詞人心理上的阻隔，隱藏著主觀上對現實世界的逃避。[51]

盛唐經濟國力強大，故唐五代詞比起宋詞，色澤更為「奇麗」。其閨房陳設，「蘼金結繡」（王士禎《花草蒙拾》），「熏香搊豔」（況周頤《蕙風詞話》），呈現富貴氣、脂粉氣，使晚唐詞風一如晚唐詩風，鏤金錯彩。「詞以豔麗為本色」（彭孫遹《金粟詞話》），「一語之豔，令人魂絕；一字之功，令人色飛」（王世貞《藝苑卮言》）[52]；由此，周濟《介存齋論詞雜著》對溫飛卿一人而發的「嚴妝美婦人」，實是所有晚唐五代詞人共有的特徵。[53]

「其用殊，其地殊，其質殊」[54]，簾一般以竹、布、帛，或水晶、珍珠等製成。毛文錫〈戀情深〉的「真珠簾下曉光侵」、溫庭筠〈菩薩蠻〉的「水精簾裏頗黎枕」、韋莊〈謁金門〉的「樓外翠簾高軸」、韋莊〈應天長〉的「畫簾垂，金鳳舞」等詞句中，金、紅、青、翠、白的色澤光彩，明豔富麗，充分展現閨閣的精巧華美。孫光憲〈風流子〉：「樓倚長衢欲暮。瞥見神仙伴侶。微傅粉，攏梳頭，隱映畫簾開處。」[55]不管是竹簾、珠簾或畫簾，總有「風拂珠簾」（鍾輻〈卜算子慢〉）、風吹簾開的瞬間，欲見而不得見，尤能啟人遐思；以之入詞，便成為一種對距離、隱秘、朦朧之美的追求，引發觀者更深層的想像。

年 04 期，頁 6。

51 曾艷紅：〈簾幕意象與李商隱詩境詩風〉，頁 32-33。

52 〔明〕王世貞：《藝苑卮言》，見唐圭璋編：《詞話叢編》，頁 385。

53 陳弘治：《唐五代詞研究》，頁 82-83；宋秋敏：《唐宋詞與流行歌曲》，頁 129-133。

54 〔東漢〕許慎著、〔清〕段玉裁注：《說文解字》，頁 193。

55 見《全唐五代詞‧正編》，頁 630。

此種豔麗雅致的簾垂意象，村上哲見《唐五代北宋詞研究》、錢鴻瑛《詞的藝術世界》指其具有誘人的不可思議的魅力，寄寓著超乎傳統「閨怨」這一概念的、對於人生和對於時代的深切的絕望感與孤獨感。[56]繆鉞《詩詞散論》指出，詞具有「其文小」、「其質輕」、「其徑狹」、「其意隱」等四個特點。此四者，與閨房之景緊密相連，所以詞中象徵「美」、「愛」的女子，與象徵「才」、「德」的男子，其身影又往往重疊。[57]

中晚唐以後，審美趣味與藝術主題已不同於盛唐，而走進更為細膩的官能感受與情感色彩的捕捉之中；[58]故李澤厚《美的歷程》指其時代精神已不在馬上，而在閨房；不在世間，而在心境。審美趣味「內轉」，詞人的抒情寫景也轉向精緻柔婉、深隱細密，而「簾垂」所隔斷的幽閉空間，正足以訴其心志。因此唐五代詞中「簾內世界」的塑造，可說是這一時代審美精神的寫照。[59]

葉嘉瑩〈論詞學中之困惑與《花間》詞之女性敘寫及其影響〉也指出，早期花間小詞，大都是文士為歌伎所寫之豔歌，本無寄託可言。至其所化身的女性之形象、女性之語言，無意間也流露出男性詞人內心所隱含的「棄婦」心態、「賢人君子幽約怨悱

---

56 村上哲見著、楊鐵嬰譯《唐五代北宋詞研究》（西安市：陝西人民出版社，1987 年 8 月），頁 105；錢鴻瑛《詞的藝術世界》（上海市：上海文藝出版社，1992 年 10 月 1 版 1 刷），頁 35-36。馮俏也以為卷和不卷都是主觀的，垂只是一種狀態，是靜止的，表現一種幽靜之美，或反襯內心的孤獨感。〈一重簾外即天涯──簾在婉約詞中的妙用〉，《天津成人高等學校聯合學報》，2002 年 03 期，頁 73。

57 繆鉞：《詩詞散論》，頁 56-60。

58 《朱子語類》卷一三二引程頤語：「今人都柔了，蓋自祖宗以來，多尚寬仁，……由此人皆柔軟。」中晚唐以後，由於國力、政策、經濟、文化、思想等因素影響，「時代精神」已從盛唐的恢宏轉為「柔軟」。楊海明：《唐宋詞主題探索》，頁 18-19。

59 李澤厚：《美的歷程》（臺北市：蒲公英出版社，1986 年 8 月），頁 154；譚偉良：〈唐五代詞的「簾內世界」〉，《科教文匯》（中旬刊），2008 年 07 期，頁 217。

不能自言之情」時，形成了以棄婦或思婦為主題卻飽含象喻潛能
的詩歌傳統。男子之假借女子形象或女子口吻來抒寫其仕宦失志
之情，此種「雙性人格」所形成的一種特質，使得《花間》小詞
成就了幽微要眇、易於引人生言外之想的雙重或多重意蘊的潛
能。而詞中所寫的女性，幾已成為一種介於寫實與非寫實之間
的，美色與愛情的化身。[60]由此，簾垂之隔所形成的美學上的「心
理距離」，使審美主體的藝術心靈得以進入審美歷程，呈現一種含
蓄、朦朧感，留下大量馳騁想像的空白。「空白」，具有相當大幅
度的轉折與跳躍，有待欣賞者的審美想像去豐富、補充。它「若
隱若見，欲露不露，反覆纏綿，終不許一語道破」[61]，「必深入以
探其底蘊，則怳然乃有所得」。[62]

四　簾卷所形成之象徵性分隔

　　空間的流通，是中國建築的基本設計意念，它有所規限又不
完全封閉視線，因而在空間之組織與分隔上，使用欄干與簾幕的
機會特別多。[63]如韋莊〈謁金門〉的「樓外翠簾高軸。倚徧欄干幾
曲」；馮延巳〈臨江仙〉的「畫樓簾幕捲輕寒。酒餘人散後，獨自
憑闌干」；馮延巳〈思越人〉的「乍倚遍、闌干煙淡澹薄。翠幕簾

---

60 葉嘉瑩：〈論詞學中之困惑與《花間》詞之女性敘寫及其影響〉，《詞學新詮》（臺北
　　市：桂冠圖書公司，2000 年 2 月初版 1 刷），頁 131-154。

61 〔清〕陳廷焯：《白雨齋詞話》（上海市：上海古籍出版社，2009 年 8 月 1 版 1 刷），
　　頁 8。

62 傅庚生：《中國文學欣賞舉隅》（臺北市：國文天地雜誌社，2000 年 4 月初版），頁
　　182-181。

63 李允鉌：《華夏意匠：中國古典建築設計原理分析》，頁 251。

櫳畫閣」。[64]簾之卷起（半卷、高卷），形成象徵性分隔，可引出簾外景，借景生景，拉開審美空間的距離。

空間的閉圍，主要由牆之「實」、簾之「垂」所引起；但唯有「虛」、「卷」，才能引導空間視覺的滲透，醞釀一種虛靈、流動的氣息。於是「簾卷」後的門窗之「虛」，使序列空間得以滲透、交流，形成「虛中有實，實中有虛」、虛實互映的情趣。而門與窗，作為建築內部空間與自然空間之間的過渡與中介，由此而來的審美心理的模糊性，表現得尤為顯明。王振復《建築美學》指其為建築的一個「灰」，介乎「內」與「外」的第三域，也是連結兩者的「曖昧空間」。[65]藉此曖昧空間具有的「交流性」，引外部陽光、空氣、景色入內，延伸視線至戶外，得舒展、明快、通透感；又為原本單一的矩形實體，帶來生動的光影變化。[66]

以門窗為取景框，卻又不限於框，移遠以就近，由近以知遠，化實景為虛境，創形象以象徵，改變物象的自然形態，可產生變形性美感。[67]以此，中國文人多愛從門窗以吐納世界。無論是利用視線或足跡的流動，連結簾之內與外，黃永武《中國詩學：設計篇》指其皆可造成內外景物改變的律動感，有助於空間深度感覺的形成。[68]形成「視覺」移動者，如：

---

64 以上所引，見《全唐五代詞‧正編》，頁 174、669、705。

65 王振復：《建築美學》（臺北市：地景企業公司，1993 年 2 月初版），頁 42-45。

66 汪正章：《建築美學》，頁 162-163。

67 以門、窗等為畫框，納戶外真實風景入內來，是一種化有意為不經意的安排，令自然美、繪畫美與建築美統一於景框中，給人強烈的藝術感染力。又有遠景與近景之分。前者透過框幅借取遠方景物，後者借的是門窗前所栽花木及日月光影等。阮浩耕：《立體詩畫：中國園林藝術鑑賞》（臺北市：書泉出版社，1994 年 1 月初版 1刷），頁 168-169。

68 黃永武：《中國詩學：設計篇》（臺北市：巨流圖書公司，1978 年 6 月 1 版 4 刷），頁62。

柳色遮樓暗，桐花落砌香。畫堂開處遠風涼。高卷水精簾
額，襯斜陽。（張泌〈南歌子〉）
碧欄干外小中庭。雨初晴。曉鶯聲。飛絮落花，時節近清
明。睡起卷簾無一事，勻面了，沒心情。（張泌〈江城子〉）
中庭雨過春將盡，片片花飛。獨折殘枝。無語憑闌祇自知。
玉堂香暖珠簾捲，雙燕來歸。後約難期。肯信韶華得幾時。
（馮延巳〈采桑子〉）[69]

　　所有圖形都是從一個「點」的移動開始，「點」移動，成為一
條「線」。「線」，是「點」移動的軌跡、結果，有開端、有方向
性、有終點，以及過程上的長度距離等特性；不但內藏著無限的
「力」，還因「力」的作用，引起「力」的使用量和「力」所驅馳
的質，形成「漸層」的韻律。「漸層」的秩序性充滿了生命力與動
勢效果，於是當兩個點之間的空隙有了間隔與持續，出現虛與
實、沒與現、前與後、內與外的對比變化時，就會以其具有一定
秩序的自然序列而產生流動感。而「流動」，正是「連續」最深刻
的特徵之一。[70]因此當主人公的視線由外而內（外→內），由最遠
的柳色、次遠的階前桐花、拉回近處的畫堂及映入「高卷水精簾
額」的斜陽；或是由「欄干」外雨過春盡的「中庭」，述其所聞
（鶯語）、所見（飛絮、飛花），再穿過「卷簾」、「珠簾捲」所形
成的中介空間，拉回「睡起」、「勻面」的閨房或香暖玉堂時，其
視線之移動，會打破原先靜止不動的空間，生發一種流動感，變

---

69 以上所引，見《全唐五代詞‧正編》，頁 524、525、659。
70 康丁斯基（Wassily Kandinsky）著、吳瑪悧譯：《點線面》（臺北市：藝術家出版
　　社，2000 年 3 月再版），頁 47；劉思量：《藝術心理學‧藝術與創造》（臺北市：藝
　　術家出版社，2002 年 10 月 4 版），頁 68-113。

成具有時間進程的「四度空間」，從而使庭院、廊、門窗、畫堂或
閨房等空間相互滲透連結，增大空間含容量，營生又深又遠的意
味。

　　當視線由內而外而內（內→外→內）或由外而內而外（外→
內→外）交互變化時，則會形成空間延展與焦點凸出兼具的美感
效果。如魏承班〈玉樓春〉：

> 寂寂畫堂梁上燕。高卷翠簾橫數扇。一庭春色惱人來，滿地
> 落花紅幾片。
> 愁倚錦屏低雪面。淚滴繡羅金縷線。好天涼月盡傷心，為是
> 玉郎長不見。

隨著因「高卷翠簾」而飛入畫堂（內）的梁上燕，視點落在滿庭
春色與落紅（外）；繼而拉回聚焦於「愁倚錦屏」、「淚滴繡羅」的
女主人公身上（內）。又如馮延巳〈鵲踏枝〉：

> 花外寒雞天欲曙。香印成灰，起坐渾無緒。檐際高桐凝宿
> 霧。捲簾雙鵲驚飛去。　　屏上羅衣閑繡縷。一晌關情。憶
> 遍江南路。夜夜夢魂休謾語。已知前事無尋處。[71]

由室內景起筆，寫晨起「捲簾」的女主人公仰見棲止於「檐際高
桐」的「雙鵲驚飛去」（外），回映一己孤單身影（內），思緒因而
「憶遍」、「夢」入「前事」之中。而隨著內外、高低、俯仰的視

---

71 魏承班〈玉樓春〉、馮延巳〈鵲踏枝〉，見《全唐五代詞‧正編》卷三，頁 484、
　652。

角變化，周圍空間的視覺界面、景物的主次關係也隨之變換，然後在層次遞進的律動中，拉開審美距離，得深靜之感。

孫光憲〈虞美人〉：「好風微揭簾旌起。金翼鸞相倚。」無論是人之卷，或是風吹簾開的瞬間，當簾卷起時，皆可引人窺見房內一隅風情，令深閨女子凸顯於簾內留出的「空白」之中。如溫庭筠〈定西番〉的「人似玉，柳如眉。正相思。羅幕翠簾初卷。鏡中花一枝」；孫光憲〈後庭花〉的「晚來高閣上，珠簾卷。見墜香千片。脩蛾慢臉陪雕輦」；馮延巳〈醉花間〉的「屏掩畫堂深，簾捲蕭蕭雨。玉人何處去。鵲喜渾無據。雙眉愁幾許」。[72]薛蕾指其可使讀者的視線聚焦於簾與門檻或窗櫺所界定的畫幅內，構建出虛實相生的意境美，並將具有空間感的畫面交融於具有時間感的人物心路歷程之往復流轉中，展現出流動性的生命韻律。[73]

馮桂芹又指出，婉約詞中雖常藉卷簾表現期待、等候與守望之情；當期待落空時，見簾外之景，反添愁緒，卷簾於是成了一種惆悵、寂寞與幽怨。[74]如溫庭筠〈河瀆神〉的「離別櫓聲空蕭索。玉容惆悵粧薄。青麥燕飛落落。捲簾愁對珠閣」；顧敻〈醉公子〉的「高樓簾半捲。斂袖翠蛾攢。相逢爾許難」；毛熙震〈酒泉子〉的「日初昇，簾半捲。對妝殘」。又如顧敻〈浣溪沙〉：「春色迷人恨正賒。可堪蕩子不還家。細風輕露著梨花。　簾外有情雙燕颺，檻前無力綠楊斜。小屏狂夢極天涯。」[75]「蕩子不還家」的落空，與「簾外有情雙燕颺」的組合，令原本可以開闊視野、

---

72 以上所引，見《全唐五代詞・正編》，頁 624、112、624、672。

73 薛蕾：〈《金瓶梅》中「簾子」意象的審美作用〉，頁 6。

74 馮桂芹：〈簡析「簾」的文化象征意義〉，頁 120。

75 以上所引，見《全唐五代詞・正編》，頁 118、568、593、556。

敞開姿態的卷簾動作，[76]成為一種幽密難言的相思、呼喚、埋怨的象徵，表達閨中女子的怨曠與傷逝，離情與別恨。[77]

此外，閨房、畫堂等私密性較強的空間，要求靜謐、不受外界干擾，空間處理以「圍」為主，建築之兩面或三面為實體的牆所環繞，中圍一個封閉、幽靜的小院。如馮延巳〈搗練子〉的「深院靜，小庭空。斷續寒砧斷續風」；張泌〈河傳〉的「紅杏。交枝相映。密密濛濛。一庭濃艷倚東風」，具體勾畫出一個簡淨澄明的小空間。當簾卷時，院內的池沼水流，則又形成「不隔之蔽」，予人一種亦即亦離感：[78]

池塘暖碧浸晴暉。濛濛柳絮輕飛。（牛希濟〈中興樂〉）
花落。煙薄。謝家池閣。寂寞春深。（孫光憲〈河傳〉）
畫堂流水空相翳。一穗香遙曳。交人無處寄相思。（孫光憲〈虞美人〉）
綠水新池滿。雙燕飛來垂柳院。小閣畫簾高卷。（馮延巳〈清平樂〉）[79]

畫簾高卷，池塘、水閣、柳絮、落花與雙燕，增添了空間層次，也增添了春深寂寞。

---

76 盛唐國力強大，士人整體精神是昂揚開放的，卷簾是為了無遮掩的放眼世界，是打開一個新的空間，打開一個新的境界。它是開放型的，是詩性地感悟生命的精神追求。肖細白：〈卷簾開窗看唐詩〉，《中國文學研究》，1998 年 03 期，頁 49-54；馮桂芹：〈簡析「簾」的文化象徵意義〉，頁 121。

77 馮俏：〈一重簾外即天涯──簾在婉約詞中的妙用〉，《天津成人高等學校聯合學報》，2002 年 03 期，頁 72-73。

78 金學智：《中國園林美學》，頁 448。

79 以上所引馮延巳〈搗練子〉等詞，見《全唐五代詞 · 正編》，頁 712、521、546、620、624、670。

　　若人的「足跡」循著門、廊、或小徑所提供的「連繫→過渡→緩衝→轉入」等中介機能，由「內→外→內→外……」或由「外→內→外→內……」，從一個時空內涵移往另一個時空內涵時，人的審美心理會在反應強度的兩端來回擺動，產生一張一弛、一起一伏、一放一收等豐富而飽滿的節奏。[80]李珣〈臨江仙〉上半闋：「簾捲池心小閣虛。暫涼閑步徐徐。芰荷經雨半凋疏。拂堤垂柳，蟬噪夕陽餘。」人在空間中行進，由「池心小閣」按照「線」的運動，由芰荷塘移向柳堤，其內外、鬆緊、疏密的空間轉換，既封閉，又向外擴展，同時也是在時間的節奏上展示。次如韋莊〈浣溪沙〉：

　　　　清曉粧成寒食天。柳毬斜裊間花鈿。捲簾直出畫堂前。
　　　　指點牡丹初綻朵，日高猶自凭朱欄。含嚬不語恨春殘。[81]

女主人公「粧成」後「捲簾直出畫堂前」，在小院中「指點牡丹」、「凭朱欄」；時間的推移則由「清曉」而「日高」，所以它也是一種時空連續的發展過程，時空結合的整體感受。

　　簾捲後的「目之遊」所感知的靜止建築立面的韻律性，只是簡單節奏的組合，陳維祺《省思建築：尋找詩性的智慧》以為唯有「漫行」的移動形式，才能真正傳達完整深刻的組曲。[82]而簾捲

---

80 馮鍾平：《中國園林建築研究》，頁 120-121。

81 以上所引，見《全唐五代詞・正編》，頁 599、150。

82 漫行空間的重要性，是當我們回到空間體驗與感知的層次時，原是建立在三向度多元視角的基礎上來表達其意義的空間，必須被走入才產生存在的意義。藉由運動方能連繫起不同空間互動所產生的關係與意義，將空間的表現拓展至無限的可能。從另一個角度來看，漫行不可避免的是衡量在時間的尺度上，而時間所表徵的，正是空間所隱含的音樂性特質。陳維祺：《省思建築：尋找詩性的智慧》（臺北市：美兆

後的「人之遊」，汪正章《建築美學》指其基本特徵是外向、連續、流通、滲透、穿插、模糊，表現了獨特的動態空間美學。當人在空間中「流動」時，又為建築的三度空間增添「時間」因素，使原本靜止的建築空間呈現出某種「動感」的形態，活躍而富生氣。[83]其審美心理也像「目之遊」一樣，會有連續、張弛、間歇、起伏、收放等力度與色調變化，形成一種有節奏旋律的「流動」。此種「流動」形象所傳達的意蘊，滲透著人的審美空間意識、時間意識。[84]

五 結語

由於時代審美風氣的精細化、柔弱化，以及詞人假借女子形象或女子口吻抒寫其失志之情等因素，形成唐五代詞綺麗的審美風格。沈義父《樂府指迷》：「作詞與詩不同，縱是花卉之類，亦須略用情意，或要入閨房之意。」[85]故其內容多以女性為中心，旁及女子所居處的環境與擁有的物件，和女子閨房生活密切相關的簾，自然成為詞中常見的意象。

《說文》：「障，隔也。」[86]凡起分界、屏障、阻隔作用的物件，皆稱為「隔」。簾所形成之「隔」，既具遮蔽性、私密性、禮制性，將女子「隔絕」於深庭內院中，體現古代家庭倫理所強調的內外之別；經由內、外在空間景物的轉換，又達成客體物象與

文化事業公司，1998 年 11 月），頁 60-64。

83 汪正章：《建築美學》，頁 177。

84 王振復：《建築美學》，頁 22-24、81-87。

85 見唐圭璋編：《詞話叢編》，頁 281。

86 〔東漢〕許慎著、〔清〕段玉裁注：《說文解字注》，頁 741。

主體觀者之間交互滲透、兩相對照的藝術效果，令有限空間因而景深無限，故詞中常愛提到。

　　簾意象作為詞中一種特殊表現物件，本有其原色，色彩立面不同，材料質感不同，閉合開敞不同，也必然影響建築內外部空間的美學性格；故劉致平《中國建築類型及結構》以為積累先民智慧的內檐裝飾方式，可謂世界文化的精華。[87]它可把空間分隔為簾內有限的個體空間與簾外無限的自然空間，形成「簾垂」、「簾卷」兩種存在狀態。「簾幕低垂」所形成的完全隔斷，有助於構築曲折幽深的詞境，為詞情發展提供別具一格的美感，同時也彰顯一種隱微難言的精神世界，激發人們的審美理解、情感與想像，得「含蓄」的審美享受。「簾卷」所形成的象徵性分隔，本象徵著溝通與開放，經由視覺或足跡之作用，可增強空間景深，形成「層次」，使人處於空間節奏不斷變化之中；但當期待落空，因簾卷而引出的簾外景，反襯出內心的愁緒與孤寂。

參考文獻（以作者姓氏筆畫順序排列）

一　古籍部分（略依年代排序）

〔東漢〕許慎撰、〔清〕段玉裁注　《說文解字注》　臺北市　黎明文化公司　1985 年 9 月增訂 1 版

〔五代〕趙崇祚　《宋本花間集》　臺北市　藝文印書館　1975 年 12月再版

〔宋〕朱熹　《四書集註》　臺北市　文津出版社　1985 年 9 月初版

---

87 劉致平：《中國建築類型及結構》（北京市：建築工程出版社，1957 年），頁 102。

〔清〕阮元 《十三經注疏・左傳》 臺北市 藝文印書館 1985 年 12 月 10 版

〔清〕阮元 《十三經注疏・禮記》 臺北市 藝文印書館 1985 年 12 月 10 版

〔清〕況周頤 《蕙風詞話》 上海市 上海古籍出版社 2009 年 8 月 1 版 1 刷

〔清〕陳廷焯 《白雨齋詞話》 上海市 上海古籍出版社 2009 年 8 月 1 版 1 刷

二 近人專著（略依姓氏筆畫排序）

（一）文史類

宋秋敏 《唐宋詞與流行歌曲》 北京市 中國社會科學出版社 2009 年 8 月 1 刷

村上哲見著、楊鐵嬰譯 《唐五代北宋詞研究》 西安市 陝西人民出版社 1987 年 8 月

李若鶯 《唐宋詞鑑賞通論》 高雄市 復文圖書出版社 1996 年 9 月初版 1 刷

洪華穗 《花間集的主題與感覺》 臺北市 文津出版社 1999 年 12 月 1 刷初版

唐圭璋 《詞話叢編》 北京市 中華書局 1996 年 6 月 1 版 4 刷

陳弘治 《唐五代詞研究》 臺北市 文津出版社 1985 年 3 月再版

陳植鍔 《北宋文化史述論》 北京市 中國社會科學出版社 1992 年 8 月

傅庚生 《中國文學欣賞舉隅》 臺北市 國文天地雜誌社 2000 年 4 月初版

曾昭岷、曹濟平、王兆鵬、劉尊明等　《全唐五代詞》　北京市　中華書局　1999 年 12 月

黃永武　《中國詩學：設計篇》　臺北市　巨流圖書公司　1978 年 6 月 1 版 4 刷

楊海明　《唐宋詞主題探索》　高雄市　麗文文化公司　1995 年 10 月初版 1 刷

葉嘉瑩　《詞學新詮》　臺北市　桂冠圖書公司　2000 年 2 月初版 1 刷

劉尊明　《唐五代詞的文化觀照》　臺北市　文津出版社　1994 年 12 月初版 1 刷

蔣曉城　《流變與審美視閾中的唐宋豔情詞研究》　南昌市　江西人民出版社　2009 年 8 月 1 版 1 刷

錢鴻瑛　《詞的藝術世界》　上海市　上海文藝出版社　1992 年 10 月 1 版 1 刷

繆　鉞　《詩詞散論》　上海市　上海古籍出版社　1982 年 11 月

（二）建築、美學類

于希賢　《法天象地：中國古代人居環境與風水》　北京市　中國電影出版社　2008 年 5 月

王其鈞　《中國傳統民居建築》　香港　三聯書店　1993 年 3 月初版 1 刷

王振復　《建築美學》　臺北市　地景企業公司　1993 年 2 月初版

王鎮華　《中國建築備忘錄》　臺北市　時報文化出版公司　1984 年 9 月 2 版

李允鉌　《華夏意匠：中國古典建築設計原理分析》　臺北市　明文書局　1993 年 10 月再版

李澤厚　《美的歷程》　臺北市　蒲公英出版社　1986 年 8 月

李澤厚　《華夏美學》　臺北市　時報文化出版公司　1989 年 4 月初版

汪正章　《建築美學》　北京市　東方出版社　1997 年 4 月 2 刷

沈福煦　《人與建築》　臺北市　臺北斯坦出版公司　1993 年 3 月初版 1 刷

阮浩耕　《立體詩畫：中國園林藝術鑑賞》　臺北市　書泉出版社　1994 年 1 月初版 1 刷

宗白華　《美學全集》　合肥市　安徽教育出版社　1996 年 9 月 2 刷

宗白華　《美學散步》　臺北市　洪範書店　2001 年 3 月 6 印

金學智　《中國園林美學》　南京市　江蘇文藝出版社　1990 年 3 月初版

徐明福　《台灣傳統民宅及其地方性史料之研究》　臺北市　胡氏圖書出版社　1993 年 12 月 3 版

陳維禎　《省思建築：尋找詩性的智慧》　臺北市　美兆文化事業公司　1998 年 11 月

程建軍　《變理陰陽：中國傳統建築與周易哲學》　北京市　中國電影出版社　2008 年 5 月 1 刷

馮鍾平　《中國園林建築研究》　臺北市　丹青圖書公司　1989 年

漢寶德　《中國的建築與文化》　臺北市　聯經出版公司　2004 年 9 月初版

劉思量　《藝術心理學‧藝術與創造》　臺北市　藝術家出版社　2002 年 10 月 4 版

劉致平　《中國建築類型及結構》　北京市　建築工程出版社　1957 年

三 學報、期刊論文（略依姓氏筆畫排序）

肖細白 〈卷簾開窗看唐詩〉 《中國文學研究》 1998 年 03 期
頁 49-54

袁天芬 〈一重簾的世界——淺析《花間集》中的「簾」意象〉
《西昌學院學報》（社會科學版） 2011 年 01 期 頁 23-25

曾艷紅 〈簾幕意象與李商隱詩境詩風〉 《青島大學師範學院學
報》 2010 年 04 期 頁 31-35

馮 俏 〈一重簾外即天涯——簾在婉約詞中的妙用〉 《天津成人
高等學校聯合學報》 2002 年 03 期 頁 72-73

馮桂芹 〈簡析「簾」的文化象徵意義〉 《黃山學院學報》 2007
年 02 期 頁 118-121

趙 欣 〈從宋詞「簾幕」意象看宋代詞人的文化心理〉 《瀋陽師
範大學學報》（社會科學版） 2011 年 04 期 頁 58-60

趙純亞 〈李清照詞中的簾意象〉 《文學教育》（下） 2010 年 04
期 頁 16-17

趙 梅 〈重簾複幕下的唐宋詞——唐宋詞中的「簾」意象及其道具
功能〉 《文學遺產》 1997 年 04 期 頁 41-50

薛 蕾 〈《金瓶梅》中「簾子」意象的審美作用〉 《廣東技術師
範學院學報》 2010 年 04 期 頁 6-9

譚偉良 〈唐五代詞的「簾內世界」〉 《科教文匯》（中旬刊）
2008 年 07 期 頁 217

譚偉良 〈唐宋詞「簾」意象的審美意蘊〉 《玉林師範學院學報》
2009 年 04 期 頁 44-49

四 外文譯著（略依字母排序）

傅拉瑟（Vilém Flusser）著、李文吉譯《攝影的哲學思考》　臺北市
　　　　遠流出版事業公司　1994 年 2 月初版 1 刷
康丁斯基（Wassily Kandinsky）著、吳瑪悧譯《點線面》　臺北市
　　　　藝術家出版社　2000 年 3 月再版

從『主題——評論』觀點分析古詩篇章結構

吳瑾瑋[*]

國立臺灣師範大學國文學系副教授

摘要

本文試圖從『主題—評論』觀點分析古詩的篇章結構。「主題—評論」的觀點都可以分析音韻、句法、訊息分布及篇章結構。舉凡口語、散文甚至詩歌之訊息組織結構，大部分都遵從「已知」到「未知」、從「舊」到「新」的原則，也就是把新資訊置於句尾，使之成為訊息焦點。「主題訊息」和「詩意連貫」緊密相連形成全篇篇章完整的結構。而主題在篇章結構上的運用策略包括對比、連貫、頂真等。由於古詩詩句句數與詩篇總長並無限制，在創作上，有多種類型的主題運用，因此各式主題的分佈形成巧妙的篇章結構而表現詩歌情境與多重層次的豐富情感。

關鍵詞：**主題－評論**（topic-comment）、**訊息**（information）、**古詩**（Guti poems）、**篇章結構**（text structure）

[*] 本文內容曾在第一屆語文教育暨第七屆辭章章法學學術研討會（2012 年 12 月 1 日國立臺灣師範大學）上發表，感謝會中評論人邱燮友老師、主持人王偉勇老師及與會人士的建議及鼓勵，並感謝章法論叢編輯審查者的建議。筆者依照建議方向盡力修改，其中文責概由筆者自負。

一 引言

詩歌除了注重節律編制，使聲韻節律押韻配合得宜；文意照應也要配合通篇主題思想架構，俾使詩歌層次清晰貫通而情感跌宕多姿。故此，詩歌創作考量聲韻節律，也需考量語法修辭等要素，以呈現情文並茂的完整詩篇。本文試圖從『主題—評論』觀點來分析古詩的篇章結構。在漢語語法中，「主題—評論」的語言使用在句法、訊息分布、篇章結構皆有重要的作用，舉凡口語、散文甚至詩歌之訊息組織結構，大部分都遵從「已知」到「未知」、從「舊」到「新」的原則，也就是把新資訊置於句尾，使之成為訊息焦點。一組句子或一段對話，甚或一個故事皆能形成一個篇章，是因為前後訊息因著某一主題而形成有相聯關係的語言結構[1]。在曹逢甫[2]的研究分析中，認為「主題訊息及交談功能」和「詩意之連貫與傳達」具有密切關係。而主題在篇章結構上的運用策略包括對比、連貫、頂真等。試以杜甫〈石壕吏〉為例：

> （1）杜甫〈石壕吏〉
> 暮投石壕村，有吏夜捉人。老翁踰牆走，老婦出門看。
> 吏呼一何怒！婦啼一何苦！聽婦前致詞：三男鄴城戍。
> 一男附書至，二男新戰死。存者且偷生，死者長已矣。
> 室中更無人，惟有乳下孫。孫有母未去，出入無完裙。

1　李子瑄、曹逢甫：《漢語語言學》（臺北市：正中書局，2009 年），頁 293-295。

2　曹逢甫：〈從主題──評論的觀點看唐宋詩的句法與賞析〉，《從語言學看文學：唐宋近體詩三論》（臺北市：中央研究院語言學研究所，2004 年），頁 35-96；鄭縈、曹逢甫：《華語句法新論下》（臺北市：正中書局，2012 年），頁 26-39。

老嫗力雖衰，請從吏夜歸。急應河陽役，猶得備晨炊。

夜久語聲絕，如聞泣幽咽。天明登前途，獨與老翁別。

（1）這首詩中，首句的大主題為詩人自己，省略未明說，僅先點明時間和地點；接著是「老翁、老婦、吏」等主題串，「老翁」一出場隨即隱遁；接著「老婦」出場，便與主題「吏」交錯出現，再引出「三男、一男、二男」等主題。這一連串的主題後所接之分句為評論焦點的新信息，一對照即有鮮明對比[3]。又者，詩中因「孫」字連接前後兩句，而前句「有孫」和後句「孫有」詞序相反的巧妙設計，展現頂真手法。再者，從全篇篇章結構而言，該詩主旨在於述說因戰亂徵兵的悲慘家庭，透過主題「老婦、男、吏」等交錯出現，情節轉換緊湊，情況緊張悲慘；至最後，時間名詞「暮、夜、夜歸、晨炊、夜久、天明」的接連出現，將情節氣氛推至高潮。最後，大主題詩人自己又出現，老翁回來，天明時歸回死寂，僅餘悲涼與悲傷，首尾緊緊相扣。古詩並無嚴格對偶對仗要求或限制，然由於古詩詩句句數總長並無限制，所能傳達的訊息重點更豐富，表現的方式更多元，情感更委婉而豐沛，詩人也可展現出不同的語言風格，但無論詩篇的長短如何，仍然需要透過文意連貫之策略傳達出一致之主旨。本文試圖以古詩為例，從主題—評論架構分析古詩篇章結構之創作之妙。

3　吳瑾瑋：〈從語料庫觀點比較研究杜甫徘律與古體樂府詩之用韻策略〉，《語言文字與教學的多元對話》（臺中市：東海大學中文系出版，2009 年），頁 147-176。文中提到此詩用韻非常巧妙，四句一轉韻，韻腳位置在一二四句，計有六個循環。開始四句每一句各有一個人物在短時間接續登場。第三循環「三男鄴城戍，一男附書至，二男新戰死」中有個轉折，為何先提三男呢?三男都被調走，表示二位哥哥早已被徵調赴戰場了，並且三男被調走是最近才發生的事情，詩人在這聲韻和文義交錯中隱含母親的悲思──戰亂已經使這家庭幾近乎家破人亡了。

　　本文第一部分說明本文研究主題與範圍。第二部分介紹主題—評論觀點的分析觀念，以及以此架構分析詩歌語法篇章的相關研究；接續段落則是將以主題—評論觀點架構來分析古詩的篇章結構，以爬梳全篇詩如何凸顯主旨和情感；最後為結語。

二　本論

（一）主題——評論架構介紹

　　無論是散文或詩歌，都有其連句成節、連節成段、連段成篇的邏輯組織條理，其中邏輯組織可以「秩序、變化、聯絡與統一」[4]等原則概括之。「統一」是呈現篇章整體的靈魂，詩中之統一是指一個篇章段落會有一個主旨或主調貫穿其中，無論是暗藏文字，或一脈鋪陳，或首尾相扣，都要與主旨相聯，如王維之〈相思〉，「紅豆生南國，春來發幾枝？勸君多採擷，此物最相思。」其中以「相思」為主調，詩人勸人採擷最能象徵相思的紅豆，實際上是表達詩人自己是最思念的人[5]。「主題—評論」是語用單位的概念，應用這類單位的鋪排與串聯，勾勒詩文創作中對比、頂真手法，體現詩文主調之和諧[6]。首先介紹主題句子的衍生律，如（2a-c）。

　　（2）
　　a.（句子）→主題（一）＋（句子）

4　仇小屏：《篇章結構——類型論》增修版（臺北市：萬卷樓圖書公司，2005 年），頁 4-9。

5　黃永武：《中國詩學設計篇》（臺北市：巨流圖書公司，1985 年），頁 55-56。

6　曹逢甫：〈從主題—評論的觀點看唐宋詩的句法與賞析〉，《從語言學看文學：唐宋近體詩三論》，頁 50-55。；鄭縈、曹逢甫：《華語句法新論下》，頁 26-28。

b.（句子）→主題（二）＋（句子）

c.（句子）→主題（三）＋（句子）

（2a）中主題（一）即第一主題或大主題，按照上述衍生律以此類推，實際上，超過三個主題的句子並不多見。再如（3）例句所列，簡要說明句子之主題與評論成分。

（3）

a-1. <u>他</u>做完功課了

a-2. <u>他</u>功課做完了

a-3. <u>功課</u>他做完了

b-1. <u>他</u>打<u>籃球</u>打得很好

b-2. <u>籃球</u>他打得很好

b-3. <u>打籃球</u>，他打得很好

c-1. <u>他</u>昨天覺得舒服

c-2. <u>昨天</u>他不舒服

（3a-1）句是主題與主語合而為一的簡單句，而按賓語之有無分為及物式與不及物式。在（1）詩句「老翁踰牆走，老婦出門看」，「老翁、老婦」也是主題與主語合一。（3a-2）和（3a-3）句中，「他」是大主題（以單一底線表示），「功課」是次主題（以雙底線表示），而這兩句之次主題與大主題位置不同。又者，大主題與次主題可能因著語用需要，改變重要性。在（3b-1）和（3b-2）句中，「他」是大主題，「籃球」是次主題，但在（3b-3）句中，「籃球」成為大主題；（3c-1）句中，「他」是大主題，在（3c-2）句中，「昨天」成為大主題，「他」則為次主題。

　　從上述舉例可以發現當作主題成分的並不限於名詞組，而無論是大主題、次主題都可以出現在「連」字句，以下列例句說明之。

　　（3）
　　f-1. <u>他數學習題</u>先做完
　　f-2. <u>他數學習題</u>比英文習題先做完
　　g-1. <u>他打籃球</u>比打排球打得好
　　g-2. <u>他為了你</u>比為了我吃了更多苦
　　h-1. 他連<u>數學習題</u>也做完了
　　h-2. 連<u>他數學習題</u>都做完了
　　h-3. 他連<u>打籃球</u>也打得很好
　　h-4. 連<u>打籃球</u>他都打得很好
　　h-5. 他連<u>為了你</u>都吃了很多苦
　　h-6. 連<u>他為了你</u>也都吃了很多苦

　　（3f-1）句中複合名詞「數學習題」是主題，而可以出現在（3f-2）比較句中；（3g-1）句中是動詞組「打籃球」，當作主題，也可以出現在（3g-2）比較句中。在（3h-1）和（3h-2）句中，無論主題是名詞「他」或「數學習題」可以出現在連字句；動詞組「打籃球」可以出現在連字句（3h-3）和（3h-4）中；名詞「他」及介詞組「為了你」可以出現在連字句（3h-5）和（3h-6）中。要區分主語和主題，可以從語義和句法功能著手[7]。句法上的主語與謂語動詞或形容詞之間有配搭選擇的關係；而主題與謂語動詞或形容詞之間並沒有配搭選擇的關係。

7　湯廷池：〈主語與主題的畫分〉，《國語語法研究論集》（臺北市：臺灣學生書局，1985 年），頁 73-80。

　　上述就簡單句中主題而言，還有所謂主題串。主題串是由一個共同的主題引領的句式。（3i-1）句中主題串是「他」，（3i-2）句中主題串是「銀行」，（3i-3）李白詩篇中，大主題都是詩人自己，但都省略。次主題是月和影，形成主題串，雖說是三人，時則呼應主旨─獨自一人。

（3）

i-1.<u>他</u>很用功，（<u>他</u>）卻沒通過

i-2.<u>銀行</u>九點鐘開門，（<u>銀行</u>）開始營業。

i-3.李白〈月下獨酌〉

　　花間一壺酒，獨酌無相親；舉杯邀明月，對影成三人。

　　月既不解飲，影徒隨我身。暫伴月將影，行樂須及春。

　　我歌月徘徊，我舞影零亂，醒時同交歡，醉後各分散。

　　永結無情遊，相期邈雲漢。

大體而言，作為主題的詞語或短語有幾個特徵，如作為主題者，常出現在主題串的首位；主題是一個語篇概念，其語義管轄範圍可以擴展至多個子句[8]。在古典詩歌篇章中，主題可能和主語重疊，主題也可能隱藏省略，然還是會與全篇篇章主旨相關。如〈古詩十九首之十五〉「庭中有奇樹，綠葉發華滋。攀條折其榮，將以遺所思。馨香盈懷袖，路遠莫致之。此物何足貴，但感別經時。」，詩旨是折芳寄遠，詩中大主題是折芳者，而次主題從「奇樹、綠葉、華、榮」等詞串聯，表達對遠行者的深切思念，從對方睹物聞香時，想起贈物者的情境來寫此方心中深切不絕的思念。

8　鄭縈、曹逢甫：《華語句法新論下》，頁 26-28。

　　主題與評論是屬於交談功用概念[9]。主題表示交談共同的話題，評論則是針對該主題的陳述或解釋。一般而言，大部分句子訊息的安排都遵從「已知」到「未知」的模式，也就是從「舊的訊息」到「新的訊息」的原則，而把最新的資訊置於句尾使成「訊息焦點」。主題是舊的、已知信息，評論則是傳達新的重要訊息。至於主語與謂語是句法關係的概念，句子中的主語、謂語的角色是固定的；而在交談語用裡，句子的主語可以是交談舊訊息的主題，動詞或介詞之賓語，甚或是表示時間或處所之狀語也可以成為主題。溝通是語言使用很重要的功能，每個句子都要發揮表情達義的功能，一個句子所要傳達的訊息可分新的訊息與舊的訊息，新的訊息中重要的訊息就是訊息焦點，訊息焦點通常出現在句尾。訊息焦點是語用上表示說話者關心的對象或重點，因此信息焦點之所在會影響語言使用者選擇語句之型態。因著新舊訊息成分的安排需要，句法中的主語、處所詞、時間詞等作主題時，就會出現在句首，而表示新訊息的評論成分置於句後。主題—評論架構不僅可以分析口說語、書面語散文等，也可用以分析詩歌文句之篇章結構。以下介紹以主題—評論架構分析詩歌，看主題—評論單位在詩文中之鋪陳，所形成出對比、連貫、頂真等功能，進而梳理全篇之篇章結構。

（二）主題——評論架構分析觀點

1. 主題——評論結構與詩歌節奏

　　曹逢甫的研究中提到，研究古典詩歌之韻律與句法的，目前為止

9　湯廷池：〈語言分析的目標與方法〉，《國語語法研究論集》（臺北市：臺灣學生書局，1985 年），頁 85-108；鄭縈、曹逢甫：《華語句法新論下》，頁 28-30。

還是以王力先生所作最多[10]，其著作《漢語詩律學》為重要的研究藍本。除了王力先生的分析觀點，著實可以用主題──評論的結構觀點來分析唐詩的篇章結構。首先談到詩句主題與詩歌節奏的關係，一般而言，五言詩句的音韻節奏以分成「二三」為常見類型，七言詩句則以分成「四三」為常見類型。詩句之主題常與音韻節奏相符合。如（4）中詩句之說明。

（4）

    a. 王維〈山居秋暝〉：<u>明月</u>松間照，<u>清泉</u>石上流

    b. 杜甫〈散愁〉：<u>蜀星</u>陰見少，<u>江雨</u>夜聞多

    c. 王維〈淇上即事田園〉：<u>牧童</u>望村去，<u>獵犬</u>隨人還

    d. 杜甫〈陪鄭廣文遊何將軍山林〉：<u>綠</u>垂風折筍，<u>紅</u>綻雨肥梅

（4a）組詩句則是雙主題單句，分別是大主題「明月、清泉」與次主題處所詞「松間、石上」，符合二三式音韻節奏。（4b,c）詩句，前二字為主題，合乎前二後三的音韻節奏[11]。（4d）組詩句則應該是「風折筍垂綠，雨肥梅綻紅」的倒裝變化，不倒裝時，是「風」「雨」為主語兼主題，倒裝後「綠筍（一枝枝綠）」、「肥紅梅（一朵朵紅）」作評論置於句後作訊息焦點，顏色鮮明互相配搭作主題呈現；倒裝之後，更適合二三式音韻節奏。接著介紹七言詩句的主題性質與音韻節奏。

---

10 曹逢甫：〈從主題──評論的觀點看唐宋詩的句法與賞析〉《從語言學看文學：唐宋近體詩三論》，頁 49-50。

11 曹逢甫從主題觀點分析，認為下列詩句也屬二三式音韻節奏。如杜甫〈朝雨〉黃綺終辭漢，巢由不見堯；杜甫〈得舍弟消息〉側身千里道，寄食一家村。杜甫〈薄遊〉淅淅風生砌，團團日隱牆。

（5）

a. 杜甫〈閣夜〉：五更鼓角聲悲壯，三峽星河影動搖

b. 杜甫〈宿府〉：永夜角聲悲自語，中天月夜好誰看

c. 賈島〈送胡道士〉：忽從城裡攜琴去，許到山中寄藥來

d. 杜甫〈見螢火〉：忽驚屋裡琴書冷，復亂檐邊星宿稀

上文提及七言詩句以分成「上四下三」為常見類型，（5a）組中七言詩句是三主題的單句，大主題是「五更、三峽」，次主題是「鼓角、星河」，三主題是「聲、影」；在音韻節奏方面，可以在主題之間停頓，一般而言，多在次主題與三主題之間停頓，因此形成四三式。（5b）主題是「永夜角聲、中天月色」，接兩分句，即「悲自語、好誰看」，由此看來也應該是四三式。（5c,d）二組詩句主語及大主題都是詩人自己，但都省略。（5c）組中，第五字主要動詞是「攜；寄」，之前為副詞組，之後是賓語與方向補語，因此屬於四三式。（5d）組詩句中「忽、復」分別修飾動詞「驚、亂」，之後五字是子句名詞組作動詞的賓語，而此子句名詞組中有二主題串，分別是「屋裡、琴書；檐邊、星宿」，可以在二主題之間停頓，因而也形成四三式之音韻節奏。

　　至此，可以發現從句法語義角度分析詩句，可能會有與音韻節奏相左的情況出現，但是從主題—評論概念來分析，大致與音韻節奏吻合。主題成分可以省略不標示，在詩文委婉情感表現上，可以達到意在言外、情在景中的特殊效果；從主題觀點來分析，也可以省去許多是否為倒裝句式的疑慮，也就是賓語提前或動詞在後，是為了鋪陳新舊訊息，讓詩文有意猶未盡，情意綿綿之效果。

2. 主題──評論結構與詩旨分析

上文介紹主題—評論概念應用在詩文分析上，不僅多半與音韻節奏符合，或更能展現詩文意境，舉例說明如下。

（6）

a. 杜甫〈月夜憶兄弟〉：露從今夜白，月是故鄉明

b. 李白〈贈孟浩然〉：紅顏棄軒冕，白首臥松雲

c. 李商隱〈無題〉：春蠶到死絲方盡，蠟炬成灰淚始乾

d. 高適〈送李少府貶峽中〉：青楓江上秋帆遠，白帝城邊古木疏

（6）列出的詩句都是近體詩中必須對仗對偶的詩句，（6a）組詩句是主題「露、月」對比；（6b）組詩句是主題「紅顏、白首」對比；（c）組詩句是大主題「春蠶、蠟炬」對比，次主題「絲、淚」對比；（6d）組詩句大主題「青楓江上、白帝城邊」對比，次主題「秋帆、古木」對比。

經由主題—評論結構來分析全詩之詩旨時，可以從主題連貫性的鋪陳梳理詩人在創作時，主題成分或連續、或省略，但詩旨總是一脈相承，但卻是藉著主題的或隱或顯展現出來。上述主題—訊息結構概念，先認識詩句中的主題，主題表示舊訊息，出現在前；評論是新訊息，出現在句尾作訊息焦點。看篇章中的主題分布，還可看頂真、連貫、對比等功能。詩歌是音樂性的語言，利用語言結構的長短，創造出節奏感，而節奏的快慢與所表達的情感關係，可從句子長短和句型、語義多義性、音響與聯想，以及主題—評論等角度來探討。以下以主題—評論架構分析古詩。

（三）主題──評論架構分析古詩

　　王力研究古體詩句式中[12]，認為唐代之前的古體詩就是古代散文句式，而唐代以後的古體詩創作，有些句式已經律化。例如古詩中會出現疊詞重語，或重韻形式。如杜甫〈冬狩行〉，「朝廷雖無幽王禍，<u>得不哀痛塵再蒙</u>！嗚呼！<u>得不哀痛塵再蒙</u>！」，其中「<u>得不哀痛塵再蒙</u>」句出現二次，這在律絕詩中是不會發生的，然這是非常罕見之例。又者，古詩所謂避用「重字」，並喜用連環句。所謂連環句是指下句的前幾字和上句的末幾字相同而形成的連鎖，如劉長卿〈灞東晚晴〉「客心<u>豁初霽，霽</u>色暝玄灞」，這是對句連鎖，上句尾字「霽」與下句首字「霽」相同，切合晚晴的詩題。這種連環句相當常見，在句法形式上鮮明突出，也能形成反覆出現的吟唱節奏感受，更重要的是足以表達纏綿繾綣的綿綿情意。而從主題─評論概念來看，上句大主題應是詩人自己，「客心」是次主題，「霽」字是評論，至於句末之信息焦點，點明當時情境之氛圍，而下句首字「霽」已是舊信息作主題，引出新訊息「灞」這個新的畫面，而呼應詩題灞東。

　　（7）王翰〈飛燕篇〉：

　　　孝成皇帝本嬌奢，行幸平陽公主家。
　　　可憐女兒三五許，豐容惜是一園花。
　　　歌舞向來人不貴，一旦逢<u>君</u>感<u>君</u>意。
　　　<u>君</u>心見賞不見忘，姊妹雙飛入<u>紫房</u>。
　　　<u>紫房彩女</u>不得見，專榮固寵昭陽殿。

12　王力：《漢語詩律學》再版（香港：中華書局公司，1976/2003 年），頁 481-495。

　　紅妝寶鏡珊瑚台，青瑣銀簧雲母扇。
　　日夕風傳歌舞聲，只擾<u>長信愜人情</u>。
　　<u>長信愜人</u>氣欲絕，君王歌吹終不歇。
　　朝弄瓊簫下彩雲，夜踏金梯上<u>明月</u>。
　　<u>明月</u>薄蝕陽精昏，嬌妒傾城惑至尊。
　　已見白虹橫紫極，復聞<u>飛燕啄皇孫</u>。
　　<u>皇孫</u>不死燕啄折，女弟一朝如火絕。
　　明明天子咸戒之，赫赫宗周褒姒滅。
　　古來賢聖歎狐裘，一國荒淫萬國羞。
　　安得上方斷馬劍，斬取朱門公子頭

　　在（7）王翰〈飛燕篇〉中「紫房、明月、皇孫、長信愜人」等詞巧
妙連接前後詩句之外，皇帝對飛燕是「見賞不見忘」，然很快地，彩
女就「不得見」。「君意」與「君心」其實是同義，前是前句的評論，
後是後句的主題；另外「復聞飛燕啄<u>皇孫</u>。<u>皇孫</u>不死燕啄折」並非對
句，卻是巧妙連環句，皇孫被啄卻未死，而啄人之飛燕卻遭折損。。
以下本文將以主題—評論概念分析使用連環句的詩文。

　　（8a）儲光羲〈夜到洛口入黃河〉：
　　河洲多青草，<u>朝暮</u>增<u>客愁</u>。<u>客愁</u>惜<u>朝暮</u>，枉渚暫停舟。
　　中宵大川靜，解纜逐歸流。浦漵既清曠，沿洄非阻修。
　　登艫望落月，擊汰悲新秋。倘遇乘槎客，永言星漢遊。

　　（8a）詩之大主題是詩人自己，隱藏在「客」字中，詩旨即是客愁，
也就是詩人在客鄉孤獨之愁。第一句處所詞「河洲」為次主題，點明
詩人所在地點。前四句句型相同，都是主題後接一分句。第二句末二

字「朝暮」與第三句首二字相同，形成連環句；並且第二句首二字
「客愁」與第三句末二字同，形成更巧妙的連鎖句型效果，在詩意的
表達上更深一層，前「朝暮」為主題，為新訊息前「客愁」鋪陳愁苦
心情增添的氛圍；而後「客愁」變成舊訊息主題，為珍惜當下的情
景，而讓後「朝暮」再次成為新訊息評論單位，為的是引出接續詩句
的情節和動作，如「停舟、解纜」，詩人因停舟而停下來，轉進當下
靜謐的情境。時間接續下去到了夜深人靜，登入船上，地點仍在河
洲，舟船隨波流蕩漾，詩人是接連動作的主題省略，「望月、擊汰；
悲新秋」，「悲新秋」是新訊息，點明帶有愁意的秋季時令，繼續鋪陳
深夜悲秋的情懷，與前半「客愁」呼應相扣。

（8b）孟浩然〈湖中旅泊，寄閻九司戶防〉：
　　　桂水通百越，扁舟期曉發。荊雲蔽三巴，夕望不見家。
　　　襄王夢行雨，才子謫長沙。長沙饒瘴癘，胡為苦留滯。
　　　久別思款顏，承歡懷接袂。接袂杳無由，徒增旅泊愁。

（8b）詩之大主題也是詩人自己，首句次主題「桂水」，評論「百
越」都說明詩人出發前往方向。第五、六句主題「襄王、才子」，提
指詩人遭貶謫。第六句評論名詞組「長沙」，連鎖前後兩段思路，前
「長沙」說明才子被貶謫的所在，後「長沙」成為主題，引出在長沙
該處生活的辛苦；而「苦滯留」分句作該句的評論訊息，與後句主題
「久別」是語意頂真，詩人留滯多久也就與人離別多久；又因「接
袂」一詞連鎖後句，以映襯出心中被貶謫、旅居在外思鄉的苦愁之
深。

（8c）孟浩然〈晚春臥病寄張八〉：

　　南陌春將晚，北窗猶臥病。林園久不遊，草木一何盛。
　　狹徑花障迷，閒庭竹掃淨。翠羽戲蘭苕，頳鱗動荷柄。
　　念我平生好，江鄉遠從政。雲山阻夢思，衾枕勞<u>歌詠</u>。
　　<u>歌詠</u>復何為，同心恨別離。世途皆自媚，流俗寡相知。
　　賈誼才空逸，安仁鬢欲絲。遙情每東注，奔晷復西馳。
　　常恐填溝壑，無由振羽儀。窮通若有命，欲向論中推。

（8c）詩的大主題也是詩人自己，首二句主題「南陌、北窗」恰好對
比鮮明，接著連續六句之主題是「林園、草木、狹徑、閒庭、翠羽、
頳鱗」等，引出詩人臥病許久，林園的景象已經變化許多，鋪陳林園
花草美麗、錦鯉活躍，顯明春季中自然界生命力旺盛，但是九、十句
之主題「雲山、衾枕」轉回詩人身上的孤苦。藉著以動詞「歌詠」連
鎖前後兩句，表現歌詠不斷，卻又感嘆不知為何歌詠，辛酸的內容包
括與同心知己別離；接下來的主題「世途、流俗、賈誼、安仁」，是詩
人感嘆懷才不遇，不知何時才能重申壯志，呼應詩旨「歌詠復何為」。

（8d）王昌齡〈送韋十二兵曹〉：

　　縣職如長纓，終日檢我身。平明趨郡府，不得展<u>故人</u>。
　　<u>故人</u>念江湖，富貴如埃塵。跡在戎府掾，心遊天臺春。
　　獨立浦邊鶴，白雲長相親。南風忽至吳，分散還入秦。
　　寒夜天光白，海淨月色真。對坐論歲暮，弦悲豈無因。
　　平生馳驅分，非謂杯酒仁。出處兩不合，忠貞何由伸。
　　看君孤舟去，且欲歌垂綸。

（8d）詩中大主題也是詩人自己，第四句中名詞組「故人」本為主

語，因為押韻而倒裝，在此作為評論，接著為第五句之主題，連鎖前後兩段思路，前「故人」引介出這首詩的重要人物，後「故人」成為主題，其特質是「念江湖」，以致有接續的往來相應。第七、八句主題為單音節名詞「跡、心」，恰好形成對比；第十一、十二句之評論訊息焦點亦為單音節名詞「吳、秦」，也是對比；「寒夜天光白，海淨月色真」二句中，主題是「寒夜、海淨」，次主題是「天光、月色」，而評論「白、真」，顯出寒夜中月色明亮的畫面和情景。再談對坐，提到「獨立，看君孤舟去」，表現出二人皆是「悲且無因，忠何由伸」的感傷悲情。

（8e）崔顥〈渭城少年行〉

洛陽<u>三月</u>梨花飛，秦地行人<u>春</u>憶歸。
揚鞭走馬城南陌，朝逢<u>驛使</u>秦川客。
<u>驛使</u>前日發章台，傳道長安<u>春</u>早來。
棠梨宮中燕初至，葡萄館裡花正開。
念此使人歸更早，<u>三月</u>便達<u>長安道</u>。
<u>長安道</u>上春可憐，搖風蕩日曲江邊。
萬戶樓台臨渭水，五陵花柳滿<u>秦川</u>。
<u>秦川</u>寒食盛繁華，遊子春來不見家。
斗雞下杜塵初合，走馬<u>章台</u>日半斜。
<u>章台</u>帝城稱<u>貴裡</u>，青樓日晚歌鐘起。
<u>貴裡</u>豪家白馬驕，五陵年少不相饒。
雙雙挾彈來金市，兩兩鳴鞭上<u>渭橋</u>。
<u>渭城橋頭</u>酒新熟，金鞍白馬誰家宿。
可憐錦瑟箏琵琶，玉台清酒就倡家。
下婦春來不解羞，嬌歌一曲楊柳花。

（8e）這首詩首句三個主題接連出現，前二主題「洛陽、三月」說明時間和地點，三主題「梨花飛」說明洛陽城當時的春天美景；接續的第二句大主題「秦地」，和前句大主題「洛陽」相對照，時間名詞「三月、春」相扣。第三句大主題是少年本身，第三句評論是末後的「秦川客」，呼應前句所提之秦地。第五句主題「驛使」乃是接續第四句的賓語，前後形成一個連鎖。第六句的子句名詞組「長安春早來」作「傳道」之賓語，這子句名詞組作評論訊息焦點，其中又有大主題「長安」和次主題「春」，又回應至首句洛陽之春天梨花飛，又下開春天之情境，如「燕初至、花正開」。第十、十一句又出現一連鎖，以「長安道」連鎖前後兩句，前句之評論變成後句之主題，為要再描述「春可憐」的美麗景象。第十三、十四句是一組對句，主題「萬戶樓台、五陵花柳」對偶整齊，這是主題對比；評論「渭水、秦川」也是整齊對比，從此處起從春日花景轉入人文繁華。幾組連鎖手法相繼出現，分別是「秦川、章台、貴裡、渭橋」等詞彙，也分別出現在前後句裡或作主題，或作評論。從「長安道、秦川、章台」到「渭橋」和「渭城橋頭」展現空間由遠而近、由近而遠的推移變化，渭城少年活動地點越來越清楚。另外有關時節的字詞「三月、春、寒食」與春季相關動植物「梨花、柳花、燕至」等貫穿全首，用「春來、春早來」為要鋪排全首繁盛繁華的景象。最後收結在「楊柳花」，與首句「梨花」首尾呼應、緊緊相扣。

（8f）白居易〈新豐折臂翁〉

新豐老翁八十八，頭鬢眉鬚皆似雪。

玄孫扶向店前行，左臂憑肩右臂折。

問翁臂折來幾年，兼問致折何因緣。

翁云貫屬新豐縣，生逢聖代無征戰。

慣聽梨園歌管聲，不識旗槍與弓箭。

無何天寶大徵兵，戶有三丁點一丁。

點得驅將何處去，五月萬里雲南行。

聞道雲南有瀘水，椒花落時瘴煙起。

大軍徒涉水如湯，未過十人二三死。

村南村北哭聲哀，兒別爺娘夫別妻。

皆云前後征蠻者，千萬人行無一回。

是時翁年二十四，兵部牒中有名字。

夜深不敢使人知，偷將大石捶折臂。

張弓簸旗俱不堪，從茲始免徵雲南。

骨碎筋傷非不苦，且圖揀退歸鄉土。

此臂折來六十年，一肢雖廢一身全。

至今風雨陰寒夜，直到天明痛不眠。

痛不眠，終不悔，且喜老身今獨在。

不然當時瀘水頭，身死魂孤骨不收。

應作雲南望鄉鬼，萬人塚上哭呦呦。

老人言，君聽取。

君不聞開元宰相宋開府，不賞邊功防黷武。

又不聞天寶宰相楊國忠，欲求恩幸立邊功。

邊功未立生人怨，請問新豐折臂翁。

若比較（1）杜甫〈石壕吏〉與（8f）詩，隱藏的大主題都是詩人自己，他們是見證人。此詩中，詩人看見折臂老翁，跟老翁對談，藉著對談控訴在上位者窮兵黷武。起初四句為第一大段，首句主題是「新豐老翁」，「頭鬢眉鬚」是接續之評論，說明全篇故事主角—八十八歲新豐老翁的面貌。第四句主題是「左臂」，評論是「右臂折」，這才是

與詩旨相關的訊息焦點，是有關老翁的更重要特色，呼應詩題「折臂老翁」。前四句一、二、四句「八、雪、折」字是押入聲韻，讀來短促、節奏明快，引出接下來的故事。

第二大段落從大主題詩人詢問，前句評論「臂折」成後句主題，連鎖詩句重要訊息，詢問重點是訊息焦點，因此「來幾年、何因緣」是評論。老翁回答，六句轉平聲陽聲韻「年、緣、縣、戰、箭」，形成一個音韻段落；也是語義段落，三個連續評論「生逢聖代、慣聽歌聲、不識弓箭」說明主題老翁的少年時代的情況。然接續的四句，也是一二四句押韻，分別是「兵、丁、行」，又形成一個音韻段落；「無何」主題引出評論「大徵兵」，一字「戶」為主題，「點一丁」為評論，接著又出現「點」字成主題，有畫龍點睛之妙，「雲南行」是才出現的訊息焦點，此為重要訊息。前句「雲南」為新訊息評論，是出征前往地點，而後句「雲南」為主題，接續提出遠征雲南的悲慘下場。「雲南」一詞連鎖兩個段落，這八句是押陰聲韻，分別是「起、死、妻、回」，形成一個音韻段落。主題「椒花」或許不錯，但是評論「瘴煙起」，一落一起映襯後續主題「大軍」涉水即死，生離死別的哀號怎斷絕？主題老翁便作了決定，「捶折臂」以求生，這八句中是二句一換韻，陰聲韻「知、臂」，陽聲韻「堪、南」，陰聲韻「苦、土」，陽聲韻「年、全」交錯進行，有音韻變化，也有昔今演進時空變化。主題「一肢廢」在前，但「一身全」是訊息焦點。之前老翁說過去的右臂折的時間和緣由，接下來表明對這件事的評論與心情，時間詞「至今」作主題，徹夜痛苦無法入眠，但以「痛不眠」帶出「終不悔」。「不然」「當時」連續兩個主題表達重要轉折語氣，以虛擬表現手法，變成「身死、魂孤、骨不收、望鄉鬼、萬人塚」。最後一段「幸立邊功、邊功未立」接連出現，呈現百姓因戰亂所苦，要犧牲一

條手臂以換取苟活的辛酸景況。到末句再提「問」老翁。全首詩中以「翁」和「臂折」多次出現聯繫全詩，又巧妙換韻配合故事情節、時空地點變化，以一位年邁折臂老翁控訴窮兵黷武的錯誤政策下平民百姓心中的痛楚，敢問政府是否曾了解過自斷右臂為求生存，至今痛楚徹夜仍不悔的苦痛心情?至今，類似的悲慘故事繼續上演。

（8j）杜甫〈哀江頭〉

　　少陵野老吞聲哭，春日潛行曲<u>江</u>曲。
　　<u>江</u>頭宮殿鎖千門，細柳新蒲為誰綠？
　　憶昔霓旌下<u>南苑</u>，<u>苑</u>中萬物生顏色。
　　昭陽殿裡第一人，同<u>輦</u>隨君侍君側。
　　<u>輦</u>前才人帶弓<u>箭</u>，白馬嚼齧黃金勒。
　　翻身向天仰射雲，一<u>箭</u>正墜雙飛翼。
　　明眸皓齒今何在？血污遊魂歸不得。
　　清渭東流劍閣深，去住彼此無消息。
　　人生有情淚沾臆，江水江花豈終極！
　　黃昏胡騎塵<u>滿城</u>，欲往<u>城</u>南望<u>城</u>北。

（8j）這首詩通篇偶數句押入聲韻，而奇數句多押陽聲韻，以短促入聲的特性表現詩人在江邊憑弔的哀悽暗自啜泣之情，陰陽聲韻交錯又增添許多變化。詩中除了「苑」連鎖二句之外，其他如「江、輦、箭、城」等字出現鄰近的前後句中，貫穿全首的情節變化，引領讀者跟著杜甫的腳蹤，跟著杜甫的眼光看現今光景，跟著杜甫回憶過去之畫面，曲折的情節變化顯出杜甫感傷之情。首句「少陵野老」為主題，是詩人自己，主題「春日」點明時間，評論「曲江」說明地點，也呼應詩題。主題「江頭宮殿、細柳新蒲」，原本繁華美麗，評論

「鎖千門、為誰綠」道出詩人之悼念。接著大主題詩人回憶昔日「院中顏色」，回憶「侍君側第一人」，本為評論訊息焦點，後成為主題「輦前才人、白馬、翻身射箭」等。第三段落四句形式相同，分別是「明眸皓齒、血污遊魂、清渭東流、去住彼此」當作主題，各自接連評論「今何在、歸不得、劍閣深、無消息」的慘狀，過去的興盛如今都不復存在。詩人僅能「望城北」，僅能「往城南」，把「望城北」放置句末作評論訊息焦點，凸顯身體所往和心中嚮往竟然不得相合的撕裂痛苦。

（8k）杜甫〈兵車行〉

車轔轔，馬蕭蕭，行人弓箭各在腰。

爺娘妻子走相送，塵埃<u>不見</u>咸陽橋。

牽衣頓足攔道<u>哭</u>，哭聲直上干雲霄。

道旁過者問<u>行人</u>，行人但云點行頻。

或從十五北防河，便至四十西營田。

去時里正與<u>裹頭</u>，歸來<u>頭</u>白還戍邊。

邊廷流血成海水，武皇開邊意未已。

君不聞漢家山東二百州，千村萬落生荊杞。

縱有健婦把鋤犁，禾生隴畝無東西。

復秦兵耐苦戰，被驅不異犬與雞。

長者雖有問，役夫敢伸恨。且如今年冬，未休關西卒。

縣官急索<u>租</u>，租稅從何出。

信知生男惡，反是生女好。

<u>生女</u>猶得嫁比鄰，<u>生男</u>埋沒隨百草。

君<u>不見</u>青海頭，古來白骨無人收。

新鬼煩冤舊鬼哭，天陰雨濕聲啾啾。

（8k）〈兵車行〉按詩文義可以分為七個段落，先是戰火連天下的相送不捨景況，其哀傷令人不捨；中段是訴說烽火下的悲傷與悲苦，最後是在陰雨鬼嚎聲中收結。押韻安排隔句入韻或一二四入韻皆有，交錯使用使全首韻腳安排疏密有致，表現詩文聲情之美[13]。起首六句敘述送別悲行之狀，「車」「馬」「行人弓箭」等是主題，「人、車、馬」很快的連續上場，表示催趕很急，車轔馬蕭是聽覺感受。塵埃不見是視覺描述。在漫天烽火下，接著是主題「爺娘」和「妻子」相送離別的悲傷場面。前主題「爺娘妻子」，只能「牽衣、頓足、攔道哭」，別無他法。大主題是「道旁過者」，即是詩人自己，問評論「行人」，「行人」又成為後句主題，「點行頻」是評論，是全詩重點，是前句哭嚎送別家人出征慘狀的緣由，也為後文傷痛苦愁敘述鋪陳。

　　第二段落從「或從十五北防河」起到「被驅不異犬與雞」計十二句，每四句一個用韻單位，形成小段落。防河、營田、戍邊都為點行頻之內容，譏諷當時君王政府窮兵黷武以致夫征婦耕、民不聊生，然哀鴻遍野卻無法上達君王視聽。「去時里正、歸來頭白」是連續主題，對比清楚，從年少被點，到年老歸來，後接評論「與裹頭、還戍邊」，敘述征夫年少防河到白頭還要戍邊，征戰、防戍沒有停過。接下來四句句式相同，主題「邊廷流血、武皇開邊」，結果是「成海水、意未已」，更甚是主題「漢家山東、千村萬落」，其現狀是「二百州、生荊杞」，述說武皇一心一意開疆守邊，絲毫不聞百姓民生疾苦，廣大土地乏人耕種，任其荒涼。又四句說明健婦耕犁的怪現象，但是君王不為所動。

　　從「長者雖有問」到「生男埋沒隨百草」十句為第三段落。主題

---

13 謝雲飛：〈詞的用韻〉，《文學與音律》再版（臺北市：東大圖書公司，1994 年），頁 85-101。詞用韻幾種：一韻到底；主副韻交錯；一首兩韻，中間轉韻；兩／多韻交錯等模式。

「長者、役夫」的「問、伸」是引出另一層的苦痛，因為主題「縣官」接著急來索租，評論「租稅」成為下一句之主題，「從何出？」訊息是百姓的苦，無法耕種如何出稅呢？「未休卒」和「從何出」押入聲韻表示著急和憤恨之情。接下來轉成生男生女的議題，「信知生男惡，反是生女好」中主題是滿了苦痛、回答問題的行人?還是攔道哭的百姓？「生男惡、生女好」兩個評論形成清楚對比，原因是「生女、生男」差別極大，「猶得嫁比鄰、埋沒隨百草」，生男生女的差別和重男輕女的價值觀兩相對照更顯悲楚，百姓的疾苦已經從自身的無奈和絕望，轉到對後代的絕望，似乎暗諷這個世代走到末路，沒有希望。而這些悲情有誰知呢?最後四句不見「青海」呼應起首不見「咸陽橋」，「新舊鬼哭」呼應「哭聲干雲霄」，迴盪在天地之間[14]。這與（8f）「村南村北哭聲哀，兒別爺娘夫別妻。皆云前後征蠻者，千萬人行無一回。」中所描述的場景相去不遠。

　　以上以主題─評論架構，並配合押韻策略來分析，可以發現用韻顧及詩文文義之進行；透過主題─評論緊聯詩旨的鋪排分析，展現出全篇之結構。

三　結語

　　本文試圖從「主題─評論」觀點分析古詩的篇章結構。漢語語法中「主題─評論」的語言使用在句法、訊息分布、篇章結構皆有重要

14　仇兆鰲注：《杜詩詳注》（臺北市：里仁書局，1980 年），頁 117。借漢刺唐玄宗，刺不恤秦兵。不敢斥言故言武皇（高書），先言人哭，後言鬼哭，中言內峻凋弊。
　　胡應麟曰：六朝七言古詩，通篇用平韻轉聲，七字成句，讀未大暢。至於唐人，韻則平仄互換，句則三五錯綜，而又加以開合，傳以神情，宏以風藻，七言之體所以大備矣。又曰：少陵不效四言、不仿離騷、不用樂府舊題，然風騷樂府，杜往往得之。〈兵車行〉述情陳事，懇惻如見。

的作用，舉凡口語、散文甚至詩歌之訊息組織結構，大部分都遵從
「已知」到「未知」、從「舊」到「新」的原則，也就是把新資訊置
於句尾，使之成為訊息焦點。「主題訊息」和「詩意連貫」緊密相連
而形成全篇結構。而主題在篇章結構上的運用策略包括對比、連貫、
頂真等，無論是對仗對偶的五言或七言詩句中皆可以有主題串，因著
主題串之鋪排得與聲韻停頓節奏相符合，使詩歌情意更加曲折。本文
試討論分析數首古詩，由於古詩詩句句數總長並無限制，古詩更可以
有許多散文化的句式及詞語詞彙，詩人自可展現出不同的語言風格，
但仍然可以看出主題成分的鋪排、對比、頂真等功能。本文以古詩為
例，分析古詩篇章結構創作之妙，但文中所分析僅僅是滄海一粟，有
待來日，還有許多經典詩篇可再透過主題─評論架構來分析。

參考文獻（以作者姓氏筆畫順序排列）

王　力　《古體詩律學》　北京市　中國人民大學出版社　2004 年

仇小屏　《深入課文的一把鑰匙》　臺北市　萬卷樓圖書公司　2002
　　　　年

仇小屏　《篇章結構──類型論》　增修再版　臺北市　萬卷樓圖書
　　　　公司　2005 年

仇兆鰲注　《杜詩詳註》　臺北市　里仁書局　1980 年

吳瑾瑋　〈從語料庫觀點比較研究杜甫俳律與古體樂府詩之用韻策
　　　　略〉　《語言文字與教學的多元對話》　頁 147-176　東海
　　　　大學中文系朱歧祥　周世箴主編　東海大學中文系出版
　　　　ISBN 978-957-9104-65-4　2009 年

李子瑄、曹逢甫　《漢語語言學》　臺北市　正中書局　2009 年

曹逢甫　《從語言學看文學：唐宋近體詩三論》　臺北市　中央研究
　　　院語言所　2004 年

黃永武　《中國詩學設計篇》　臺北市　巨流圖書公司　1985 年

湯廷池　〈主語與主題的畫分〉　《國語語法研究論集》　臺北市
　　　臺灣學生書局　頁 73-80　1985 年

湯廷池　〈語言分析的目標與方法〉　《國語語法研究論集》　臺北
　　　市　臺灣學生書局　頁 85-108　1985 年

楊倫注　《杜詩鏡詮》　臺北市　中華書局　1973 年

謝雲飛　《文學與音律》　再版　臺北市　東大圖書公司　1994 年

鄭縈、曹逢甫　《華語句法新論下》　臺北市　正中書局　2012 年

謝靈運書寫山水詩層次結構

邱燮友

東吳大學中國文學系兼任教授

摘要

東晉謝靈運，其山水詩清麗自然，少用典故，境界開闊，至大無礙，成就非凡。本文從由遠而近或由近而遠的淡入、淡出，以及由高處往下俯視、海上泛遊等寫景方式，逐一探討。謝靈運是山水詩的第一個開創者、也是元嘉重要詩人之一。

關鍵詞：謝靈運、山水詩、元嘉詩人

一　從《爾雅》看先秦山水詩的啟示

　　早年從《爾雅》解釋《十三經》的山水人文，印象深刻。《爾雅》中的〈釋山〉、〈釋岳〉、〈釋水〉諸篇，如〈釋丘第十〉中，有「丘，一成為敦丘，再成為陶丘，再成銳上為融丘，三成為崑崙丘」[1]；〈釋水第十二〉中，有「水草交為湄」[2]、「逆流而上曰泝洄，順流而下曰泝游」[3]等句，對《十三經》中寫山水的釋義，助力顯著。

　　有時看周遭的山水，一重山稱「敦丘」，二重山稱「陶丘」，尖而銳上稱「融丘」，三重山稱「崑崙丘」。在〈釋水〉中，水草交錯為湄，逆流而上，順流而下，景色各異。然古人少見海洋，為大陸型作家，今人常見海洋，因島國的因緣，故有海洋文學的產生，《爾雅》中缺〈釋海〉，是因地理環境所造成。古人山水佳句極多，如《莊子・秋水》篇，用神話寓言，描寫河伯見北海若，有「貽笑大方」[4]的成語；又如陸機〈文賦〉云：「石韞玉而山輝，水懷珠而川媚。」[5]

1　見（晉）郭璞注、（宋）邢昺疏、（清）阮元校勘：《十三經注疏・爾雅注疏》卷 7〈釋丘〉第 10（臺北市：藝文印書館，2007 年 8 月），頁 114。

2　同前註，卷 7〈釋水〉第 12，頁 120。

3　同前註。

4　《莊子・秋水》：「秋水時至，百川灌河，涇流之大，兩涘渚崖之間，不辨牛馬。於是焉河伯欣然自喜，以天下之美為盡在己。順流而東行，至於北海。東面而視，不見水端。於是焉河伯始旋其面目，望洋向若而歎曰：『野語有之曰：「聞道百，以為莫己若者」，我之謂也。且夫我嘗聞少仲尼之聞，而輕伯夷之義者，始吾弗信。今我睹子之難窮也，吾非至於子之門，則殆矣！吾長見笑於大方之家。』」見（清）王先謙集解：《莊子集解》卷 4〈秋水〉第 17（上海：上海書店，1992 年 6 月），頁 99-100。

5　見（梁）蕭統撰、（唐）李善注：《文選》卷 17「論文賦」（臺北市：藝文印書館，1972 年 9 月六版），頁 247。

因而有「山輝川媚」的描述。

　　讀謝靈運（西元 385-433 年）的山水詩，是實山實水、摹山狀水
的寫法，甚至他在永嘉（今浙江溫州）太守其間，有時還泛舟海上，
有海洋詩的開拓。由於六朝（西元 220-589 年）期間，是玄學盛行的
年代，他的山水詩，甚而有觸及第四度空間的文學，如他的游仙山水
詩便是。

二　引發評品人物、評品詩文的玄風

　　六朝玄學是老莊思想盛行的年代，人們追尋人生的奧秘，天地的
奧秘，對玄妙的人生、天地，甚至於事理自然的密碼，都想探箇究
竟，如《莊子・逍遙遊》篇所說的「天之蒼蒼，其正色耶？」[6] 天是
藍的，究竟有多深，今人稱之為太空，是無極無垠的空間；人是否能
羽化登仙，長生不死，漫遊於仙境，逍遙自在？於是他們評品人物，
評論詩文，開拓如阮籍的〈詠懷詩〉、左思的〈詠史詩〉、郭璞的〈游
仙詩〉、陶淵明的〈田園詩〉、謝靈運的〈山水詩〉，用一組題目，寫
一串的組詩，繽紛絢麗，詠大小物至於實體，綺靡輕豔，成一時的風
尚。又如劉勰的《文心雕龍》，將文章體類分二十四體，鍾嶸《詩
品》評六十家詩，分上、中、下三品，謝靈運的詩，便在二十一家上
品中，稱讚他的詩：「麗典新聲，絡繹奔會，譬猶青松之拔灌木，白
玉之映塵沙，未足貶其高潔也。」[7]

6　同註 4，卷 1〈逍遙遊〉第 1，頁 1。

7　見（梁）鍾嶸著：《詩品》卷上，收於（清）何文煥編訂《歷代詩話》第 1 冊（臺
　　北市：藝文印書館，1956 年 6 月），頁 11。

三 謝靈運的生平事略及其詩篇

　　謝靈運在《宋書》中有傳[8]，他是六朝豪門的後代，祖籍為陳郡陽夏（今河南太康附近），世居會稽（今浙江上虞），十五歲由錢塘遷至建業（今南京市），居烏衣巷，祖父謝玄，為晉車騎將軍，父瑍，生而不慧，為秘書郎，早亡。謝靈運幼便穎悟，謝玄特別寵愛他，少而好學，博覽群書，文章之美，江左莫逮。十八歲時，襲封康樂公。東晉義熙二年（西元 406 年），謝靈運二十一歲，出任永嘉（今浙江溫州）太守，性好山水，出遊永寧、麗水、錢塘、上虞、始寧、會稽、杭州、蘇州到徐州一帶，一路都有詩記錄各地的山水景物。義熙十四年（西元 419 年），劉裕在彭城（江蘇徐州）建南朝宋國，時謝靈運出任黃門侍郎，是年東晉亡。宋文帝元嘉二年（西元 424 年），謝靈運三十九歲，改任臨川（今江西撫州）太守，他在任內，荒怠政事，被流放廣州。元嘉十年（西元 433 年），參與農民謀反，在廣州被棄市，得年四十九。依據北京中華書局的黃節注本《謝康樂詩注》[9]、里仁書局的顧紹柏校注《謝靈運集校注》[10]、北京中華書局的逯欽立輯校《先秦漢魏晉南北朝詩》[11]，謝靈運傳世的詩，共一百零六首。

8　參見（梁）沈約撰：《宋書》卷 67〈列傳〉第 27「謝靈運傳」（北京市：中華書局，1974 年 10 月），頁 1743-1779。

9　見（晉）謝靈運著、近人黃節注：《謝康樂詩注》（北京市：中華書局，2008 年 1 月）。

10　見（晉）謝靈運著、近人顧紹柏校注：《謝靈運集校注》（臺北市：里仁書局，2004 年 4 月）。

11　見逯欽立輯校：《先秦漢魏晉南北朝詩》（北京市：中華書局，1988 年 9 月）。

四　謝靈運為山水詩的奠基者

　　詩人和畫家，往往對自然界的景物和氣候的變化特別敏感，他們對物象書寫與自然感應，有特殊的處理方式，詩人是用筆和文字，組合成一首首的山水詩，畫家都是用筆和線條顏色組合成一幅幅的山水畫。我國的山水詩，早期是一聯或兩聯寫山水，並未將整首詩的篇幅，來描摹山水。在六朝時，北魏酈道元利用漢桑欽的《水經》，完成《水經注》，尤其是〈江水注〉，將長江三峽一帶的奇山異水加以描寫，完成了舉世注目的山水散文；同樣地，謝靈運在登山臨水時，利用永嘉一帶的秀麗山水，就他所見的真山實水，寫成一首首紀遊的山水詩，因此，謝靈運的山水詩，是開創前人所未用整首詩寫山水的方式，是以我們稱他是我國山水詩的奠基者。

　　今就謝靈運的一百零六首詩，對山水詩層次結構與物象書寫和自然感應的處理，可歸納出下列幾點特色：

（一）真山實水的白描山水詩

　　謝靈運在永嘉太守時，對浙江溫州一帶的山水，有特殊的愛好和吸引力，他將一路行來所見的山水，用定點式的描摹，不用典故而直接用白描手法書寫，因此這些真山實水的白描山水詩，因寫景的清新秀麗，開創了我國山水詩的新頁。尤其浙江上虞縣南始寧，是他祖先故居所在，他半官半隱，有時在始寧過隱居的生活，對故居的山水風物，更加熟悉，寫來更是順手。加以六朝時，文藝思潮盛行「巧構形似之言」，要求對外在的景物「密附」、「曲寫其狀」。其實就是用白描手法，將真山實水加以描摹，並以對偶的句式，精美輕豔的詞語紀

錄。從陸機（西元 261-303 年）以來，便追求辭藻的華美和對偶的工
整，一直延續於六朝文人的文藝風尚之中。

　　謝靈運的〈過始寧墅〉，便足以代表白描山水詩的特色。始寧為
謝家的故里，祖先多葬於此，並有故宅和別墅，能曲盡幽居之美。其
詩如下：

> 束髮懷耿介，逐物遂推遷。違志似如昨，二紀及茲年。
> 緇磷謝清曠，疲薾慚貞堅。拙疾相倚薄，還得靜者便。
> 剖竹守滄海，枉帆過舊山。山行窮登頓，水涉盡洄沿。
> 巖峭嶺稠疊，洲縈渚連綿。白雲抱幽石，綠篠媚清漣。
> 葺宇臨迴江，築觀基曾巔。揮手告鄉曲，三載期歸旋。
> 且為樹枌檟，無令孤願言。[12]（卷 2，頁 55）

這是他四十三歲的作品，那年秋天離開故鄉始寧時，前八句對自己違
志去做官的檢討，繼而對赴任永嘉的機會，枉帆回故鄉一遊，盛讚故
鄉山水之美，表明三年秩滿，回故鄉隱居，期盼鄉親和枌檟樹木，等
待他歸來。其中對始寧的真山實水，以白描手法描摹，成摹山狀水的
山水詩。

（二）直觀抒感時空轉化的四季山水詩

　　詩人對四季的轉化、物象的變遷與自然感應，有秩序地寫出春秋
山水美學的山水詩。例如謝靈運的〈登池上樓〉寫春景：「池塘生春

---

12 引自（晉）謝靈運著、近人黃節注：《謝康樂詩注》（北京市：中華書局，2008 年 1
　月），頁 55。本文所引謝詩均出自黃節《謝康樂詩注》，以下徵引僅標明卷次和頁
　碼，不復加註說明。

草，園柳變鳴禽。」（卷 2，頁 61）他的〈遊南亭〉寫夏景：「澤蘭漸
被徑，芙蓉始發池。」（卷 2，頁 64）他的〈過始寧墅〉寫秋景：「白
雲抱幽石，綠篠媚清漣。」（卷 2，頁 55）他的〈晚出西射堂〉寫冬
景：「曉霜楓葉丹，夕曛嵐氣陰。」（卷 2，頁 60）又如〈歲暮〉：「明
月照積雪，朔風勁且哀。」（卷 4，頁 167）四季物象分明，寫景密
附，能顯現四季山水美學。今以〈登池上樓〉為例：

> 潛虬媚幽姿，飛鴻響遠音。薄霄愧雲浮，棲川怍淵沉。
> 進德智所拙，退耕力不任。徇祿反窮海，臥痾對空林。
> 衾枕昧節候，褰開暫窺臨。傾耳聆波瀾，舉目眺嶇嶔。
> 初景革緒風，新陽改故陰。池塘生春草，園柳變鳴禽。
> 祁祁傷豳歌，萋萋感楚吟。索居易永久，離羣難處心。
> 持操豈獨古，無悶徵在今。（卷 2，頁 61～62）

這首詩是謝靈運的山水詩代表作。是他三十八歲春天，登永嘉池上
樓，在他去年七月赴郡，至次年春天，因病初癒，見春陽初現，春意
蓬勃，鳥鳴鶯鶯，春草始生，有無限生機之感。

（三）由實而虛的游仙山水詩

六朝時代，游仙觀念盛行，人們求仙訪道，煉丹服寒食散，想隱
居深山或泛舟海上，追逐神仙蓬萊仙境。其實從秦漢以來，便追逐游
仙，如秦始皇派徐福入東海，尋找蓬萊仙島，並且建造生塋，希望死
後也能享人間一樣的榮華富貴。於是一九七七年在西安以西臨潼縣秦
始皇陵的發現，至今已有數千件的兵馬俑出土。而漢武帝的陰陽圖讖
五行之說，時時於宮廷承露臺有靈芝出現等吉兆，想像王子喬、西王

母的出現，如〈古詩十九首〉所說的：「服食求神仙，多被藥所誤。」[13]尤以東漢末葉，帝王因服食靈丹，多中毒夭折，才有〈古詩十九首〉對亂服藥而被藥所誤的省思。

　　六朝繼秦漢以後，道家玄學流行，在文學上志怪、游仙文學至為興盛，甚至如人神戀之詩賦，亦時有所現。謝靈運處於玄學風行時代，他的詩歌，也有由實景寫入虛幻的游仙山水詩。甚至九江廬山慧遠和尚創立的淨土宗，主張人往生後，有輪迴的思想。如謝靈運的〈淨土咏〉：「法藏長王宮，懷道出國城。願言四十八，弘誓拯羣生。淨土一何妙，來者皆菁英。頹言安可寄，乘化必晨征。」（卷 4，頁 165）菩薩往生淨土，須具四十八念。這是進入第四度空間的文學。其他如〈入華子崗是麻源第三谷〉、〈初往新安桐廬口〉[14]、〈七里瀨〉[15]等詩，是謝靈運任臨川太守時，在江西撫州所寫的游仙詩。其間多寫秋日登高臨瀨，在麻姑壇，彷彿與羽人、丹丘等仙人相遇，或感時日的推移，感念嚴光、任公子順自然的變化，而存得道的要妙。這些從郭璞（西元 276-324 年）游仙詩之後，開展由實而虛的游仙山水詩。今舉〈入華子崗是麻源第三谷〉為例：

　　　　南州實炎德，桂樹陵寒山。銅陵映碧潤，石磴瀉紅泉。
　　　　既枉隱淪客，亦棲肥遯賢。險徑無測度，天路非術阡。

13　同註 5，卷 29「雜詩上，〈古詩十九首〉之十三『驅車上東門』」，頁 419。

14　〈初往新安桐廬口〉：「絺綌雖淒其，授衣尚未至。感節良已深，懷古亦云思。不有千里棹，孰申百代意。遠惕尚子心，遙得許生計。既及泠風善，又即秋水駛。江山共開曠，雲日相照媚。景夕羣物清，對玩咸可喜。」（卷 4，頁 141）

15　〈七里瀨〉：「羈心積秋晨，晨積展遊眺。孤客傷逝湍，徒旅苦奔峭。石淺水潺湲，日落山照曜。荒林紛沃若，哀禽相叫嘯。遭物悼遷斥，存期得要妙。既秉上皇心，豈屑末代誚。目睹嚴子瀨，想屬任公釣。誰謂古今殊，異代可同調。」（卷 4，頁 142）

遂登羣峰首，邈若升雲煙。羽人絕仿佛，丹丘徒空筌。

圖牒復磨滅，碑版誰聞傳？莫辯百世後，安知千載前？

且申獨往意，乘月弄潺湲。恒充俄頃用，豈為古今然！（卷4，
頁 138）

詩中言華子崗，是麻山的第三谷，故老相傳華子期，為祿里的弟子，
翔集此山頂，故稱華子崗，是仙人聚集的山頂。

（四）泛舟海上的海洋詩鈔

中國古代詩人，大半為內陸文人，一輩子見過江河湖泊，卻沒有
見過海洋，因此我國海洋詩不甚普遍。在《莊子・秋水》篇，卻曾寫
河神－河伯，以為黃河河床寬闊，站在這岸，看到對岸，卻不辨牛
馬，於是河伯欣然自喜，以為天下之美，盡在於斯。順流而東行，至
渤海，則見海神－北海若，站在岸上，往海面望去，不見水端，於是
對北海若講，如果我不到您這裡，將貽笑於大方之家。這則寓言，則
是一篇極美的極短篇，海洋之廣之美，豈是黃河可以比擬。

在謝靈運的山水詩中，因為浙江靠海，在溫州一帶，瀕臨東海，
於是他在永嘉太守任中，有時也可以泛舟海上。如他的〈遊赤石進帆
海〉、〈於南山往北山經湖中瞻眺〉[16]等詩，前首為謝靈運不得志，遂
乘帆泛遊海上以自遣；後首有「海鷗戲春岸，天鷄弄和風」句（卷
3，頁114），從岸上眺望海洋。今舉〈遊赤石進帆海〉詩為例：

---

16 〈於南山往北山經湖中瞻眺〉：「朝旦發陽崖，景落憩陰峰。舍舟眺迥渚，停策倚茂
松。側徑既窈窕，環洲亦玲瓏。俛視喬木杪，仰聆大壑灇。石橫水分流，林密蹊絕
蹤。解作竟何感，升長皆丰容。初篁苞綠籜，新蒲含紫茸。海鷗戲春岸，天鷄弄和
風。撫化心無厭，覽物眷彌重。不惜去人遠，但恨莫與同。孤遊非情歎，賞廢理誰
通。」（卷3，頁114）

首夏猶清和，芳草亦未歇。水宿淹晨暮，陰霞屢興沒。
周覽倦瀛壖，況乃陵窮髮。川后時安流，天吳靜不發。
揚帆採石華，掛席拾海月。溟漲無端倪，虛舟有超越。
仲連輕齊組，子牟眷魏闕。矜名道不足，適己物可忽。
請附任公言，終然謝天¹⁷伐。（卷 2，頁 75）

這首詩作於景平元年（西元 423 年），謝靈運三十九歲的作品。詩中
首述赤石勝境，次敘揚帆越海，最後對魯仲連有功輕組和公子牟心存
魏闕進行褒貶，闡明功名不可求，惟有隱居，才能全身避禍的道理。

（五）摘句描摹山水佳句的山水詩

在謝靈運的詩篇中，經常可以讀到清新雋永的佳句，被人傳誦不
已。尤其他的〈登池上樓〉，有「池塘生春草，園柳變鳴禽」（卷 2，
頁 61），也是他的代表句。今舉例句如下：

灼灼桃悅色，飛飛燕弄聲。（〈悲哉行〉，卷 1，頁 18）
寸陰果有逝，尺素竟無觀。（〈長歌行〉，卷 1，頁 20）
弦高犒晉師，仲連却秦軍。（〈述祖德詩〉，卷 2，頁 39）
宵濟漁浦潭，旦及富春郭。（〈富春渚〉，卷 2，頁 57）
連障疊巇崿，青翠杳深沉。（〈晚出西射堂〉，卷 2，頁 60）
千頃帶遠堤，萬里瀉長汀。（〈白石巖下徑行田〉，卷 2，頁 67）
雲日相輝映，空水共澄鮮。（〈登江中孤嶼〉，卷 2，頁 78）
野曠沙岸淨，天高秋月明。（〈初去郡〉，卷 3，頁 87）

---

17 原黃節《謝康樂詩注》作「終然謝天伐」，「天」字疑誤。此據顧紹柏《謝靈運集校
  注》作「終然謝天伐」，頁 115。

> 林壑斂暝色，雲霞收夕霏。（〈石壁精舍還湖中作〉，卷 3，頁 98）
>
> 連巖覺路塞，密竹使徑迷。（〈登石門最高頂〉，卷 3，頁 111）
>
> 巖下雲方合，花上露猶泫。（〈從斤竹澗越嶺溪行〉，卷 3，頁 117）

類此寫景或哲理佳句，多不勝收。這也是謝靈運山水聯句中的偶句，影響後代，尤其是唐人的山水詩，成對仗的名句，如李白的〈送友人〉「浮雲遊子意，落日故人情。」[18]王維的〈使至塞上〉「大漠孤煙直，長河落日圓。」[19]使後代山水精緻絕妙，傳誦不已。

（六）寫山水詩如同畫家對山水景物的層次畫法

畫家出外寫生，與詩人對山水詩的寫法層次，有相同的著筆方式。有時採重點寫法，如謝靈運的〈歲暮〉，便是這種寫法，其詩如下：

> 殷憂不能寐，苦此夜難頹。明月照積雪，朔風勁且哀。運往無淹物，年逝覺易催。（卷 4，頁 167）

有時採高處，往下俯視的寫法，如謝詩中的〈石室山詩〉：

> 清旦索幽異，放舟越坰郊。莓莓蘭渚急，藐藐苔嶺高。石室冠林陬，飛泉發山椒。虛泛徑千載，崢嶸非一朝。鄉村絕聞見，

---

18 見（唐）李白著、（清）王琦注：《李太白全集》卷 18「古近體詩」（北京市：中華書局，1999 年 7 月），頁 837。

19 見（唐）王維撰、近人陳鐵民校注：《王維集校注》卷 2「編年詩（開元下）」（北京市：中華書局，1997 年 8 月），頁 133。

樵蘇限風霄。微戎無遠覽，總笄善升喬。靈域久韜隱，如與心
賞交。合歡不容言，摘芳弄寒條。（卷3，頁119）

這首詩如同仙人王子喬，從高處往下俯視寫所見山水幽異的景色。

其次，還有由遠而近或由近而遠的寫景方式，如同電影手法中的
淡入（Zoom in）或淡出（Zoom out）寫法。如謝詩中〈石門巖上
宿〉，是由遠而近淡入的寫法，其詩如下：

朝搴苑中蘭，畏彼霜下歇。暝還雲際宿，弄此石上月。鳥鳴識
夜棲，木落知風發。異音同致聽，殊響俱清越。妙物莫為賞，
芳醑誰與伐。美人竟不來，陽阿徒晞髮。（卷3，頁113）

此詩從雲際、石上月遠處，漸次寫到近景的鳥、木、風等妙物，
最後才提到這些美景，有誰來與我共賞。

還有由近而遠淡出的寫法，如謝詩中的〈夜發石關亭〉：

隨山逾千里，浮溪將十夕。鳥歸息舟楫。星闌命行役。亭亭曉
月暎，泠泠朝露滴。（卷4，頁145）

從近處所見的山水，到遠處鳥息舟楫，星闌曉月，甚至到清冷的朝
露，一路滴落山野。

以上幾種寫山水景物的方式，重點寫法，俯視寫法，由遠而近或
由近而遠的淡入、淡出的寫法，是山水詩中最常見的層次結構筆法。

五 結論

　　晉代的謝靈運和北魏的酈道元是我國山水文學的開創者，謝靈運在山水詩的成就和酈道元在山水散文上的貢獻是有目共睹的。本文將謝靈運在山水詩的特色，歸納為六大項，他是摹山狀水、白描山水的高手，甚至開創第四度空間的游仙山水詩和海洋文學，以及山水詩層次結構寫法，使後世山水愈形波瀾壯闊。他的山水詩清麗自然，少用典故，境界開闊，至大無礙，使人發現中國人的天人合一思想，更使人想起《孟子》中的天時、地利、人和的環保觀念。原來自古以來，自然界山水之美，人類居其中，享受大自然景色絕麗的環境，更引起人類愛大自然和自然的偉大。人類的渺小，在大自然下，人類更是謙卑為上，就如《周易》六十四卦中，最好的卦象是「謙卦」，謙卑是人類的美德。

參考文獻（以作者姓氏筆畫順序排列）

（晉）郭璞注、（宋）邢昺疏、（清）阮元校勘　《十三經注疏·爾雅注疏》　臺北　藝文印書館　2007 年 8 月

（晉）謝靈運著、近人顧紹柏校注　《謝靈運集校注》　臺北市　里仁書局　2004 年 4 月

（晉）謝靈運著、近人黃節注　《謝康樂詩注》　北京市　中華書局　2008 年 1 月

（梁）蕭統撰、（唐）李善注　《文選》　臺北市　藝文印書館　1972 年 9 月六版

（梁）沈約撰　《宋書》　北京市　中華書局　1974 年 10 月

（梁）鍾嶸著　《詩品》　收於（清）何文煥編訂　《歷代詩話》
　　　臺北市　藝文印書館　1956 年 6 月

（唐）李白著、（清）王琦注　《李太白全集》　北京市　中華書局
　　　1999 年 7 月

（唐）王維撰、近人陳鐵民校注　《王維集校注》　北京市　中華書
　　　局　1997 年 8 月

（清）王先謙集解　《莊子集解》　上海市　上海書店　1992 年 6 月

逯欽立輯校　《先秦漢魏晉南北朝詩》　北京市　中華書局　1988
　　　年 9 月

析論詹冰〈插秧〉

顏志豪　　　　　林文寶

國立臺東大學兒童文學所博士生　　臺東大學榮譽教授

摘要

　　詹冰被稱為「藥學詩人」，或稱為「臺灣圖像詩的先驅者」，也是「笠」詩社發起人之一。〈插秧〉是詹冰的童詩代表作。短短五十個字，流淌出千言萬語。這首詩如畫，靜謐安躺於土地中，仰望天際，認命守份，揚起一股濃郁的生命力與感動。本文透過結構學的方法，解讀詹冰的〈插秧〉，體會各種角度所看到此童詩的美，從虛實的角度、從動靜的角度、從因果的角度、從遠近的角度、從凡目的角度，表面看起來簡單，仔細咀嚼才發現這首詩的不易，一粒沙看世界就是這個道理。

關鍵詞：詹冰、〈插秧〉、童詩、結構學

一 前言

　　詹冰（1921.07.08-2004.3.25）。苗栗縣人。日本明志藥學專門學校畢業。返臺後曾在卓蘭開設藥局，之後長期擔任卓蘭中學理化科老師。詩作曾獲日本詩人堀口大學推薦，發表於《若草》雜誌，受到文壇矚目。曾加入銀鈴會，並和詩友共同成立「笠詩社」，發行《笠》詩刊；此外詹冰還從事兒童詩、圖象詩和兒童劇本的創作。他的詩作曾入選《中國現代文學大系》、《美麗島詩集》、《當代中國新文學大系》、日文《華麗島詩集》、《台灣現代詩集》、英文《笠詩選》等。兒童劇本創作多次搬上舞台。兒童文學作品包含新詩、兒童詩、兒童劇本和小說等。曾獲中國兒童歌曲創作獎、洪建全兒童文學獎等。被稱為「藥學詩人」，或稱為「臺灣圖像詩的先驅者」，也是「笠」詩社發起人之一。曾經出版過《太陽·蝴蝶·花》，收錄六十首兒童詩。

　　若說〈插秧〉是詹冰的童詩代表作，應該實至名歸。短短五十個字，卻流淌出千言萬語。這首詩如畫，靜謐安躺於土地中，仰望天際，認命守份，反倒揚起一股濃郁的生命力與感動。

　　在童詩的創作當中，沒有新詩晦澀的意象與冰冷的詞彙，反倒著重淺語的使用與活潑的比喻，這也是童詩常給人的首要印象。但是，簡單的語言並不代表文字隨便敷衍，許多創作者認為童詩的創作簡單，幾個草率隨便的譬喻，一首童詩就成了，倘若這般粗製濫造就可創作童詩，想必是對童詩莫大的污辱。

　　插秧這首詩為什麼好？這首詩的「自然」，是最主要的成功。常聽到，自然就是美，不無他的道理。來說說他美在何處吧。

〈插秧〉

水田是鏡子

照映著藍天

照映著白雲

照映著青山

照映著綠樹

農夫在插秧

插在綠樹上

插在青山上

插在白雲上

插在藍天上

　　整首詩使用七組名詞：水田、鏡子、藍天、白雲、青山、綠樹、農夫，其中藍天、白雲、青山、綠樹這四組名詞還重複，短短的五十個字的童詩，名詞就佔了二十二個字，其中還有八個字是重複。動詞的部份，只有第一段的「照映」，和第二段的「插秧」。「在」字共有五個，「著」字共有四個，「上」字也四個，「是」字一個。

　　由四種句型組合：xx 是 xx，照映著 xx，xx 在 xx，插在 xx 上，這首童詩就成了。〈插秧〉利用重複的名詞與重複的句型，試圖營造出稻田的視覺意象，這是圖像詩的作法，效果非常好。

　　那麼，先來談談這首詩選擇的題材，詩句使用水田、鏡子、藍天、白雲、青山、綠樹以及農夫這些元素鋪陳。除了鏡子是唯一的譬喻物之外，以及農夫是這首詩的主角，也是唯一人物，其餘就由水田、藍天、白雲、青山、綠樹等自然景色組織而成。這首詩經營得相當清淡簡單。第一段，形容水田像鏡子般，映照著美麗的景色。第二

段，農夫在水田上插秧的情況。

如此，有什麼必要談的地方？

難能可貴，就因為簡單，反而創造出不可言喻的美。

透過逐一解析〈插秧〉詩句的安排與結構，研究詩句如何經營，以塑造出美的境地，這是此篇文章的研究目的。或許透過不同角度的探討，抽絲剝繭，解謎揣測作者精心安排的機關與動機，是作為讀者或者研究者的樂趣。

結構生於章法，仇小屏有言：

> 章法就是修飾篇章的方法。我們首先要注意的事「修飾」二字，因為章法是文章達成形式美的重要手段，所以我們用「修飾」二字強調出它的美化功能；善加利用章法、組織成完善的結構，可以使篇章合乎秩序、富於變化、形成聯絡，最終達致統一和諧的美的最高境界。」（《篇章結構類型論》，頁3）。

無能夠揣測詹冰是否精於掌握章法結構的神妙，進而書寫此詩；就算沒有，本篇使用章法解構的刀刃，細細遊走於在字句當中，試圖釐清詩中之美，不謂也是種方式。

「秩序」、「變化」、「聯絡」、「統一」是章法的四大原則。「秩序」究求秩序排列能夠塑造出美；「變化」相對於刻板，變幻能產生活力，增加新鮮；「聯絡」訴諸於連結，讓無關的物件，形成關係，互為呼應；「統一」力倡結構即使處於一種多樣貌的狀態，都還能表現出和諧之美。然而，就詩而言，個人認為，「聯絡」原則最為重要，當詩人決定以何物為對象時，通常聯絡原則也已被確定，形成文章的重要意象。

而讀者接受理論，是文學理論中，從原本關心作家與作品，到關

注文本與讀者的一種轉向。讀者反應理論，讀者為閱讀活動中，積極且有意義的參與者，注重讀者對於作品的討論，透過讀者與作品的互動，填補作品本身的空白、斷裂與不確定性，使得作品經由讀者的細心烹煮，更顯其風味，這種閱讀理論，也是沃爾夫岡‧伊塞爾所主張的閱讀理論。接受美學理論強調讀者與作品間有機的對話，作品有如一條涓涓溪流，讀者可能是一條魚，一隻蝦，一個人，他們詮釋這條河的角度可能不盡相同，但是唯有透過詮釋，這條河才能更生機蓬勃，更唯美麗。換言之，作品的優劣，是透過不斷的談論詮釋而成，沒有經過讀者談論的作品，宛如一張美食照片，沒有人吃過，哪能瞭解箇中甘味，千里馬若無伯樂慧眼，也只不過是一匹泛泛劣馬。

相對於之前，強調作者創作的過程與作品本身的價值，才是文學活動最關鍵的時刻，接受美學徹底顛覆此概念，讀者才是文學活動的最關鍵角色，唯有透過讀者的話語，才能使得作品產生意義，而本篇論文即實踐此理念，利用篇章結構的方式，試圖找到與作品可能的對話。

經過調查尋找，單論詹冰〈插秧〉的論文似乎不可見，依此理由，此篇論文利用結構學的方式剖析作品，以體現接受美學中，讀者有權力依照不同的角度詮釋作品，產生截然不同的美景。

二　若以虛實分，其結構如下

```
┌── 實　（藍天、白雲、青山、綠樹）
│
└── 虛　（藍天、白雲、青山、綠樹）
```

虛與實相對而生，虛幻與真實，虛幻意指非真實，眼睛所無法看

到之物；反之，能摸到、看到之物，都被歸類於真實；但是，虛實相生相掩，虛因實而生，實因虛而立。而仇小屏把虛實結構，又分為空間的虛實與時間的虛實。此為空間所造成的虛實。

整首詩中，藍天、白雲、青山、綠樹出現雙次，分別在第一段與第二段各一次。就新詩而言，忌諱同樣的語詞重複，易產生累贅之嫌。但是這首詩中，卻逆向操作，大量使用重複字眼，堆積詩的意象，相當罕見。細細推敲，雖然藍天、白雲、青山、綠樹，以相同的字眼出現，但是透過「鏡子」媒介的催化，形象卻產生轉變，第一段的天雲山樹是實體，而第二段的是虛體，它們形體的顯現，必須透過「水田」的效用，「鏡子」的反射原理，才能顯影。

雖然鏡子的功用，只是在映照出物質世界的實體，但是它似乎能反射出比實體還更加真實意像，或者更深沉的東西，猶如照妖鏡，所有的妖狐鬼怪，都於照妖鏡中均無所遁形；或者，童話白雪公主中的魔鏡，任何的掩飾做作在魔鏡裡，將會逐一曝光，它代表的是百分之百的真實。

非常有趣，看得見的、摸得到的反而不真實，真實必須透過鏡子媒介得以顯現。〈插秧〉中的水田，是鏡子的功用，映照出天雲山樹，若從圖畫構圖的經營而言，這是一幅毫無雕鑿痕跡的景色，自然美麗，詩句第一段表現出景色的實，搭配第二段映像的虛，虛實相掩，鏡子映照的特色，充分的合理表現，而非只是字句的重複堆疊，這樣的處理，不著痕跡，卻令人讚嘆。

另則，詹冰為了突顯映照的意象，還刻意以詩句對稱的方式表現，在第一段中藍天、白雲、青山、綠樹，從第二行開始，逐行接續出現；到了第二段，卻顛倒過來，反而先從綠樹，然後青山、白雲、藍天，倒著出現，把「映照」的情況，真實的繪製在詩中，使得讀者在欣賞詩的過程中，也能感受到倒影的景緻，也充分展現詹冰自有的

圖像詩功力，這首詩的排列像兩畝田，在詩句的安排下，利用圖像暗示映照的意象，稻苗活生生的被種在稿紙方格，一片綠意。

而農夫把秧苗插種在水田上，轉而把秧苗插種在綠樹、青山、白雲及藍天。虛幻的綠樹、青山、白雲及藍天，也漸而插秧在農夫的心田，農夫的彎腰耕種，宛若從事一場耕心的儀式。方寸畝田，農夫在這塊小田地，付出他的一生，春耕、夏種、秋收、冬藏，一年復一年，無數的腳印踏出這片農地，唯有稻穗收割完，水鏡才能重現，再次倒映著美麗山光天色，難道農夫不曾怨恨萬般辛苦，卻換來一場空。

不會的，唯有默默付出，美般水色才能再次出現在稻田中。唯有豁達無爭的心田才能映照出悠然。

這樣的耕種，猶如詹冰多年的筆耕歲月，孤獨的將字句種植在稿紙方格中，雖然寂寞，卻自得其樂，自在歡喜。

三　若以以動靜分，結構如下

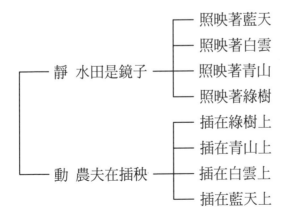

仇小屏把動靜結構歸類於「狀態變化」結構。動製造流動感，形

成生氣；靜能製造安寧感，產生平和感。動靜調配得宜，作品將不乾不燥，和諧芬芳。

整首詩以百般寧靜的氛圍，吸引讀者，令人駐足沉思。

第一段靜態的場景描述，短短四句，二十個字的描述就把場景交代清楚，從描寫當中，可以得知，水田座落於山林之中，山林樹木翁鬱，天空如洗，白雲悠悠，時序應該為春，一切美好。

至於動的部份，由第二段開始：一開始由農夫插秧揭開序幕，望人易生情，在由人帶物，讓人與景交融，產生情感。作者刻意此般安排，無非是要讓讀者能隨著詩句，一步一步感染情緒，高深的鋪陳，絕對是整首詩成功的要件。

第一段的靜謐，是為了彰顯第二段農夫的耕作，整首詩只有農夫在動，利用四個排比的詩句，描摩農夫插秧的狀態。高招在於，無論是農夫的辛勞，或者是耕種的歡喜，在這首詩當中，完全沒有任何的情緒著墨；但是卻讓整首詩的情韻飽滿，裊裊傳香。

然而，對於農夫插秧動作的描繪，也是偏向謐靜的，作者所設定讀者站的位置，應當是在很遠的彼方，看著農夫插秧，插秧的場景被刻意拉遠，猶如電影的長鏡頭敘述。故此，讀者閱讀此詩時，因為站在一個較高較遠的所在，高度感使得干擾的聲音（世俗吵雜）完全被隔絕於外，於是讀者、觀看者產生一種高度看著農夫，生命感因此而生。

所有安靜氛圍的塑造，都只是突顯農夫插秧的泰然與美麗，重複的插秧動作，每次的彎腰所種下的每棵秧苗，代表著一個新生命的產生，他們將在這片土地生活長大，直到成熟，這樣的生命歷程與農夫的生命歷程有何差別。

我們生活在一個喧囂的世界，為了生計，操勞憂心，造成身心靈的疲倦，有時候不免想逃脫這個世界，忘卻人間，享受單純的美麗。

音樂、文學、藝術等都可以讓人暫時脫離人間，直達天堂享樂。

我們時常因事所苦，主要起因於我們靠得太近，所謂當局者迷，旁觀者清，只要事不關己，大家都可以說出一番道理，但是若是事情攸關自己，屆時可能再也無法清心對待，理智處理。換個角度想，若我們是農夫，還能感受到大自然寧靜之美嗎？可能不容易，農耕需要相當大的體力與耐力，插秧更是勞苦，必須彎腰屈膝，深怕秧苗插歪，哪有閑情逸致察覺到大自然的美景與感動？因為詩句就像鏡頭，把讀者拉遠了，我們置身於外，才能感受到這番美麗。

怡美的環境中，農夫在插秧。插秧本是一件辛勞的農事，但是經過詩句的呈現，反而成為一幅動人的圖畫。動靜協調，讓這首詩展現一股和諧靜謐之美。對於靜謐之美隱隱含著一股生命力，就宛若從〈晚禱〉中，耳聞教堂悠悠的鐘聲，鐘聲洗滌人心，獲得力量。〈插秧〉這首童詩也有異曲同工之妙，整首詩安靜入裡，卻帶給讀者一股難以言喻的生命力。以靜起動，動中求靜，這是難能可貴的意境經營。

四　若以遠近分，結構如下

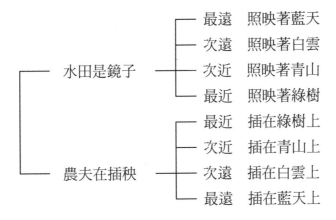

　　遠近結構是依照空間維度計算，依此探究作品的空間維度經營。

　　由景造人，再由人生情，簡單的詩句卻勾勒出剎那的美，帶領讀著讀者欣賞農夫插秧姿態，人在環境中如此渺小，而這首詩卻表現出人與環境共處共生的感動，人與環境的和諧讓整首詩舒服自然，不刻意、不做作是這首詩最大的優點，使得讀者可以保持輕鬆的心情，自在於這首詩的禪意。

　　談到天雲山樹的編排，詹冰模擬鏡像原理，讓水田的景象倒著出現。這種安排，有許多獨到之處，就第一段藍天、白雲、青山和綠樹的安排而言，是從遠景到近景，藍天中有白雲，白雲底下是青山，青山中有綠樹，宛若鏡頭從遠景拉到近景，緊接帶出農夫插秧的詩句，與柳宗元的《江雪》：千山鳥飛絕，萬徑人蹤滅，孤舟簑笠翁，獨釣寒江雪的運鏡手法，同樣出色。

　　但是，〈插秧〉的絕妙之處，並沒有寫到農夫在插秧這裡就戛然而止，而是再把詩句慢慢推衍而下，插在綠樹上／插在青山上／插在白雲上／插在藍天上。鏡頭又從特寫鏡頭緩緩拉遠推高，從綠樹而到藍天，相當精采。浩浩藍天意謂著寬廣的心境，一種自在，一種優遊。

　　最後一句，插在藍天上，作者刻意又把鏡頭拉遠，這幅辛勤的農夫插秧景象，竟會意外成為一幅動人的景象：大自然的美景被水田映照，農夫置身於其中緩緩的插秧，多麼美麗。所有的辛勞都消失，所有的人世的喧囂也被隔絕，這裡意外的變成世外桃源，一切如此美好，一切如此安靜，變相成了烏托邦。

　　人們渴望烏托邦。

　　每當人們遇到挫折與不如意，最常聽到大家說的一句話，就是真想回家種田，回家種田變成是逃離現實忙亂的說嘴，這其實古來就有，田園與官場是對比，田園生活樸實可愛，官場或者商場生活，訛

虞我詐，處處心機，所以當人們已經疲憊於喧囂，都渴望回歸平淡。

田園生活就不知何時被借代成世外桃源的代表，人們冀望在此得到恬靜與寄託。在大自然的環境中，人類總是會感覺到一股平靜。人類生命只有短暫的數十年，大自然的歷史動輒百千年，人類置身其中，就會感受到自己的渺小與脆弱，甚至感受到孤獨。

五　若以因果分，結構如下

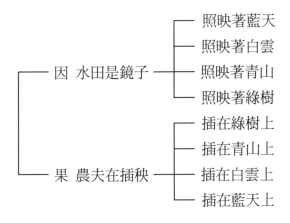

因果結構，可分種因得果，看因追果。

若是以因果結構剖析，第一段為因，因為水田是鏡子，水田才能成功映照所有的景物。而第二段為果，因此農夫在插秧時，才能把秧苗插種在各種景物上。有因才有果，是大自然不滅的法則。若非水田如鏡，映照景物，那麼農夫也無法插秧於農地裡，享受大自然的美景。水田成鏡，反射自然景物，成了一幅畫，農夫是唯一運動者，在這幅畫裡面挪動插秧，插秧必須彎腰，那是對大自然的尊敬，然後誠心的把秧苗植入土壤，期盼下一次的收穫。至於要有好的收成，必須得靠大自然的恩澤，才能讓稻穗飽滿，累累豐收。而農夫每次的彎腰

插秧，宛若一次又一次對於自然的感謝，人類取自自然，而自然卻不求回饋，還賞賜辛苦耕種的農夫一片美景，此款胸襟與包容，令人動容，人類是多麼的渺小啊。

因此，這首詩若沒有使用因果結構法，根本不能成形，唯有水田映照著景物，農夫才能把秧苗種植於景物之上，緊密的因果關係是整首詩的關鍵。

六　以凡目分，結構如下

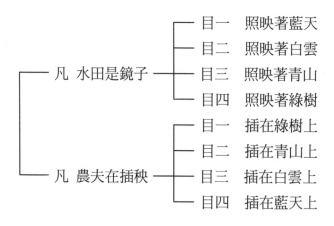

其實，整首詩可以簡化成兩個詩句：水田是鏡子，農夫在插秧。這兩詩句即是整首詩的總括，也就是「凡」。其他的八行詩句，是兩句詩句的條分，也就是「目」，主要由顏色組成，而其句子層遞的設計也相當特別。閱讀〈插秧〉，能感受到一種靜謐的氣氛，然而寧靜氛圍的營造，若不擅處理，容易變成死寂，沒有生氣，反令人覺得沉悶無聊。因此要寫一首以寧靜氛圍感動讀者的好詩，是不容易的，有難度的。

水池若無水紋漣漪點綴，就顯得無生氣，插秧利用顏色妝點這首

詩，選擇藍、白、青、綠顏色，這四個顏色都屬於冷色系，給人自然
恬靜和淡然感覺，雖然沒有激情，卻蘊含著飽和的生命能量。另外，
除了利用顏色，作者更利用運鏡的手法，從長鏡頭到短鏡頭，視野的
轉換非常流暢，也讓這首詩不無聊乏味。再加上句子以層遞手法的利
用，重複相似的句型，形成一股催眠的效果，使得〈插秧〉形成一首
寧靜又有生命力的詩。

七　結語

瞎子摸象與接受美學理論，有著異曲同工之妙。作品是大象，讀
者是瞎子，每個讀者本著自己的觀點，詮釋作品，就有如瞎子摸象一
般，有人認為大象長得像一棵樹，有的認為大象如一條繩子，有的認
為像一把大扇子。他們都沒有錯，但是他們都只是看到大象的一個部
分，相信沒有讀者能看到大象的全貌，只能透過更多的讀者對於大象
的詮釋，拼湊出大象可能的模樣。

換言之，大象是被讀者所召喚想像，讀者可以透過猜測與想像，
塑造大象之美，作品中的留白，就等待讀者的遊戲而成，在這遊戲的
過程中，讀者得到猜測的滿足，而作品也因此豐富。也因為如此，大
象有了想像之美，比真實的大象還要美，這就是接受美學之美，也是
文學之美。

此論文透過各種方式，透過結構學的方法，解讀詹冰的〈插
秧〉，體會各種角度所看到此童詩的美，從虛實的角度、從動靜的角
度、從因果的角度、從遠近的角度、從凡目的角度，透過各種角度來
摸這頭巨大的「大象」，雖然可能還是無法真正看清大象美麗的全
貌，但是應該大致能揣摩大象的模樣，這就是文學有趣的地方，況且
這首詩在不同的時空歷史中，也一定有不同的解法，這就是接受美學

的精神，而這種精神恰巧與兒童文學的遊戲性吻合，兒童透過遊戲的方式，參與作品的解讀，天馬行空的想像與解讀，不就是瞎子摸象理論嗎？透過孩子的眼睛，我們可以看見作品更不同的一面，或許是我們不得見的。

這是一首童詩，想必有人疑問孩子能感受到這首詩的美嗎？再加上，這首詩一開始是放在成人詩集《綠血液》之中，所以真的適合孩子看嗎？

曾經有一次穿越馬路時，看見一個小男孩，靜靜的站在一棵大樹底下，仰著頭看著樹，只見微風徐徐，樹葉窸窸窣窣附和，和煦的陽光穿過密密樹葉縫隙，那個男孩就靜靜看著此般景色。你說孩子感受不到這個景色的美嗎？

況且，孩子也有權力詮釋作品啊！

這是一首以圖像詩的方式的童詩，乍看之下許多重複的字眼出現，宛若每個長得幾乎一樣的稻苗站立在水田中央，但仔細觀察，卻有許多不同的變化，是作者刻意的安排，提醒著我們，許多我們以為的理所當然，可以發現在其中有許多的智慧與巧思。只有透過讀者，或者觀看者細細的品嚐與觀察，才能發現其中奧妙。如同這首詩，表面看起來簡單，仔細咀嚼才發現這首詩的不易，一粒沙看世界就是這個道理。

每個字就像一棵稻苗，整齊的被插秧在白紙上，而作家就是農夫。作家若要讓秧苗成長得好，必須有合適的陽光雨水，還要有適合的土壤配合，最重要的是農夫悉心的照顧。

詹冰把一片田野風光搬進格子裡，讓讀者享受到這鄉村景色，也讓他的詩照映我們心裡最深的那片明鏡。

參考文獻（以作者姓氏筆畫順序排列）

仇小平著　《篇章結構類型論（上、下）》　臺北市　萬卷樓圖書公司　2000 年 2 月

伊麗莎白・弗洛恩德（ELIZABETH FREUND）著　陳燕谷譯　《讀者反應理論批評》　臺北縣　駱駝出版社　1994 年 6 月

沃爾夫岡・伊瑟爾著　金元浦、周寧譯　《閱讀活動──審美反應理論》　北京市　中國社會科學出版社　1991 年 7 月

林文寶策劃　洪志明主編　《童詩萬花筒：兒童文學詩歌選集 1988〜1998》　臺北市　幼獅文化事業公司　2000 年 6 月

漢斯・羅伯特・耀斯著　頤建光、頤建宇、張樂天譯　《審美經驗與解釋學》　上海市　上海譯文出版社　2006 年 4 月

龍協濤著　《文學解讀宇美的再創造》　臺北市　時報文化出版企業公司　1993 年 8 月

羅勃 C・赫魯伯（ROBERT C. HOUB）著　董之林譯　《接受美學理論》　臺北縣　駱駝出版社　1994 年 6 月

像、好像、像極了
——論華語教學中近義詞教學的思考面向

竺靜華

國立臺灣大學華語教學碩士學位學程助理教授

摘要

在中文的詞彙中，有許多意義相近的詞，對於非母語使用者來說，這樣的區別甚難理解，只要稍不注意，就會用錯了詞彙，說錯了話。本文將以華語教學中的詞彙教學實例，提出幾種辨析近義詞的思考面向，探討在第一線的華語教學或在培養華語師資上，可以提供哪些簡明易懂的教學重點，釐清詞彙差異，減少錯誤，省卻教師與學生雙方摸索之徒勞。

關鍵詞：華語教學、近義詞、詞彙比較、詞彙教學

一　前言

　　近義詞，顧名思義指的是意義相近的詞彙。在中文的詞彙中，有許多意義非常相近的詞語，比方說：

　　　　今天我在街上遇見我的朋友。
　　　　今天我在街上看到我的朋友。

這兩個句子的意思我們都能了解，但是我們仔細思考一下，這兩個句子的意思完全相同嗎？未必。不過我們使用這些詞彙時，都早已了然於心，可以不假思索說出。若要我們說明其間的差異，對有些人而言，稍有些困難，因為許多人會自然使用，能在不同的意義下直覺地區隔，但是不會用文句表達它們有何不同。其實只要有足夠的思考時間，我們都可以在細小的差異中，區隔不同的意義。至於對非母語使用者來說，這樣的區別是極不容易揣摩的，因此他們只要稍不注意，就可能會用錯了詞彙，說錯了話。如何能教學生把詞彙分辨清楚，使用正確，一直是華語教學上常見的難題。
　　再以兩個句子為例：

　　　　他上課常常遲到。
　　　　他上課往往遲到。

這兩個句子，它們的意義相同，然而句中除了「常常」與「往往」二詞之外，其他的部份是一樣的，那麼，我們是否可以據此推論「常常」等於「往往」？搜尋教育部重編國語辭典修訂本電子版，所得如

下：

> 常常：時常，經常。
> 往往：每每，常常。
> 每每：往往，常常。

這麼看來，「常常」、「往往」、「每每」三詞是一樣的，如果此三詞可以劃上等號，那麼前面的句子：「他上課常常遲到。」「他上課往往遲到。」就是可以互換的，甚至可以說：「他上課每每遲到。」不過，如果把上課兩字去掉，將會發現，我們可以說：

> 他常常遲到。

卻不能說：

> 他往往遲到。

也不能說：

> 他每每遲到。

如此一來，就可以說明「常常」與「往往」顯然有不同之處。但是，如何區分？這樣的問題，連字典也未必有答案，這就更不是非母語使用者所能體會的。在教學上，我們有沒有方法可以告訴母語非中文的學生，中文裡這些乍看相近的詞彙，究竟有什麼不同？母語非中文的使用者應該如何運用方能正確？近義詞的辨析，是否有些可依循的原則？

　　其實方法是有的，華語教師在課堂中，每天都會遇到類似這樣的問題：「然後」和「以後」意思一樣嗎？「通常」和「經常」有什麼不同？有時不巧遇到意義糾纏的近義詞，一時難以釐清，越解釋越複雜，師生雙方都陷入緊張狀態，課堂氣氛沉悶難解，教學時應該盡可能避免這樣的情況。教師的責任是解惑，華語教師應該清楚自己隨時要處理的難題，就是讓學生了解如何分辨這些意義相近的詞彙。華語教師必須整理歸納可區別的重點，問題是：教學思考如何化為有系統、有條理的檢視規則？

　　市面上所見的近義詞專書著作，有列舉式的詞典[1]，也有說明式的學習手冊[2]，或多或少都對詞彙的比較做了闡述，但在詞彙用法的指導上，雖提出正確用法可供查閱，都近於必須背誦詞彙使用法，提出判斷的原則稍顯不足。單篇論文則多以一組近義詞為討論對象，未能針對整體的近義詞不易釐清的現象，提出可供掌握的具體建議。本文將由華語教學中的詞彙教學實例，提出幾種辨析近義詞的思考面向，檢視判斷的原則，探討在第一線的華語教學或在培養華語師資上，可以提供哪些簡明易懂的教學重點，釐清詞彙差異，減少錯誤，省卻教師與學生雙方摸索之徒勞。

一　近義詞的分辨

　　近義詞乍看幾乎都相同，但是卻又不盡相同，因此教學上需要加

1　如：鄧守信主編：《漢語近義詞用法詞典》（臺北市：書林出版公司，2009 年初版）、盧福波編著：《對外漢語常用詞語對比例釋》（北京市：北京語言大學出版社，2000 年初版）。

2　如：牟淑媛、王碩編著：《漢語近義詞學習手冊》（北京市：北京大學出版社，2004 年初版）。

以分辨，幫助學生理解，如果意思完全相同，那就不是近義詞了，處理起來容易得多。兩個詞彙因為相近，所以不易區別；也正因為兩個詞彙之間有些差異，所以必須區別，才不會用錯。為了徹底了解近義詞，我們要比較其差異。這些差異或許是意義不同，也可能是詞性不同，甚至可能是使用者因說話對象不同，而運用了不同的詞語。要讓外籍學生區分中文的近義詞，應提出的與其是教導辨義，毋寧說應教的是使用中文者究竟如何思考，以及中文的詞彙結構如何因我們的思考而產生。了解了我們這些使用者的思考後，學習者才能真正學會如何區分。教材的設計和教師的引導都在為此努力，不過教材是死的，總有不足，因此在學習的過程中特別需要教師擅於引導，予以靈活化。在此先以「像」、「好像」為例[3]，此二詞同時出現於《實用視聽華語 2》第五課的生字中，若不多練習加以區別，學生使用可能容易混淆，以下分別討論之：

（一）「像」

　　在《實用視聽華語2》第 5 課生字中的例句是：

（1）他像他父親。

（2）我跟我父親很像。

在課文中出現的句子則是：

（3）法文跟英文有很多字很像。

3　見《實用視聽華語2》第 5 課，頁 112、113。

（4）有的美國人覺得法文很容易學，就像日本人覺得中國字好寫
　　一樣。

其實在初級華語教學中，並沒有什麼太難的、艱深的、連教師都難以
理解的詞彙，然而這些簡單的生活常用的詞彙，卻是需要教師細細體
會後才能教學的。即使是最簡單的初級教材中的詞彙，意義看似十分
相近，它也可能有絕對不同的差異。在此教師若沒有仔細思考，教學
時只以粗略的概念領讀或套用例句，學生得到的觀念是：

1.「A 像 B」的意思就是 A 跟 B 差不多，甚至可能一樣。
2.「A 好像 B」的意思就是 A 跟 B 很像，也是 A 跟 B 差不多的意
　思。
3.所以「A 像 B」、「A 跟 B 很像」「A 很像 B」、「A 好像 B」、「A
　就像 B 一樣」都是相同的。

那麼學生造句時，很可能會出現這樣的情形：

他想表達的是：這一題好像很難。這一題好像不容易寫。
使用的句子是：這一題很像很難。這一題很像不容易寫。
他想表達的是：從台北到台中好像要兩個小時。
使用的句子是：從台北到台中很像要兩個小時。

這並不是學生學習不佳，而是教師教學思考不夠周延，草率處理的影
響。教學上，教師應該留意的問題是什麼？
　　由結構上觀察，（1）（2）（3）（4）四個句子的結構不外是：A 像
B，A 跟 B 很像。由意思上來看，（1）（2）（3）句中 A 像 B，或 A 跟

B 很像，都只是外表上看起來差不多。不過如果換一個情況：

他像我哥哥。

他跟我哥哥很像。

在意思上或許可能指的是外表上看起來差不多，但是還有一個可能是指他對我的態度像哥哥，這一點必須讓學生在學習時理解，因此這時教師根據同樣的句子結構提供例句，並且多增加一些訊息，使他更易於了解。比方說：

他長得像我哥哥。

他長得跟我哥哥很像。

或是

他對我真好，他像我哥哥。

他對我真好，他跟我哥哥很像。

讓學生清楚地了解「像」、「很像」的意思所指，有外貌上的「像」，也有態度上的「像」。

第（4）的句子則又有些不同，這個句子所指也不是外觀上的感覺，而是指做 A 這件事（很容易），像做 B 那件事一樣（容易）。教師可以再舉些例句，如：

她說話很好聽，就像唱歌一樣。

由學生換成：

　　她說話跟唱歌很像。
　　她說話像唱歌一樣好聽。

又如：

　　她覺得做菜很有意思，就像畫畫一樣。

再由學生換成：

　　她覺得做菜跟畫畫很像。
　　她覺得做菜像畫畫一樣有意思。

(二)「好像」

　　在《實用視聽華語 2》第五課生字中的例句是：

　　他好像很高興。
　　他說話好像小孩子。

在課文中出現的句子則是：

　　您好像比以前瘦了一點兒。

由結構上觀察，（1）（3）是一個人看起來的狀態，（2）是一個人動作

的樣子，因此教師可以再舉出類似的例句，強化「好像」使用的意義
與情況，如針對（1）（3）的例句是：

他好像有點兒著急。
李先生好像不太懂我說的話。
小王好像心裡有事。

在這樣的句子裡，也是從外表觀察得知的某種情況，但是說話的人心
中是不太確定的，不知這樣的觀察與想法是否正確，這是教學時教師
必須同時運用肢體動作或面部表情等傳達給學生，讓學生了解的重
點。

　　針對（2）的情況，是一個人的外表予人造成的觀感，這個意思
和「像」是類似的，都是表達說話者的觀察或感覺，例如：

他跳舞好像老師。
小李走路好像老人。

此時的「像」與「好像」，在意義上沒有不同，都是存在「像」這個
事實，而只是在程度上有所差別。「像」是可以有等級的差異的，「很
像」「好像」、「非常像」、「像極了」等等，代表「像」的成分多少的
些許差別。

　　至於（1）（3）的情況，是對於「好像」這個事實不十分確知，
只是代表說話者當時的判斷。究竟是不是真的如此，連說話者也還需
要進一步了解，方能確定。

(三)「像極了」

　　「像極了」與「好像」的部份意思相同，指的是「像」的最高級，可以說比「好像」更「像」。但是它沒有「好像」所含的對事實不確知的意思。

　　綜合以上對「像」、「好像」、「像極了」的分析，可以得知：「像」是動詞，「好像」一詞，有一種情形是表達「像」的某種程度，也就是副詞「好」＋動詞「像」；另一種情形則可能是副詞「好像」，表達說話者心中這麼認為但不太確知是否為正確的事實。至於「像極了」，則是表達「像」的最高程度。

　　這也就同時可以讓人明白，為什麼「很像」、「好像」其實沒有太大的程度差別，使用上可以說是相通的，如：

　　他好像有點兒著急。→ 他很像有點兒著急。
　　李先生好像不太懂我說的話。→ 李先生很像不太懂我說的話。
　　小王好像心裡有事。→ 小王很像心裡有事。

這是外觀上的「像」加上不確知的「好像」，而使用了「好像」來表達，所以也可以使用「很像」。

　　有些句子，如：

　　這一題好像有點兒難。
　　點菜好像不太容易。
　　從台北到台中好像要兩個小時。

這都不是外觀上像、不像的問題了，在此的「好像」不表示程度上的等級，因此它也不等於「很像」，在此不能將句中的「好像」代換為「很像」。

觀察「像」、「好像」、「像極了」這三個詞彙，我們發現：如此簡單的三個詞彙的關係，正因為字面太相近，意義太相似，所以它們的用法是兩兩糾纏需要釐清的，「像」和「好像」、「好像」和「像極了」、「像」和「像極了」，彼此相同又稍有不同，教師在教學時應找到剖析的關鍵，用有效的方法迅速解開這些糾葛，就可以減少學生很多錯誤和摸索的時間了。

綜合上述，在近義詞的教學流程中，建議採用的步驟是：一、列舉條析，二、對比參照，三、歸納說明，可以有系統地讓學生清楚了解如何正確運用詞彙，提高學習的效率。

三 由詞彙教學實例觀察近義詞教學的面向

類似「像」、「好像」、「像極了」這樣的近義詞非常多，有的是字面上有部份相同之處，所以不易區分，如：「合適」、「適合」，「恐懼」、「恐怖」，「自動」、「主動」，「後來」、「以後」、「然後」，「剛」、「剛剛」、「剛才」，「規定」、「規則」、「規矩」等等。也有的是字面不同，但意義範圍籠統的形容詞或副詞，如：「快樂」、「高興」、「開心」，「能」、「會」、「可以」等，也常造成學習者很大的困擾。甚至連字面不同的名詞或動詞，也有令人十分困惑的，如：「原因」、「理由」、「藉口」，「說明」、「解釋」、「分析」等。換句話說，不論初中高級的課程，進行華語教學每天會碰到的問題就是：這些詞彙這麼多，如何分辨？這些詞彙都是學生陸續習得的，所以在他的腦中存在的只是相似的意義，並沒有能力加以區分，然而一旦使用，就發生錯誤

了。以下先舉出一些學生造句的實例,看看他們遇到這些相近的詞彙時,問題究竟在哪裡:

例 1. 天天都下雨,洗衣服都不乾,真是受罪。

這個句子是因為學生不了解「受罪」所指是與自身的身體感覺有關係的,如:穿新鞋走路很累,覺得「受罪」;跟老闆共餐,心理壓力很大,十分「受罪」。至於「衣服不乾」,是「麻煩」或「令人討厭」、「令人心煩」,但不至於「受罪」。

例 2. 王先生的太太剛死了以後,他還堅持天天去上班,而且做工作得更好。

雖然王先生的確是在太太死了以後努力工作,但是在句中所指的意思應是指王先生當時在太太剛去世的那段日子裡,堅持不影響工作,所以「剛死的時候」才是合理的說法,既用「剛死」,就不能接著連用「以後」,那是不合語言邏輯的矛盾說法。因此改為:

王先生的太太死了以後,他還堅持天天去上班,而且做工作得更好。
王先生的太太剛死的時候,他還堅持天天去上班,而且做工作得更好。

都是對的。

例 3. 我有一點緊張找到房子。

　　這個句子是從英文的母語思考而來的，找房子的時候一直找不到，所以對找房子這件事有點擔心，有點緊張。可是一旦找到，就不用擔心、不用緊張了。因為就「找」房子一事而言，找了以後未必就一定能有房子可住，或許還是沒有，所以中文裡面用「到」做為補語，說明「找」的結果，究竟是「找到了」還是「找不到」。學生沒能區分「找」和「找到」這兩個詞彙表示的意義不同，所以有這樣的錯誤，但是這個句子若直接改成：「我有一點緊張找房子。」也不合適，因為不是「找房子有一點緊張」，而是「找不到房子令人有一點緊張」，因此改為「我對找不到房子覺得有一點緊張。」

　　但是在教學上還有一個問題我們不能忽略，那就是：學生真的要用「緊張」嗎？抑或他想說的其實是「緊急」、「著急」之類的意思？這一點可以跟學生確認他的意思以後，再修改。

　　例 4. 那個孩子的玩具壞了，他媽媽就緊急修理。

　　由例 3.的情況，我們很容易可以想到例 4.可能是「趕快」、「趕緊」，而不是「緊張」。對初學者來說，「趕快」、「趕緊」、「緊急」、「緊張」、「著急」，都是很相近的意思。中文用詞的精密與細緻，未必要在上乘的文學作品中才能得見，即便在日常生活中的小處中，也隨時可以顯見。

　　由這些實例可知，修正學生的造句，除了文法正確以外，還要考慮的是：一、說話者對詞彙掌握能力或許不足，必須更換詞彙，二、不同的詞彙表示的精確意義不同，必須揣摩說話者的意思或直接與其討論，才能真正符合其原意，不可直以教師的觀點認定學生的心意如此而做修正。

教學不僅要審慎進行上述的流程[4]，安排除了領說、模仿造句以外更精進的教學活動，同時要體察學生真正想表達的意思[5]，更重要的事，是教師應如何教會學生思考近義詞的區別。教師除了得區分相近的詞彙外，還要適時提供一些可遵循的思考原則，讓學生了解，我們使用中文時是如何思考的，讓他們的思維循著母語使用者的思考模式進入這個語言，才能真正學習與領會，否則徒然背誦與記憶，終究必須每事問。換句話說，教學上能否提供一些母語使用者的思考概念，幫助學習者領會，使能舉一反三？這是要進一步討論的重點。

四　就核心因素思考

觀察相近詞彙之間的關係，可以由許多不同的層面與角度切入，也就是說可以有許多不同的思考面向。本文將由近義詞的核心因素與外圍因素觀察，思考如何分辨異同。就詞彙而言，核心意義與語法意義一樣重要，都屬於詞彙的核心因素；文化觀念上的異同，則屬於外圍因素。本段針對核心因素析論近義詞的思考面向[6]，首先由詞彙本身具有的意義觀察，再至字面意義的比較，進而思考詞彙潛在的意義，同時考慮詞彙的語法意義，也就是詞性的異同。以下分述之：

（一）本義

既是欲辨別近義詞，那麼第一思考就是辨別每個詞彙原本的意

4　此指本文第二章末段所提出的三個教學步驟。

5　如例3，兩種可能性都有，教師無法猜測說話者的真正意義。

6　有關近義詞教學的思考，參見筆者所著《華語教學實務概論》（臺北市：文史哲出版社，2006年初版），頁81-86，詞彙比較教學。

義。從本義來思考，不論得到相同的或不同的意義，都是可資區別的
線索。例如：「剛」、「剛剛」、「剛才」，三者的共同點在於時間，因為
「剛」字，都有「不久以前」的意思，不過「剛剛」是強調的詞語，
所指真的是在極短的時間以前，若是較長的時間以前，就不是適合使
用「剛剛」這麼強調極短時間內的詞語了，比方說：

他剛來台北。（幾分鐘-幾個月）　　他剛剛來台北。（大約數日以內）
他剛離開。（幾分鐘-幾個月）　　　他剛剛離開（幾小時以內）。
他去年剛離開。　　　　　　　　　×他去年剛剛離開。

至於「剛才」，則是指某個不久以前的時間點，猶如「現在」、「晚
上」、「昨天」等表示時間點的副詞。

他剛離開。　　　　　　　（表示離開不久）
他剛剛離開。　　　　　　（表示離開不久）
他剛剛離開了。　　　　　（表示在不久前的那個時間點離開）
他剛才離開了。　　　　　（表示在不久前的那個時間點離開）

「剛」、「剛剛」同為修飾動作的時間副詞，在表示「不久以前」發生
了「離開」這個動作時，「剛」與「剛剛」是相同的，「剛剛」更具強
調的意味。在表示「不久以前」的那個時間點發生了「離開」這個動
作時，「剛剛」與「剛才」則是相同的。所以，「剛剛」一詞實因兼具
兩種性質，而使人容易混淆。

(二) 字面意義

　　有些近義詞在字面上具有共同的成分，例如：「視察」、「查看」有什麼不同？「視」就是「看」，二詞同樣都是「看」，問題是怎麼「看」？所以要先由「察」和「查」的區別著手。「察」是指「觀察」，「查」則是「檢查」，所以用「觀察」的方式看，就是「察看」、「視察」；用「檢查」的方式看，則是「查看」，所以，適當的用法是：

教育主管當局到各縣市教育單位視察。（因為主管不需要親自進行檢查）

海關人員仔細檢查入境者的行李。（他們負責執行檢查工作）

　　又如「自動」、「主動」二詞，由意義來看，似乎是相同的，比方說：

學生自動寫好作業交給老師。

學生主動寫好作業交給老師。

但是再細想一番，又會發現有時此二詞並不一定完全可以通用，例如：

員工們進了辦公室，吃早餐的吃早餐，打電話的打電話；不過，上班時間一到，大家立刻自動開始工作。

汽車工廠生產線在啟動電力開關後，開始自動運作。

這樣的情形，無論如何也不能換為「主動」，顯然「主動」和「自動」必有不同之處。原來「自動」意謂應該動作的時候就自己動作，不需他人催促，所以依規定的動作、機器的動作，都屬這一類。「主動」表示是自己作主決定動作，因此和個人意志有關，並非因規定而如此做。這也正是為什麼我們只說「自動提款機」，而沒有「主動提款機」這個說法了。

再如「原因」、「理由」和「藉口」這類字面完全不同，我們以為毫無混淆可能的詞彙，居然還是常常讓學習者難以區別的詞語，真令人不解。原來，他們常常認為「原因」、「理由」和「藉口」都是在說明為什麼這麼做的原因，所以儘管字面全然不同，但意義上是相近的，學習者還是無法分辨。這時區別的關鍵，就顯現在詞彙本身字面的意義上了，「原因」是原來因為什麼而這樣做，「理由」是這樣做的道理是怎麼來的，「藉口」則是假借的說辭，多半不是真實的。例如：他因為去旅行，而沒有去上班。可能有以下幾種說法：

　去旅行，是他不能去上班的原因。
　去旅行，也是他不能去上班的理由。（不是好理由）

這樣的理由，老闆大概不會接受，甚至可能告訴他：「這不成理由！」為了讓老闆同意他請假，所以他說他病了。他找了一個合理的理由，但這不是真實的原因，所以：

　生病，是他不能去上班的理由。（是好理由，但不是真的）
　生病，是他不能去上班的藉口。（也是理由，但不是原因）

用「藉口」這個詞的時候，我們知道實情，可是老闆不知道實情。這

三個詞彙的分別，還是來自於對字面意義的理解。[7]

（三）詞彙潛在的含義

有些詞彙表面上的意義區別不明顯，但是它有潛藏的意義，若不細心體會，很難發現，例如：「最後」、「到底」、「終於」，看似都是「最後」的意思。

班上所有的人都結了婚、有了孩子了，他最後結婚。

他最後結婚，指的是他結婚最晚，他是全班最後一個結婚的人。這裡用的是「最後」字面上的意思。

他們認識了十年，終於結婚了。
他們認識了十年，到底結婚了。

他們認識了十年，中間經歷了很多波折，包括曾經想分手、父母反對、抱持不婚主義等等，而最後的結果還是結婚了。「到底」、「終於」表示中間經過了許多波折起伏以及不順利的狀況，才有了最後這樣的結果，這層含義潛藏於詞彙中，字面上看不出來。雖然也是「最後」的情況，但是這是一件事情的最後結果，並不是跟其他比較的最後者。所以，我們也可以寫成這樣的句子：

他們認識了十年，最後終於結婚了。

---

7 這三個詞彙亦可採取集合的概念區別，參見下文及圖 2。

他們認識了十年，最後到底結婚了。

因為「最後」畢竟不是「到底」，也不是「終於」，所以即使連用也無妨，各有各的含義，並不衝突。

此外，「到底」還有一個情況是，實際情形如此，表面上看來卻並非如此，不過最後的結果還是如此，要表示經過了這樣一段轉折的過程，才有這樣的肯定，可用「到底」一詞總括這樣的含義，如：

他到底是老了。

他可能年事已高，但是養生有道，外表看不出來，所以大家總認為他不老。可是有一天他忽然因小小風寒感冒，而引發嚴重肺炎併發症，就會令人十分感慨地說出這樣的句子，不得不承認，事實是他真的老了。

（四）詞性

除了核心意義以外，近義詞最容易分辨的條件就是詞性了。了解詞性的不同，易於掌握詞彙的用法，所以在意義上無法更進一步提供區別的線索時，就要考慮能否以詞性來區隔了，例如「恐怖」和「恐懼」都屬於一種害怕的感覺：

一個人走在黑暗的街道上，我覺得很恐怖。
一個人走在黑暗的街道上，我覺得很恐懼。

雖然同樣產生害怕的感覺，但是因為街道黑暗令人害怕，所以覺得黑

暗的街道很「恐怖」。可是走在黑暗街道的那一刻，心中產生極害怕的感覺，那是「恐懼」。「恐怖」是外界的事物令人害怕，「恐懼」是指自己心中的害怕。所以，可怕的事物讓我有「恐怖」的感覺，我心中的害怕則是「恐懼」的感覺，這是先從詞彙的意義來區分。「恐懼」還有一種情況，可以和「恐怖」明顯區隔的就是詞性。「恐怖」是形容詞；「恐懼」是形容詞，也是名詞，如：

這種恐懼難以消除。　　　　　✕這種恐怖難以消除。

再說「合適」、「適合」二詞，也是如此。「合適」是形容詞，「適合」是動詞，所以「適合」後面可以接人或事物，以「A 適合……」的形式展現。而「合適」是形容詞（SV），只能說「這麼做很合適」，或「A 很合適」，後面不能再接補語。

（五）集合的概念

　　值得注意的是，由於意義範圍往往重疊或界限不清而混淆，運用集合的概念有助於區別近義詞。在核心因素的分析中，不論是核心意義範圍與語法意義範圍，近義詞涵蓋的範圍有時是聯集或交集的關係，例如：「能」、「會」、「可以」的關係，互為交集與聯集；有時近義詞呈現的則小集合與大集合的關係，如：「家人」、「親人」、「親戚」的關係。我們可以嘗試採用圖形來呈現這種詞彙範圍的異同，以下說明之：

1. 先從一組獨立無交集的近義詞說起，如上文中「恐怖」、「恐懼」，其集合圖示，見圖1。
2. 彼此有連環交集關係的詞彙，如上文中的「原因」、「理由」和

「藉口」，其集合圖示，見圖 2。

3. 「能」、「會」、「可以」一向是學習者最難區別的三個能願動詞，它們彼此有兩兩相同之處，也有獨一而不與另二者混用之處，如：

> 我能開車。　　（能，表示較特殊能力，不表同意）
> 他不能開車。　（不能，表示開車能力有問題，亦表示禁止或不同意）
> 我會跳舞。　　（會，表示較普通的能力）
> 他不會跳舞。　（不會，表示跳舞能力有問題）
> 他不會去跳舞。（不會，表示未來將不會如此，亦表示沒有這種可能）
> 他可以開車。　（可以，表示能力沒問題，沒喝酒、有駕照，亦表同意）
> 他不可以開車。（不可以，表禁止，或不同意）

由以上的句子可以得知，表同意的只有一種，就是「可以」。表不同意的，則有「不能」、「不可以」二者。三者都可以表示能力，但所指能力不同，「能」指較特殊的能力，「會」指較普通的能力，「可以」所指非開車的能力，而是可否執行開車能力的狀態。

所以在請求同意的時候，學習者最容易弄錯。因為否定回答有「不能」、「不可以」二者，肯定回答只有「可以」一種，如：

> 我可以進來嗎？你不可以進來。
> 我可以進來嗎？可以，請進。（或是：你可以進來）
> 我能進來嗎？你不能進來。

我能進來嗎？可以，請進。（或是：你可以進來）

這樣的用法，對學習者而言，需要加強練習，因為採用說話人的詞語回答，竟然不是正確的。這和許多語言的邏輯不合，令學習者相當有挫折感。但是這三個詞若以集合概念呈現，它們彼此互為交集與聯集，見圖 4，便可一目了然。

4. 「家人」、「親人」、「親戚」三者之間的關係，猶如小集合與大集合的關係，見圖 3。「家人」是最小範圍的集合，只包括基本的家庭成員，父母、子女，有時還有祖父母。「親人」則是家人以外，還有較親近的叔伯阿姨等人。「親戚」是範圍最廣的，只要有任何一點血緣或姻親關係都可算是「親戚」，所包括的份子最多，只是遠近親疏的差異而已。因此，這三個詞彙的關係形成了由小集合到大集合的關係。用這個觀點，也能說明與這種字類似的詞彙其不同所在。

五　由外圍因素觀察

除了重要的核心因素為近義詞教學的思考面向，還有一些外圍因素是值得觀察的面向，有助於理解近義詞的區別，例如在中國人的文化觀念中某些特別的用法，代表身份、地位或心理因素；抑或某一組詞彙詞義固然相同，但是總是在與某種情況相對應時採用，以下舉例說明之：

（一）文化觀點

可以由文化觀點方面思考異同的詞彙相當多，比方說，傳統中國

文化中最忌諱談到「死」，因此用許多不同的詞彙表示這件事，如：
去世、逝世、過世、仙逝、先走一步等，都是指「死」一事，而用離
開這個世界、由這個世界消逝、像神仙一樣消逝、比其他人早一步離
開這個世界等等的說法，代表「死了」。至於卒、壽終正寢、壽終內
寢、薨、駕崩，則是以不同的說法表示不同身份的人死了。還有猝
逝、意外等詞，是表示什麼方式死的。現在有些人喜用「往生」一
詞，是以佛家的觀點來看死亡，認為死者往另一世界生活去了，頗能
安慰人心，於是逐漸流行。這樣的詞彙很多，所以從文化角度來觀察
比較詞彙的差異，可以找到不少貼切的解釋。

在文化觀點方面，有一組我們在日常生活中常遇到的詞彙，十分
有趣，就是對男女的稱呼，在此姑且以「男」為例，我們有「男
人」、「男性」、「男子」、「男孩」、「男生」這麼多的稱呼，如何分別？
「男子」、「男孩」、「男生」是因年齡區分的；「男人」、「男性」是相
對的稱呼，留待下一項討論。其實非母語使用者並不一定想要理解這
麼詳細的區分，他們可能最想知道的只是實際生活中需要使用的，比
方說向一個人問路，對朋友描述此事時，應說：我在路上問了一個
「男人」？「男性」？還是「男子」？最讓他們大感意外的是，我們
其實常用的詞彙是－「男的」。

（二）相對情況慣用

我們使用詞彙有時是視相對的狀況，而有不同的詞彙，常見的有
幾種情形：

1. 相對狀況下使用的名詞，如「人們」、「人人」、「人民」、「人
   類」、「人群」在母語非中文者看來，都是很多人的意思。其實
   「人人」較強調每一個個人的行為，與「人們」強調大多數人的

行為、思想是相對的。「人民」是在與「政府」相對的情況下使
用的;「人類」是在與「非人類」(動物或鬼神)相對的情況下使
用的;「人群」是指一堆人,非固定、臨時聚集的很多人。從這
個角度思考,就可以說明下列的句子使用不同的「人□」所代表
的意義:

> 大多數人民反對政府公布的新政策。
>
> 新藥物沒有做過動物實驗以前,不能使用在人類身上。
>
> 十字路口發生了車禍,圍觀的人群越來越多。
>
> 人人都夢想自己是幸運兒,開獎後失望的人們重新投注,繼續
> 做他們的發財夢。

又如前所提到的「男性」一詞,簡單地說,為生物學或醫學上使
用與另一詞－女性相對之稱呼。

2. 含正負面意義的詞彙,如:「闊」代表有錢的人花錢大方的貶
義,但「有錢」並不含有負面意義。「固執」批評一個人堅持不
改自己的想法,「執著」則是善的堅持,反而含有正面肯定意
義。「賺錢」是普遍的說法,「撈錢」則是批評用不正當的手法獲
得金錢。

3. 書面語或口語用詞,正式用法或輕鬆用法,如:「就算……也」
由口語到正式書面語的用法是「就算……也」、「就是……也」、
「即使……也」、「縱使……也」、「縱然……也」,意義是相同
的。「簡單之至」、「緊張兮兮」則是看似書面的文言詞彙,實為
輕鬆的口語用語,就是「簡單得不得了」、「緊張得要命」。又如
「打交道」,也是輕鬆的口語,「來往」、「接觸」較文雅的詞彙含
義都包括在這個口語的輕鬆用語中了。至於「男子」、「女子」屬

於較正式使用的詞語，「男的」、「女的」則為較輕鬆的口語用詞。

在教學時，若能由相對狀況思考異同，可以理出不少可供區別的資訊。總之，近義詞的辨別要不斷地嘗試由多方面思考解析，方能周延精密，點出關鍵。

六　結語

詞彙的細微差異，非母語使用者固然是既不知其然，更不知其所以然；而大多數的本國人也只是知其然，卻不知其所以然。惟有華語教師因教學職責所在，遂須擔負與眾不同的任務，既須知其然，也須知其所以然。

辨析近義詞本就不是容易的事，許多常見的近義詞應如何辨別，教師須有成竹在胸，將辨析的過程內化後，選擇安排簡要的引導，有系統地指出關鍵差異。本文由討論近義詞的區別中，從核心因素與外圍因素觀察，歸納一些檢視近義詞的思考面向，希望能提供學習者及教學者參考，掌握可以依循的思考面向，俾能有效地切入關鍵點，或做對比，或以例句歸納，庶幾可有益於教、學二者，讓這些「像極了」的詞彙，成為有條理、可理解、可掌握運用的材料。

不過，教學上對近義詞的探討，前提是為了使模糊不清的觀念明朗化。因此儘管教學者掌握了近義詞分辨的思考方式，可以詳盡地比較分析詞彙，但教學上何時需要辨析近義詞，仍是一個應該置於近義詞教學之前思考的問題。換句話說，在不必將相近詞彙並列教學時，教師不需刻意安排近義詞讓學習者辨別，否則會將原本單純的問題複雜化，如此則失去研討近義詞的目的了。

圖 1.

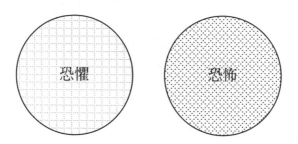

圖 2.

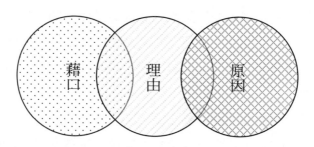

圖 3.

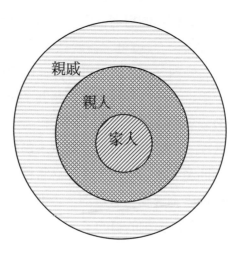

圖 4.

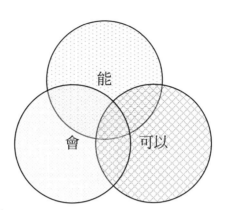

參考文獻（以作者姓氏筆畫順序排列）

牟淑媛、王碩編著　《漢語近義詞學習手冊》　北京市　北京大學出版社　2004 年初版

竺靜華　《華語教學實務概論》　臺北市　文史哲出版社　2006 年初版

鄧守信主編　《漢語近義詞用法詞典》　臺北市　書林出版公司　2009 年初版

國立臺灣師範大學主編　《實用視聽華語 2》　臺北市　正中書局　2008 年 2 版

盧福波編著　《對外漢語常用詞語對比例釋》　北京市　北京語言大學出版社　2000 年初版

附錄

第一屆語文教育暨第七屆辭章章法學學術研討會

歡迎各界蒞臨指導！！

一、會議時間：中華民國 101 年 12 月 1 日（星期六）

二、會議地點：臺北市大安區和平東路一段 129 號

　　　國立臺灣師範大學綜合大樓 508 會議室、509 國際會議廳

三、辦理單位：

　　（一）主辦：教育部國語文課程與教學輔導團

　　　　　　　　國立臺灣師範大學國文學系

　　　　　　　　中華民國章法學會

　　（二）協辦：中華文化教育學會

　　　　　　　　中小學語文學術研究會

　　　　　　　　中國語文學會

　　　　　　　　文藻外語學院應用華語文系

　　　　　　　　國文天地雜誌社

四、會議主題：

　　（一）章法學研究

　　（二）辭章學研究

　　（三）中小學語文教學之策略與運用

　　（四）辭章學與國語文教學

　　（五）辭章學與華語文教學

五、會議議程：

時間	地點	12 月 1 日（星期六）			
08:30 -09:20	師大綜合大樓國際會議廳	報　　到			
場次	地點	主持人	主講人	論　文　題　目	特約討論
09:20 -10:00	國際會議廳	于茂生 中華文化教育學會理事長		開　幕　式	
		高秋鳳 臺師大國文系主任	陳滿銘 中華章法學會理事長	專題演講：章法學「三觀」體系的建構過程	
10:00 -10:20		茶　　敘			
第一場 10:20 -12:00	甲場 國際會議廳	傅武光 臺灣師大國文系兼任教授	鄭垣玲 永平高中國文教師	從唐詩學的「通塞」、「盤礴」觀論長篇古體詩之章法	謝奇懿 文藻應華系主任
			戴維揚 玄奘英語系客座教授	當潮最夯中英文夾雜詞彙探討	姚榮松 臺師大臺文所教授
			謝奇懿 文藻應華系主任	中文寫作測驗評分疑義卷型態管窺	陳佳君 國北教大語創系副教授
	乙場 508 會議室	賴明德 中原大學應華系兼任教授	陳慧芬 海洋大學通識中心兼任講師	瞿佑《歸田詩話》初探	顏智英 海洋大學通識中心副教授
			謝惠雯 關渡國中國文教師 何淑蘋 實踐大學應中系兼任講師	從 PISA 閱讀歷程談國中國文比較閱讀策略教學——以「紙船印象」、「背影」為例	林孟君 苗栗縣教育局督學
			周晏菱 中國科大通識中心兼任講師	辭章學與華語文教學——由閱讀寫作之教學及教材設計展開論述	黃淑貞 慈濟東語系助理教授

12:00 -13:20		午　餐		
第二場 13:20 -15:00	甲場 國際會議廳	李威熊 逢甲大學 中文系 榮譽教授	張春榮 國北教大 語創系教授	華人電影的口語藝術	蔡宗陽 臺師大國文系兼 任教授
			趙靜雅 文藻應華系 助理教授	虛擬實境創新教學模式在華語 二語教學之應用與成效	林素珍 彰師大國文系教 授
			蔡宗陽 臺師大國文系 兼任教授	修辭手法與章法	陳滿銘 章法學會 理事長
	乙場 508會議室	張高評 成功大學 中文系 特聘教授	胡其德 健行科大 通識中心教授	論姜夔詞的懷舊意識與文學 性——一個符號的考察	戴維揚 玄奘大學英語系 客座教授
			黃麗容 真理大學 助理教授	論李白詩俯視空間景象	林淑雲 臺師大國文系 副教授
			黃淑貞 慈濟東語系 助理教授	《全唐五代詞》簾意象之空間 分隔藝術	胡其德 健行科大 通識中心教授
15:00 -15:20		茶　敘		
第三場 15:20 -17:00	甲場 國際會議廳	王偉勇 成功大學 通識教育 中心主任	吳瑾瑋 臺師大國文系 副教授	從主題評論的觀點分析古詩篇 章結構	邱燮友 東吳中文系 兼任教授
			楊曉菁 市教大中語系 博士生	主題閱讀應用於高中散文教學 之試探	孫劍秋 國北教大 語創系教授
			邱燮友 東吳中文系 兼任教授	謝靈運書寫山水詩的層次結構	莊雅州 元智中語系 客座教授
	乙場 508會議室	林文寶 臺東大學 榮譽教授	林文寶 臺東大學 榮譽教授 顏志豪 臺東大學 兒文所博士生	析論詹冰〈插秧〉	張春榮 國北教大 語創系教授

			邱凡芸 金門大學華語文系助理教授 李　崗 東華大學課程設計與潛能開發系助理教授	女媧象徵於國／華語文教材之應用	余崇生 市北教大中語系副教授
			竺靜華 臺大華語學程助理教授	像、好像、像極了——論華語教學中近義詞教學的思考面向	蒲基維 中原應華系兼任助理教授
17:00 -17:20	國際會議廳	孫劍秋 教育部輔導團召集人	陳滿銘 章法學會理事長	閉　幕　式	

※　主持人 3 分鐘，主講人宣讀論文 15 分鐘，特約討論人 7 分鐘，其餘時間為綜合討論。

國家圖書館出版品預行編目(CIP)資料

章法論叢. 第七輯 / 中華章法學會主編. --
　　初版. -- 臺北市：萬卷樓，2013.11
　　面 ； 公分. --（文學研究叢書）
　ISBN 978-957-739-824-6（平裝）

1.漢語 2.作文 3.文集

　　　　　802.707　　　　　101023182

章法論叢‧第七輯

2013 年 11 月 初版 平裝

ISBN 978-957-739-824-6　　　　　　定價：新台幣 **460** 元

主　　編	中華章法	出　版　者	萬卷樓圖書股份有限公司
	學會	編輯部地址	106 臺北市羅斯福路二段 41 號 9 樓之 4
發 行 人	陳滿銘	電話	02-23216565
總 編 輯	陳滿銘	傳真	02-23218698
副總編輯	張晏瑞	電郵	editor@wanjuan.com.tw
責任編輯	吳家嘉	發行所地址	106 臺北市羅斯福路二段 41 號 6 樓之 3
編　　輯	游依玲	電話	02-23216565
編輯助理	楊子葳	傳真	02-23944113
封面設計	斐類設計	印 刷 者	晟齊實業有限公司

如有缺頁、破損、倒裝　　網 路 書 店　　www.wanjuan.com.tw
請寄回更換　　　　　　　劃 撥 帳 號　　15624015